百年中国

名人演讲

从生活中寻出趣味

梁启超 著

中国文史出版社

图书在版编目（CIP）数据

梁启超：从生活中寻出趣味／梁启超著. -- 北京：中国文史出版社，2025.5
（百年中国名人演讲）
ISBN 978-7-5205-4302-6

Ⅰ.①梁… Ⅱ.①梁… Ⅲ.①演讲-中国-现代-选集 Ⅳ.①I266

中国国家版本馆 CIP 数据核字（2023）第 181184 号

责任编辑：薛媛媛

出版发行	中国文史出版社
社　　址	北京市海淀区西八里庄路 69 号院　邮编：100142
电　　话	010-81136606　81136602　81136603（发行部）
传　　真	010-81136655
印　　装	廊坊市海涛印刷有限公司
经　　销	全国新华书店
开　　本	880×1230　1/32
印　　张	8.625　字数：166 千字
版　　次	2025 年 5 月第 1 版
印　　次	2025 年 5 月第 1 次印刷
定　　价	59.80 元

文史版图书，版权所有，侵权必究。
文史版图书，印装错误可与发行部联系退换。

写在前面

　　过去的一百年风起云涌，波澜壮阔；过去的一百年百花齐放，气象万千。百年动荡，百年征程，百年奋斗。在这一百多年里，来自四面八方的声音响彻历史的天空，我们静心梳理，摒除派别与门户之见，甄选有助于后人多方位展望来路的篇章，于是便有了这套"百年中国名人演讲"。

　　聆听这历史的声音，重温这声音的历史，对于我们认识中华民族一百年来的发展脉络，景仰浩瀚天河中耀眼的先哲星辰，增强继往开来的民族文化自信，都将大有裨益。

演讲者简介

梁启超（1873—1929），字卓如、任甫，号任公，别号饮冰室主人，清光绪年间举人。中国近代思想家、政治家、教育家、史学家、文学家。和其师康有为一起，倡导变法维新，并称"康梁"。曾倡导文体改良的"诗界革命"和"小说界革命"，其著作合编为《饮冰室合集》。维新运动期间，曾主北京《万国公报》和上海《时务报》笔政，又赴澳门筹办《知新报》。1915年底，与蔡锷策划武力反袁，帮助护国军拟定计划，起草文告。1916年应陆荣廷的邀请，绕道赶赴广西，直接参加护国运动。袁死后，梁出任段祺瑞北洋政府财政总长兼盐务总署督办。1917年11月，段内阁被迫下台，梁随之辞职，从此退出政坛。1922年起在清华学校授课，1927年离开。1929年1月19日病逝于北京协和医院。

目录

鄙人对于言论界之过去及将来　1
在北京大学欢迎会上的演讲　8
在上海蔡锷追悼会上的演说词　16
1917年在南开大学的演讲　19
莅教育部演词　28
在中国公学之演说　38
辛亥革命之意义与十年双十节之乐观　42
美术与科学　56
情圣杜甫　62
教育与政治　80

98 学问之趣味

103 敬业与乐业

108 科学精神与东西文化

118 中国历史上民族之研究

159 屈原研究

188 人权与女权

195 市民与银行

203 护国之役回顾谈

217 为学与做人

224 治国学的两条大路

东南大学课毕告别辞　*236*
中华图书馆协会成立会演说词　*246*
知命与努力　*255*

鄙人对于言论界之过去及将来

1912 年 10 月 22 日

鄙人今日得列席于此报界欢迎会,而群贤济济,至百数十人之盛,其特别之感想,殆难罄言,去秋武汉起义,不数月而国体丕变,成功之速,殆为中外古今所未有。南方尚稍烦战事,若北方则更不劳一兵、不折一矢矣。问其何以能如是?则报馆鼓吹之功最高,此天下公言也。世人或以吾国之大,革数千年之帝政,而流血至少,所出代价至薄,诧以为奇。岂知当军兴前军兴中,哲人畸士之心血沁于报纸中者,云胡可量?然则谓我中华民国之成立乃以黑血革命代红血革命焉可也。鄙人越在海外,曾未能一分诸君子之劳,言之滋愧。

虽然鄙人二十年来固以报馆为生涯,且自今以往,尤愿终身不离报馆之生涯者也。今幸得与同业诸英握手一堂,窃愿举鄙人过去对于报馆事业之关系及今后所怀抱,为诸君一言之。

鄙人之投身报界,托始于上海《时务报》,同人多知之。

然前此尚有一段小历史,恐今日能言之者少矣。当甲午丧师以后,国人敌忾心颇盛,而全瞢于世界大势。乙未夏秋间,诸先辈乃发起一政社名强学会者,今大总统袁公,即当时发起之一人也。彼时同人固不知各国有所谓政党,但知欲改良国政,不可无此种团体耳。而最初着手之事业,则欲办图书馆与报馆,袁公首捐金五百,加以各处募集,得千余金,遂在后孙公园设立会所,向上海购得译书数十种,而以办报事委诸鄙人。当时固无自购机器之力,且都中亦从不闻有此物,乃向售《京报》处托用粗木版雕印,日出一张,名曰《中外公报》,只有论说一篇,别无记事。鄙人则日日执笔为一数百字之短文,其言之肤浅无用,由今思之,只有汗颜。当时安敢望有人购阅者,乃托售《京报》人随宫门钞分送诸官宅,酬以薪金,乃肯代送,办理月余,居然每日发出三千张内外。然谣诼蜂起,送至各家门者,辄怒以目,驯至送报人惧祸,及悬重赏亦不肯代送矣。其年十一月,强学会遂被封禁,鄙人服器书籍,皆没收。流浪于萧寺中者数月,益感慨时局。自审舍言论外,末由致力,办报之心益切。明年二月南下,得数同志之助,乃设《时务报》于上海,其经费则张文襄与有力焉。而数月后,文襄以报中多言民权,干涉甚烈。其时鄙人之与文襄,殆如雇佣者与资本家之关系,年少气盛,冲突愈积愈甚。丁酉之冬,遂就湖南时务学堂之聘,脱离报馆关系者数月。《时务报》虽存在,已非复前此之精神矣。当时亦不知学堂当作何办法也。唯日令诸生作札记，而自批答之，所批日恒万数千言，亦与作报馆论文无异。当时学生四十人，日日读吾所出体裁怪特之报章，精神几与之俱化。此四十人者，十余年来强半死于国事，今存五六人而已。此四十分报章，在学堂中固习焉不怪，未几放年假，诸生携归乡里，此报章遂流布人间，于是全湘哗然，咸目鄙人为得外教眩人之术，以一丸药翻人心而转之，诸生亦皆以二毛子之嫌疑，见摈于社会。其后戊戌政变，其最有力之弹章，则摭当时所批札记之言以为罪状。盖当时吾之所以与诸生语者，非徒心醉民权，抑且于种族之感言之未尝有讳也。此种言论，在近数年来诚数见不鲜，然当时之人，闻之安得不掩耳？其以此相罪，亦无足怪也。戊戌八月出亡，十月复在横滨开一《清议报》，明目张胆以攻击政府，彼时最烈矣。而政府相疾亦至，严禁入口，驯至内地断绝发行机关，不得已停办。辛丑之冬，别办《新民丛报》，稍从灌输常识入手，而受社会之欢迎，乃出意外。

当时承团匪之后，政府疮痍既复，故态旋萌，耳目所接，皆增愤慨，故报中论调，日趋激烈。壬寅秋间，同时复办一《新小说》报，专欲鼓吹革命，鄙人感情之昂，以彼时为最矣。

犹记曾作一小说，名曰《新中国未来记》，连登于该报者十余回。其理想的国号，曰"大中华民主国"；其理想的开国纪元，即在今年；其理想的第一代大总统，名曰罗在田，第二代大总统，名曰黄克强。当时固非别有所见，不过办报在壬寅年，逆计十年后大业始就，故托言"大中华民主国"祝开国五十年纪念,当西历一千九百六十二年。由今思之,其理想之开国纪元,乃恰在今年也。罗在田者,藏清德宗之名,言其逊位也;黄克强者,取黄帝子孙能自强立之意。此文在座诸君想尚多见之,今事实竟多相应,乃至与革命伟人姓字暗合,若符谶然,岂不异哉!其后见留学界及内地学校,因革命思想传播之故,频闹风潮,窃计学生求学,将以为国家建设之用,雅不欲破坏之学说,深入青年之脑中;又见乎无限制之自由平等说,流弊无穷,惴惴然惧;又默察人民程度,增进非易,恐秩序一破之后,青黄不接,暴民踵兴,虽提倡革命诸贤,亦苦于收拾;加以比年国家财政、国民生计,艰窘皆达极点,恐事机一发,为人劫持,或至亡国;而现在西藏、蒙古离畔分携之噩耗,又当时所日夜念及而引以为戚。自此种思想来往于胸中,于是极端之破坏,不敢主张矣。故自癸卯、甲辰以后之《新民丛报》,专言政治革命,不复言种族革命。质言之,则对于国体主维持现状,对于政体则悬一理想以求必达也。及丁未夏秋间,与同人发起政闻社,其机关杂志,名曰《政论》,鄙人实为主任。政闻社为清政府所封禁,《政论》亦废。

最近乃复营《国风报》,专从各种政治问题,为具体之研究讨论,思灌输国民以政治常识。初志亦求温和,不事激烈,而晚清政令日非,若唯恐国之不亡而速之,刿心怵目,不复能忍受,自前十年以后至去年一年之《国风报》,殆无日不与政府宣战,视《清议报》时代,殆有过之矣。犹记当举国请愿国会运动最烈之时,而政府犹日思延宕,以宣统八年、宣统五年等相搪塞，鄙人感愤既极，则在报中大声疾呼，谓政治现象若仍此不变，则将来世界字典上决无复以"宣统五年"四字连属成一名词者，此语在《国风报》中凡屡见，今亦成预言之谶矣。

计鄙人十八年来经办之报凡七。自审学识谫陋，文辞朴僿，何足以副立言之天职，唯常举吾当时心中所信者，诚实恳挚以就正于国民已耳。今国中报馆之发达，一日千里，即以京师论，已逾百家，回想十八年前《中外公报》沿门丐阅时代，殆如隔世；崇论闳议，家喻户晓，岂复鄙人所能望其肩背。虽然，鄙人此次归来，仍思重理旧业。人情于其所习熟之职业，固有所不能舍耶！若夫立言之宗旨，则仍在浚瀹民智，熏陶民德，发扬民力，务使养成共和法治国国民之资格，此则十八年来初志，且将终身以之者也。

而世论或以鄙人曾主张君主立宪，在今共和政体之下，不应有发言权；即欲有言，亦当先自引咎，以求恕于畴昔之革命党；甚或捏造谰言，谓其不慊于共和希图破坏者。即侪辈中，亦有疑于平昔所主张，与今日时势不相应，舍己从人，近于贬节，因嗫嚅而不敢尽言者。吾以为此皆謷词也。无论前此吾党所尽力于共和主义者何如，即以近年所主张，对于国体主维持现状，对于政体则悬一理想以求必达，此志固可皎然与天下共见。夫国体与政体本不相蒙，稍有政治常识者频能知之矣。当去年九月以前，君主之存在，尚俨然为一种事实，而政治之败坏已达极点，于是忧国之士，对于政界前途发展之方法，分为两派：其一派则希望政治现象日趋腐败，俾君主府民怨而自速灭亡者，即谚所谓"苦肉计"也，故于其失败，不屑复为救正，唯从事于秘密运动而已；其一派则不忍生民之涂炭，思随事补救，以立宪一名词，套在满政府头上，使不得不设种种之法定民选机关，为民权之武器，得凭借以与一战。此二派所用手段虽有不同，然何尝不相辅相成！

去年起义至今，无事不资两派人士之协力，此其明证也。然则前此曾言君主立宪者果何负于国民？在今日亦何嫌何疑而不敢为国宣力？至于强诬前此立宪派之人为不慊于共和，则更是无理取闹。立宪派人不争国体而争政体，其对于国体主维持现状，吾既屡言之，故于国体则承认现在之事实，于政体则求贯彻将来之理想。

夫于前此障碍极多之君主国体，犹以其为现存之事实而承认之，屈己以活动于此事实之下，岂有对于神圣高尚之共和国体而反挟异议者？夫破坏国体，唯革命党始出此手段耳，若立宪党则从未闻有以摇动国体为主义者也。故在今日，拥护共和国体，实行立宪政体，此自论理上必然之结果，而何有节操问题之可言耶？

若夫吾侪前此所忧革命后种种险象，其不幸而言中者十而八九，事实章章，在人耳目，又宁能为讳？论者得毋谓中国今日已治已安，而爱国志士之责任从是毕耶？平心论之，现在之国势政局，为十余年来激烈、温和两派人士之心力所协同构成，以云有功，则两俱有功，以云有罪，则两俱有罪。要之，此诸人士者，欲将国家脱离厄区，跻诸乐土，而今方泛中流，未达彼岸。既能发之，当思所以能收之，自今以往，其责任之艰巨，视前十倍，又岂容一人狡卸者？今激烈派中人，其一部分则谓吾既已为国家立大功、成大业矣，畴昔为我尽义务之时期，今日为我享权利之时期；前此所受窘逐戮辱于清政府者，今则欲取什伯倍之安富、尊荣于民国以为偿。此种人自待太薄，既不复有责备之价值。其束身自好者，则谓吾前此亦既已尽一部分之责任，进国家于今日之地位矣，自今以往，吾其可以息肩，则翛然于事外而已。而所谓温和派者，忘却自己本来争政体不争国体，因国体变更，而自以为主张失败，甚乃生出节操问题；又忘却现在政治，绝未改良，自己畴昔所抱志愿，绝未贯彻，而自己觉得无话可说，则如斗败之鸡，垂头丧气，如新嫁之娘，扭扭捏捏。两方面之人，既皆如此，则国家之事，更有谁管？在已治已安之时，人人不管国事，尚且不可，况今日在危急存亡之交者哉！

若谓前此曾言立宪之人，当共和国体成立后，即不许其容喙于政治，吾恐古往今来普天率土之共和国，无此法律。吾侪唯知中国为中国人之中国，尽人有分，而绝非一部分人所得私。前清政府，以国家为其私产，以政治为其私权，其所以迫害吾侪不使容喙于政治者，无所不用其极，吾侪未尝敢缘此自馁而放弃责任也，况在今日共和国体之下，何至有此不祥之言！此鄙人所谓欲赓续前业，常举其所信以言论与天下相见也。忝列嘉会，深铭隆贶，聊述前此之经历与今后之志事以尘清听。情与词芜，伏希洞亮。

在北京大学欢迎会上的演讲

1912 年 10 月

鄙人今日承本国最高学府北京大学校之欢迎，无任荣幸。适马校长所言鄙人与大学校之关系一节，当年诚有其事。今请略述一二，以告诸君。

时在乙未之岁，鄙人与诸先辈，感国事之危殆，非兴学不足以救亡，乃共谋设立学校，以输入欧美之学术于国中。唯当时社会嫉新学如仇，一言办学，即视同叛逆，迫害无所不至。是以诸先辈不能公然设立正式之学校，而组织一强学会，备置图书仪器，邀人来观，冀输入世界之智识于我国民，且于讲学之外，谋政治之改革。盖强学会之性质，实兼学校与政党而一之焉。在今日固视为幼稚之团体，然在当时风气未开之际，有闻强学会之名者，莫不惊骇而疑有非常之举。此幼稚之强学会，遂能战胜数千年旧习惯，而一新当时耳目，具革新中国社会之功，实亦不可轻视之也。至创设此会之诸先辈，今日存者，已寥若晨星，袁大总统即最尽力于此会之一人焉。厥后谣诼频兴，强学会之势力愈强，而政府嫉恶强学会之心亦愈甚。迄乙未之末，为步军统领所封禁，所有书籍仪器，尽括而去。其中至可感慨者，为一世界地图。盖当购此图时，曾在京师费一二月之久，遍求而不得。后辗转托人，始从上海购来。图至之后，会中人视同拱璧，日出求人来观。偶得一人来观，即欣喜无量。乃此图当时封禁，亦被步军统领衙门抄去，今不知辗转落在何处矣。及至戊戌之岁，朝政大有革新之望。孙寿州先生本强学会会员，与同人谋，请之枢府，将所查抄强学会之书籍仪器发出，改为官书局。嗣后此官书局，即改为大学校。故言及鄙人与大学校之关系，即以大学校之前身为官书局，官书局之前身为强学会，则鄙人固可为有关系之人。然大学校之有今日，实诸先辈及历任校长与教师之力。谓鄙人为创设大学校之发动人，则不敢当。

　　鄙人在十五年前，实不能料及今日有如是规模宏大之大学校，鄙人不能不倾佩历任校长教师与学生诸君之努力，且当为国家感谢者也。唯以今日之大学校，与欧美日本之大学校相较，则程度之相去尚远。此则鄙人于倾佩之外，不能不责望大学校之校长教师之勉为尽力，而更不能不责望大学校学生诸君之愈益努力者也。盖大学校之发达，校长教师与国家社会，虽同负其责，然与大学校有至密之关系者，实在学生诸君。诸君设不自行勉力，则大学校安能发达？敬祈诸君勉力为中国之学问争光荣。鄙人今请进数言，聊为诸君他山之助。

普通学校目的，在养成健全之人格，与其生存发展于社会之能力。此为全教育系统之精神，大学校之目的，固亦不外乎是。然大学校之所以异于普通学校而为全国最高之学府者，则因于普通目的以外，尚有特别之目的在，固不仅其程度有等差而已。特别之目的为何？曰研究高深之学理，发挥本国之文明，以贡献于世界之文明是焉。是以施普通教育之学校，其所授之智识，为人类生活上社会上日用所必具之智识；所训练之能力，为人类生活上社会上日用所必具之能力，如是而已。而大学校之所授者，则不仅人类生活上社会上日用寻常所必具之智识能力，而为一切现象之法则，所谓科学者是焉。此不独大学校与普通学校之分在是，而大学校与专门学校之别亦全在此。盖专门学校之学科，强半与大学校相同，往往有人误视为具体而微之大学，殊不知二者之间，固显有区别在焉。专门学校之目的，在养成社会上技术之士；而大学之目的，则在养成学问之士。故专门学校之所授，虽多科学之原理，而所重者在术，不过因学以致用；大学校之所授，虽亦有技术之智识，而所重者在学，不过因术以明学。我国往往学术连用，漫无区别；殊不知二者迥不相同，固不能连而为一者也。盖所谓学者，推究一切现象之原理原则，以说明一切之现象，于推究原理原则说明现象之外，别不另设方途以求致用；而所谓术者，则应用学理之方法、技能而已，于推究原理原则以说明现象之学，实判然不能相同者也。故科学之分类，以现象为标准：有自然之现象，即有自然之科学；有人类之现象，即有人类之科学；有社会之现象，即有社会之科学。因自然有种种之现象，亦即有自然之种种科学；因人类有种种之现象，亦即有人类之种种科学；因社会有种种之现象，亦即有社会之种种科学。若夫技术，则以人类社会实用之目的，为其分类之标准：或合人类之需要，或应社会之要求，或按国家之机关，而有种种之技术。此实为学与术根本相异之处。而大学校与专门学校之区别，亦于是而分焉。是以同一法律科目，专门学校之目的，在于养成学生法官辩护士之能力；而在大学，则唯使学生能知法律现象之原理原则，至于学生毕业以后，为法官，抑为辩护士，则非大学之第一目的矣。其他科目，莫不如是。简言之：专门学校之精神，在实际之应用；而大学校之精神，则在研究与发明。故凡人类间具有系统之智识，大学校莫不列为学科，固不问其按切实用与否也。譬如西洋大学有希腊、罗马古典之学，北京大学亦有经训考证之科，以言实用，邈乎远矣，而大学校亦不得不列之为一科。夫大学校之目的，既在研究高深之学理，大学校之学课，又复网罗人类一切之系统智识，则大学校不仅为一国高等教育之总机关，实一国学问生命之所在，而可视之为一学问之国家者也。且学问为文明之母，幸福之源。一国之大学，即为一国文明幸福之根源，其地位之尊严、责任之重大，抑岂我人言语所能尽欤！诸君受学于此最尊严之大学，负研究学问之大任，鄙人所欲进一言为诸君勉者，亦唯祈诸君能保持大学之尊严，努力于学问事业而已。

抑我又有言者，则前清学制之弊，至今犹令人痛恨不已。其误国最甚者，莫如奖励出身之制。以官制为学生受学之报酬，遂使学生以得官为求学之目的，以求学为得官之手段。其在学校之日，所希望者，为毕业之分数与得官之等差；及毕业以后，即抛弃学业而勉力做官矣。即以海外之留学生日浸染于外国之学风者而言，当留学之时，固多以学问为目的，而勉力求学；然毕业以后，足迹甫履中国，亦即沾染此恶风，抛弃其数年刻苦所得之学问，而努力做官矣。故中国兴学十余年，不仅学问不发达，而通国学生，且不知学问为何物。前清学制之害，庸可胜言耶！是以鄙人今所更欲为诸君勉者，则望诸君以学问为目的，不当以学问为手段。盖大学为研究学问之地，学问为神圣之事业。诸君当为学问而求学，于学问目的之外，别无他种目的，庶不愧为大学生。若于学问目的之外，别有他种目的，则渎学问之神圣，伤大学之尊严，尚能谓之研究学问乎？诸君勉之！努力问学之事业，以发挥我中国之文明，使他日中国握世界学问之牛耳，为世界文明之导师，责任匪轻。诸君其勉力为我中国文明争光荣！鄙人今尚欲进数言于诸君之前者，则为今日之学风问题。夫今日学风之坏，人所同慨。鄙人所欲言者，亦非仅指大学一校。唯以大学为全国最高之学府，大学学风足为全国学风之表率，是则鄙人所不能不以此责望于我大学生诸君，祈有以表率我全国之学风，而改善我全国之学风者也。语时或有开罪之处，尚望诸君谅之焉。

（一）服从。言今日学风之坏，莫过于学生缺乏服从之德。不服教师之训导，不受校长之约束，放恣乱为，动起风潮，遂致德无由进，业无由成，我可敬可爱之青年学生，几成为可鄙可贱之无业游民。言念及此，曷胜浩叹！诸君闻此言，或且有谓鄙人谬悖，欲以奴隶之行，责之共和国之大学生者矣。此在不以服从为然者，必谓学生当有自由，校长教师，等是同类，安有服从之可言？服从二字，乃奴隶之所受，讵可加之于我学生之身？然学生以德之未修、学之未成，始入学校求学，则在学校之中，自当服从校长教师之训导；不然，又安名为学生？学生中有言自由者，实不学误之也。且一国之中，一切皆可言自由，唯军队与学生，乃不能言自由。军队言自由，则不仅全军瓦解，不能成军，且足以扰乱秩序，其危险莫可名状。学生言自由，亦不仅学业无成，教育无效，其影响于社会国家，所关殊非浅鲜。故欧美先进之国，其学生莫不谨守服从之德。当退校之时，或多与教师从容谈笑；若在校中，则虽年高德尊若我马校长其人者，苟为学生，亦严格整肃，谨听校长教师之训导而毋敢或违。鄙人前游美洲大陆，曾遍观其学校，见其学生之谨守服从，至足感人。而尤足奇异者，则美之学生，不仅对于校长教师，守服从之德，下级学生之于上级学生，亦尽服从之责。上级学生苟有所命，下级学生莫不心悦诚服而为之。此其故何哉？诚以共和之国，人人有自由，即当人人能服从。不然，势成人人相抗之象，秩序危殆，国将不国。而欲养成此服从之德，在共和之国，舍教育以外，殊无他途可言。固不若专制之国，以威力胁迫人民服从，不问人民之能服从与否也。故专制国之学生，不必养成其服从之德；而共和国之学生，设不于其受教育之日，训练其能守服从之德，则国基危殆，害莫胜言矣。

此鄙人之所以以服从之德望大学生诸君，有以矫正我全国学风也。

（二）朴素。孔子有言："君子食无求饱，居无求安。"此在今日，虽不足奉为我人处世之道，然学生在求学之时，则不可不具此精神。欧美学生自小学而中学，中学而大学，非历二十年之久，不能成业；且学费之巨，亦非中下之产所能任。故学生之能卒业于大学者，百中实不得一二，唯能刻苦之学生，始能卒业。至若日本，则能卒业于中学以上之学校者，大抵皆苦学之士，积十余年困苦艰难之学生生活，始克学成而为世用。今日彼国知名之士，若一谈其苦学之经历，则恐我国学生皆当愧死矣。我国学生，本亦寒素之士居多，唯近年来则纨绔之风大盛，衣食唯求精美，居处唯求安适。其最堪痛心者，则莫如求学之青年，奢侈放纵，既伤其德性，复害其学业。设此风不革，则中国教育之前途，尚堪问乎？此鄙人之所以祈望大学生诸君，力倡朴素之风，以改革我全国之学风也。

（三）静穆。鄙人非谓学生不当发扬蹈厉，人固贵有发扬蹈厉之精神，而后始能在社会任事。唯发扬蹈厉之精神，当用之于做事之时，不能用之于求学之时。学生在求学时代，当善养其发扬蹈厉之精神，则他日学成以后，庶能发挥此精神于事业。孟子所谓"养我浩然之气"者是也。若在学生时代，而误用之于校长教师，是为不守规则之学生，非所谓发扬蹈厉之精神也。且天下唯有学问有修养之士，乃能真有发扬蹈厉之精神；无学问无修养者，仅能谓之狂躁，谓之轻率，以之办事，无一事可成也。故学生若不于学生时代，以静穆之风，善养其发扬蹈厉之精神，则他日必成为狂躁之士、轻率之士，终身将不能成一事，可不勉乎哉！况学问之业，非有冷静之头脑，不能得益。学生若以浮躁之心受学，则不仅不能深入学问之道，我恐即有善教之教师，亦不能有丝毫之得益。故学生若不于求学之时，养成冷静之头脑，则于学问之业，日相去而日远矣。静穆之风，可不贵哉！简言之：静穆之风，一则以成冷静之头脑，一则以养发皇之精神。在学校之日，以之修业而进德；卒业之后，则赖之以任事而成功。此为学生至可宝贵之学风，鄙人深望大学生诸君有以提倡此风也。

  关于学风问题，鄙人所欲言者，不仅此三事，唯以此三者为最要，故特举以告诸君耳。愿诸君勉之，为我中国学问之前途争光荣！

在上海蔡锷追悼会上的演说词

1916 年 12 月 14 日

蔡公历史，蒋、石①二君已详言之。二君与蔡公同处有年，知之甚悉，毋庸再述。唯启超深愿到会诸君，当自行思想研究蔡公以何种学识，始能获此伟大事业，而为天下人所崇仰者为要。而启超思想前情，如外国之拿破仑、中国唐太宗等前代之人，现在之人万万学不到的。即如近世之曾文忠公、李文忠公及蔡公等均系天然之英雄。诸君须学习为之模范者：

第一，要学学问，方能有受教育做伟事。

第二，须心地好。因蔡公心地光明，毫无权利思想，致能丰功伟业。且蔡公生平未尝受过自己私受快乐，及强迫他服从及勋荣之行为。且蔡公之吃食从未讲究甘美，但求清洁而能下咽无碍，衣服亦只图不裸体，破粗不拘，生平未尝受过丝毫之奢华。蔡公自十五岁就从湖南出来，求

---

① 指蒋百里、石陶钧。

学无资，向亲戚告贷。到汉口、东京寻我，湖南长沙出来只借得二毛钱，到了汉口借亲戚洋六元，由汉到京，袁项城借给他洋一千元，到京后以三百元为学费，其余均为交友及公益之用，而自己出来则步行，未尝坐过车子。中国自民国以来，做过内阁总理、各部总长者，未及数年，先后俨如二人，不知凡几。盖人之心理，均思想做总长如何阔绰，如何荣耀，如何受用，故人皆争做，如近日宪法审查会哄闹，实不成事。若辈皆为权利思想，唯蔡公因国事维艰，出为国民争人格，心地纯洁。窃愿国人效之。蔡公常言，人以良心为第一命，令良心一坏，则凡事皆废。窃愿国人念之。

第三，蔡公行事坚强不挠，处己接物心如一，世人能步其后尘，不慕荣利，不贪虚名，凡百职事，能不论大小，保恃责守，自能为社会所欢迎。当袁氏图谋帝制，全国人民均应各负责任，起而反对，能文者以作文反对之，能言者以演说诱导之，实为共和国地方绅士应尽之职。蔡公反对帝制，举义云南，他自己担任总司令兼先锋队，每日亲到火线观察敌阵，他对于责任，丝毫不肯放松，我深望诸君常常纪念，谨守自己责任，不可放松。

第四，蔡公做事非常谨慎，人家做事十分中非有七八分、五六分希望者不肯去做。唯蔡则不然，他希望甚大。云南系穷地，起义后非特想推翻帝制，他尚需到西藏、□□等处，常虑我国财政支绌，贷借外债，将来不了。他办事先调查清楚，布置完备，然后发动。凡百做事，全在精神谨细缜密，不致失败。故以最短时间而能成就恢复共和之大功。

第五，他立志甚坚，无论公私各事，非达到目的不止。平居以孟子天降大任一节佩诵最深，放其处事勇往直前，不畏困难。至蔡公所带滇军共有多少，今日遇石君交来蔡君在战线亲书之战图上，最初仅至总数三千一百三十八人，而敌军则有四万余人，以少数之兵士，轮替应战，以少胜多，实非易事。当蔡公出师时，曾言中国将来不了，此次举事，如不能成，决不亡命外洋，使国事更不堪问。故誓言各事不成，情愿身亡。誓师之前，曾将自己之精神、能力、学识，一一向兵士教道，故兵无虚发，战无不胜。蔡公之美德虽系上天所赋，然国人使人人学习，将来如蔡公之美德精神均可发扬，而中国亦可渐臻富强，则今日大会为不虚矣。

1917年在南开大学的演讲

(周恩来笔录)

诸君乎！启超今日值此良机，得来吾向往多年之学校，与诸君相聚一堂，荣幸之至。当二年前，鄙人旅居津门时，即希令子弟来斯学校，并期来此参观，以冀得悉贵校详情，而与学校方面多所联络。盖国中兴学多年，明效尚未大著，使全国学校能悉如南开之负盛名，则诚中国前途之大幸。职此之故，接洽之心，益为迫切。前岁之末，与贵校长本有宿约，嗣以政变，不得已南下，稍尽吾力，延搁年余。今日始达素愿，情积之愈久者，相见亦愈快焉。

贵校校风之佳，不仅国内周知，即外人来参观者，亦莫不称许。考其所以致此之由，固原于职教员热心教导，斯能感化学生，然要亦学生能以诚求学，遂成此不朽之名。国内日益推崇，外人因之赞许。而造之之始固甚难难，非草率从事，所克奏其效也。现今国内对于贵校学生甚希望大有作为于社会，并望贵校荣誉日与俱长，负斯责者是在诸君，唯现今之荣誉既不易保持，而未来之责任尤属艰于担任，且责任非一校所私有也。在贵校职教员所以趋全力以教导学生者，亦以国家一线之希望，实系诸二十世纪之新青年，使青年而无忝厥责，则国事尚有希望，非然者，前途不堪设想矣。譬之一家，其子弟恶劣，败坏家声，则其家虽富，终亦见其败亡。家犹国也，以现今国势言，执政者已属有负诸君，乃复使诸君担斯重任，受此忧患。换言之，即作斯政局者，实使诸君难于前进也。青年中尤以学校中青年有最大之希望。父兄之期其子弟，重兴已败之家庭，属望之念甚殷，而吾等之视学校青年，犹此志也。是今后国家之兴衰与否，实以诸君之能力为断。彼欧美日本之青年，其责任之重大，固无待言，然其前辈所作之功业，已如是其盛，故其力不必倍于前。而责已尽，国已日兴，犹之良善家庭，其父兄遗子弟以财产，教之以善道，苟其守成不变，即可保旧状勿替。至若吾国处飘摇欲倒之境，所恃者厥唯青年。而青年尤贵乎有建设之长，排难之力，方之齐家者，处败坏家庭，必先改良其家风，而此家风又为素所熏染，改之维艰。然舍此一道，别无良策，是非有大毅力排万难以创之，不易成功。诸君之于国家，亦宜以改革家风之道改革之，无用其迟疑。盖青年今日之责任，其重大百倍于他人，而又只此一策足以兴国，自寻生路于万难之中。吾希望诸君处现今之地位，先定一决心焉。知其难处必破其难关，而后立志定方针，以从事于建设。决心定之于先，方法研之于后，斯不至无所措手足矣。家风之改革，骤视之似属甚难，然吾人不必问如何改法，且不必计前辈执权阻挠与否，但请自隗始，改革一己之恶风劣习，即家风全部已改善一分，使人人皆能如是，则其家风当然转恶为善。以己及人，以家化国，泽被全体。故吾人欲改革国家，不必思及他人，先以一己为主位，敦己之品，坚己之力，如此个人之人格立，一己之根基固矣！以贵校论，校舍若是其小，学生不过千人，较以欧美之学校犹瞠乎其后，然追想十二年前，天津无所谓南开，而今则巍然峙立，远近咸知者，不过以数位职员协力同心，积久所致，仅十二年之差耳。今试取校外之空气比较，已异其味。十数年间，数人之力，克使天津污浊空气中立一新鲜空气之所。在诸君为数将及一千，日夕受职教员之熏陶，复授以产出南开学校开辟新鲜空气所在之能力，其所收效又奚仅如上所述。矧张校长所为之事，非他人所不能为者，亦非有冒艰险破危难以成之者，使诸君能如造南开之方，造一己能力，亦如贵校长者，则数十年后，其发达何可限量？而全国最坏风气，或可借斯一廓清之。事之思之维艰，行之而又未见其艰者，皆此类也。但决心定矣，此后欲在社会上得一立足地，其根本预筹之方法维何？曰：在中学校锻炼之时代。何言乎，西人有之。一人之命运否泰，视其在中学校之生命如何以为判。盖人当十五岁以前，其体魄脑力未甚发达，期其思想言动有自主力，在所不可，而意志之决定力尤甚薄弱，故其时一切行为，恒恃父母、师长之指导。逮出中学而入大学或置身社会，其时身体发达已足，意志已定，如染恶习，期其改舍，诚非易事。故吾人唯当十五岁至廿五岁之间，为人生最重要之时期，抑亦最危险之时期也。诸君在南开攻读，校风尚好，危险似较他校减少，然不过减少耳。校风为学生所造，品行良否，要仍以一己之修养力如何为断。盖在十五岁以下，其责任可归之父母师长，至此十年中则纯恃己力。昔希腊大哲学家苏格拉底语其弟子言曰，吾非以学问授汝，乃教汝以如何造学问。斯二语也，为世界教育家所公认。而于中学校尤有莫大之关系，教员之教其学生也，仅教其知学问耳，功课授以如何读法，道德授以如何守法，决非使学生如其言而行，便可立成完人。孔子至圣，所言亦只于指导世人，是故教员授学生造学问之力，苟因其言而悟，推而行之，未有不成完人者也。且在中学校时代，一切习惯品行皆于是立其基础，善者因之，恶者舍之，一生之人格立矣。不然，时机一过，毕业中学，或出而问世，或投身大学，入自由教育时代，其恶习惯吾人虽欲排去，而种种方面已挟之使不得逭，其难犹变更帝制而复共和也。譬之吸烟，年长之人亦知其害，而习惯已成，欲禁吸之，且难于反对帝制，犹早眠早兴者，偶尔失眠，其困苦亦甚。总此以观，恶习惯排去固自不易，而良习惯已养成者去之亦艰。是此十年中，果能舍恶就善，养成良好习惯，则一生可受其益。非然者，少小不努力，老大徒伤悲。施一分力，改良习惯于二十五岁以前者，此后用十倍百倍之力，亦未必能矣！品行坚定，既为他年入世之基。则今日在中学校中，各种恶习务必铲之使尽，不容其有丝毫存留。即以诳言论，在今日中国最为流行之恶习，虚夸声势，盛誉他人，虽贤者不免似此不足为病，实则结果趋全国人民溺于虚妄，而通国皆假。究其因何，莫非幼小养成之，故举一反三，希诸君立时改革，若俟之异日者，诚非吾所忍言其结果矣。

吾人之品行，何者为满足，斯诚难以一言尽之。然欲将来立身社会，而不为潮流所激动，入于歧途则意志坚定，是今吾人欲作一事，以必达其目的为指归。艰难困苦，非所计也，此为成功秘诀。方之乘舟欲抵一地，中途遇逆风，意志薄弱者必折舟而回，顺则复行，旅进旅退，徘徊中途，终无达彼岸之望。使遇事而悉如此，则均无所成，故凡事欲计其成，必须有一种坚忍不拔之气随之。匠人制桌，陶人制碗，事无大小，致力一也。无论聪明愚鲁，果其气不颓，力不怠，则大小必有成，结果无或殊。所谓命运，上天非能预判之也。孟子所谓养吾浩然之气，是固在此十年中锻炼之，使此十年光阴未掷虚牝，意志果克坚定也，则后日事业终可底成，使优游岁月无所适止，则结果亦如之。或问曰：养成意志坚定之方维何？曰：遇事循其理而行。在学校中举动一准乎师长，似无所操练也，实则以小推大，无稍差异。攻读者喜新厌故，择一弃百，不得谓之为是。性近文科者，于算学一道，终以明彻为目的，则结果必如其愿，此学生时代最易发生之事。若是则虽吾性所反对之科，可变为所爱近之课，推之一切，无不破的矣。此属于积极的。若消极者，性远于理化，厌之，则令吾所长者特别发达，随时随事增吾知识，于是吾之品行，当然因之高尚，而意志亦逐渐坚定，一生处世之把握即牢，岂必待出校后而始可注意于磨炼也哉！在此种意志当发动时，必须审慎周详，叩之良心而无愧，问之师长而称善，然后倾吾力行之。非则滥行不审，徒见其害也。学算学、习外国语者，因其困难干燥，遂生厌怠之心，然决不能因其难置之弗学，且从而坚其志，破其难关，一而再，再而三，终见算学、外国语有明通之望也。昔之思想迟滞者，今转因之敏捷，移其智而习他学科，所在皆易。逮入社会，以其坚定之志，敏捷之思，入困难之境，亦无所谓困难矣！盖内界能力可抵抗外界艰难。今日学校之修养，即预储此项能力，磨炼多年，他日之结果当然所向无敌。古今中外豪杰圣贤传记，吾日读之，崇拜之，终弗及坚吾意志，为益宏多。使诸君尽如是，则一己之人格立，中学校时代之第一品行问题决矣。

就知识论，其要亦多同于品行。吾人在社会任事，非有相当知识，断不能率而操觚。矧居今之世，事业之复杂又百倍于前，学术日新月异，诸君居校攻读课本，固为求相当知识，然仅将此数本书烂熟胸中，非可毕乃事也。无论中国各种书籍不甚充足，即在最完备之国，其学校亦绝对不能授学生以一切应用之学，或尽有之。逮学之既久，出而问此，时期已易，所学又未必合诸世用。矧学校中课本之学问，行之于社会，又绝不能柄凿相入也。然则学校中之课本，终无济于实用，学之何为？曰是，又不然。学校课本授人以造学问方法也，譬之学化学者，必先学考查元素，初视水之成分，以为即元素耳，细分之斯得二种元素，由是观凡百事理，非可骤下判断。多经一次试验，必多一新发现之理。读书不可以一目了然，便妄自尊大，读竟细玩其味，方知作者苦心及命意所在，如在化学试验室，未试验前与既试验后，其感想之差为如何耶？读史者必考其因果，如在战国时之秦，处极西之地，至始皇能兼并六国，统一中原，乃不数十载又亡于楚汉，考其原因，究其得失，思之有悟。叩之教员或误或是，或有缺憾，取而证之于今，是皆吾人利用读书之效果。他日为外交家，为行政官，胥恃此思矣。犹之习算学者，非仅答一二问题便为能事，使学生尽如是类，则其所学者，初不过受之教员，逮考试时仍还之教员耳，于学生何有？当学几何时细心揣度，终则脑思细密，收其效用，体操时惧教员扣分，方始临操，身体强健非所计，则终必体魄日羸，自伤其体，因形骸虽经训练，而意志不属，决不得收其实效；反之体魄日强，益以脑思细密，何求不遂。故吾人在学校中借十年锻炼之机，修养意志，开辟学问门径，使入于求学之趣途，以冀此后入世得机斯能求学，不致学与事截然为两途焉！

今南开职教员及学生，均为不可多得之才，而诸君又何幸有如斯之练习场，得以磨炼意志，训练脑思。诸君之根本坚固，此后出而升学他校，留学外邦，无论其校风如何，决无妨害。脑思细密，虽高尚学科，亦不至艰于考求。而做事则意志坚定，无所谓困难。处学校如此，入社会亦然。如斯方不负如此之学校，如此之师长也。非然者，以今日时势之危险、社会之恶习，诸君处新鲜空气之所，自不虞有他，一旦出身社会，入污浊之流，其成败不敢必矣。在昔私塾时代，士子终日孜孜不计意志，逮入世方知力薄能鲜。而今日之社会，又污卑甚于昔，使无坚强意志之学生入之，焉见其不与社会同流哉！昔日学校中人，吾人视之以为佳者，而今日置身社会，便随流合污，毫无克己能力，即由外国归来或毕业大学者，亦多如是。所以然者，岂非磨炼工浅，与社会相敌之力薄耶！以学问一端论，近时无复有讲之者，而士大夫尤甚。忆昔二十年前，鄙人居京，欲寻朋辈讲学，甚属易事，适用与否不必计，好学之心，固甚盛也。今则言旧学者，既渺渺难访，而新学亦复无人过问。若谓旧学陈腐，知者寥寥，故主持无人。岂新学号称时流及由外邦归来者尚无此倡学能力耶！非不为也。因其昔日在学校中未尝有斯磨炼，仅受学而已，预备讲义录而已，熟读胸中，考时还授之教员。教员亦与以佳评，学生用是自足，将来效力如何，不暇计也。即有在校时以研究学问发明学理为志者，逮入社会，以其与社会无关，置之不求，初则暂别，继而长辞矣！故今日社会堕落之大原，在已往青年其脑力未尝磨炼，意志未尝坚定也。若今者国家万一之希望，纯系诸学校青年之身矣！苟学校青年能人人磨炼其脑力，坚定其意志，倡为风气，普及全国，则诚国家无疆之福也。余以此期之全国学校中青年，而于南开尤深吾一层希望，设比较稍佳之南开，其青年亦同世俗浮流，则全国之希望恐亦随之断绝矣！

　　鄙人今日之言，望诸君勿视为空言无补。稍加研究，当能辅助诸君之脑思意志。唯时间匆匆，不得与诸君长谈，他日设有机缘，深盼复来贵校，与诸君多所商榷。然今日一席话，尤望诸君勿忘，幸甚。

　　　任公先生上月三十一日应校长张先生之请来
　　莅吾校，阖校师生特开欢迎会于礼堂，丐其教言。

先生慨然登坛演讲,历时约一钟有半,气度雍容,言若金石,入人脑海,笔之于纸,退而记之得四千余言。惜余不文,未克以生花之笔达先生之妙谛,仅述意焉耳。阅者苟深思之寝馈其中,倘亦他山之助乎!再,斯篇草就,得孔君云卿纠正之力甚多,不敢掠美,志此聊表谢忱。记者识。

莅教育部演词

1917年3月

教育部为全国教育行政最高机关，诸君又为全国教育最高机关主要之人，今日鄙人与诸君相见一堂，非常荣幸。但鄙人于教育经验甚少，亲身从事教育者，不过在湖南办学校半年有余，时间既短，办法又不完备，今乃在全国教育最高机关，与诸君谈论教育，岂不惭愧？

查我国创办教育，在前清光宣时代，当时无论新旧中人，莫不以教育为救国之要图，其规模制度虽不完备，然办理教育之人，抱有一种热诚，皆视教育为应尽之义务。此种精神，实为后来所不及。以今日教育现状而论，学校数目颇有推广，学生名额颇有增多，形式上不无进步。至精神上，则有远逊于昔者。昔时人人视为救国要图，今乃不为一般人所重视。地方上不独无提倡，且从而摧残之。不独此也，即社会对于教育，亦有种种怀疑之处，以为教育究竟于国家有无利益？夫教育为立国之根本，有不待言者，至今日而复发生教育无利益问题，讵不大可骇异？然必有所以致此者，其故不可不深察也。此诚非常危险，故鄙人对于教育，抱有非常之悲观，以为今之教育方法，非根本改革不可。

夫现在教育之气象，何以至于此极？固属政府与社会方面，俱有种种之原因，而教育之自身，亦实有不能自存之处。今后之改良，盖一方面在乎全国政治之趋向，一方面在乎教育界之认定责任也。以教育与其他政治之关系而言，教育总长处最高机关，不能不负责任。至教育自身不能自存者，究在何处？鄙人在教育上，无实在经验，言之恐不能中肯。唯个人之意见，以为有数点，应当注意，试缕陈之。

第一点，现在教育未脱科举余习也。现在学校，形式上虽有采新式教科书，而精神上仍志在猎官，是与科举尚无甚出入也。中国科举习惯，在汉朝时，已有萌芽；唐宋时，始完全成立；至清室乃极端发达。汉武帝立五经博士弟子员，供皇帝之侍奉。有识者非之，太史公《儒林传》曰："余读功令，至于广厉学官之路，未尝不废书叹也。"夫广开学校，为极善之举，何至废书而叹？可见当时之学校，专为官吏而设，入学校亦唯在于求官，班固所谓利禄之途然也。太史公所为叹息者，即在于此。然则我国利禄之害，其中于学校久矣。鄙人前在日本时，遇后藤君，叩以台湾教育。后藤君谓台湾教育，无法办理，该处人入学校，即志在做官，不做官即不入学校云云。当时余闻是言，心中颇有感触。岂独台湾，中国全国，亦何尝不然？其时中国初办教育，学校尚未完备，而主持教育者，仍沿用科举之方法，唯知奖励学生做官，如学生毕业奖励，留学生考试分部章程，纷纷颁布，此在他人所深恶痛绝者，而吾国方竭力奖励之不暇。夫以二千年来之恶习，久已深印于吾国人之脑筋，极力矫正，尚恐不足，而况加以奖励，其结果尚可问乎？至今日其险象已露矣。即西河沿一带客栈，求官者多至数万，遑论他处？此时教育尚未能普及，已有此现象，假使将来教育普及全国，人皆有做官思想，试问何以应付之？此非鄙人之妄言也。从来教育具若何之方针，斯造成若何之国民，教育以做官为方针，必使全国人有做官之思想而后已耳。教育不能普及，尚有农工商人；一旦普及，则农也，工也，商也，将全变为官矣。世界宁有此等国家耶？欲去此种积习，亦非政府定一方针，即可办到者，是在教育界中人，通力合作，以矫正之。如一时不能去净，则逐渐图之。从前错误，或有矫正之一日也。社会对于教育怀疑之点，前已言之。如抱此疑问者，仅属顽固之人，犹有说也，实则不独顽固者然，即不顽固者，亦大都如此也。教育之堕落，至于此极，尚可问乎？至于科举积习，如何始可铲除？其矫正之法式，或将此旨编入教科书，或著为论说，亦不敢遽定。唯教育界人不可不时时研究之，教育最高机关中人，尤不可不时时研究之。研究之结果，必有方法以矫正之。此所当注意者一也。

第二点，学问不求实用也。据鄙人之意见，学问可分为二类。一为纸的学问，一为事的学问。所谓纸的学问者，即书面上的学问，所谓纸上谈兵是也。事的学问，乃可以应用，可以做事之学问也。中国数千年来及欧洲文明未兴以前，皆是纸的学问。读古人书，不外模仿与解释二类，所学专为印证古人，食而不化，经史文辞，固有然矣。即新学盛兴，乃有矿学医学，然读矿学书，只知读熟，不能应用，其无用与熟读经史文学等，有如烧纸成灰而吞之。无论文学之纸灰、矿学之纸灰，其为无用一也。欧洲二百年前，实用学问未能发达，亦是为纸的学问所误。如学几何，只能熟习其程式，而不能应用于事物，其无用与吾国之文学等耳。自实用教育发明，欧洲教育经一次之大改革后，科学乃大进步。吾国始而八股，继而策论，继而各种教科书，形式上非无改革，然皆为纸的学问，不过天地玄黄，变作某种教科书之天地日月耳，又何裨于实用乎？教师之教也，但使学生能读能解，已尽其事，不问其他。学生之学也，亦志在能读能解，可以考取最优等，不问其他。然学问而不能应用于世，无论如何勤学，终日是纸的学问，其结果纸仍纸，我仍我，社会仍社会，无一毫益处也。且不独毫无益处，若细细研究，其结果则受教育者，文化反在未受教育者之下。何也？彼未受教育者，尚能与社会时常接近；既受教育者，反与社会全然断绝，欲再学则时不再来，又自谓地位较高，不屑与社会为伍，以致自暴自弃，一无所能。故未受教育者，尚能得一技之长，为农为工为商；而已受教育者，则舍做官外，无他能力。因做官只须每日到署，尽人而能也。此固由今日社会他种事业全不发达，不能全责教育自身。然教育自身，亦不能辞其责。如某君在外国留学商业，当其求学时，本无做官之志。乃回国后，欲在商界谋一事而不可得，遂不得不求为官矣。彼本为商业学生，何以不能在商界做事？固由于中国商业太旧，而实亦由于彼在学校时，除读书外，未曾研究一切商业习惯，或仅知外国商情，而不知本国商情者。皆纸的学问误之也，何能全责社会乎？今使有人劝一商界中人曰：尔用人须用商业毕业之人。其人亦勉从之。然彼用之商业毕业者，卒不能为之办一事，一经失败，则此后永远不敢再用此辈矣。故吾人须知纸的学问之害于学生。在学校时令其研究一切社会应用之事，则学校愈多，国家愈进步。盖人之机能，愈用而愈发达。如专在纸的学问上用功夫，则空耗费脑力而已。总之，学校与社会，万不可分离。在学校时，于社会应有之智识，研究有素，毕业后，断不患无人用之。在校养成一种活动之能力，将来在社会上，可以不必求人，亦足自立。且天下事积小以成大，一学生能为一小事，推至十百千万学生，其事业安可限量耶！现在学校与社会既不相容，顽固者以为学校无用，学校中人则自谓纸的学问已不少，社会上何以不用，因而愤世嫉俗，使学校与社会互相仇视。社会既为一般老农老工老商所据，事事不求进步，学校中人，又无机会与社会相接，亦不能贡献新得于社会，大局岂能进步？非独无进步也，甚且仇视日深，终至牵动大局，而祸变未有已时。此所当注意者二也。

第三点，即趣味教育程度问题也。此为鄙人个人之一种感觉，现在尚未能自信，然不妨与诸君商榷之。教育儿童，纯用趣味引诱，则不能扩张其可能性。从前师之对于儿童，过于严厉，专用体罚，致使儿童视就学为畏途，且足以妨害儿童之发育。今矫其弊，专以趣味教育引起儿童就学之兴味，如各教科书之图画等之类。其法固善，然趣味教育之程度，则不能不加以研究。近时教科书之深浅，种类之选择，课程之分配，仅足为中材以下之标准。稍聪颖者，则虽倍之不为多。此在编者教者，或不欲过费儿童之脑力。然失之过宽，亦实有不宜之处。盖人类之可能性，非常之大。教育之目的，即在扩张其可能性。愈用愈发达，愈不用亦愈退化。证之生理，乃不乏其例。今有二人于此，年岁相若，体质相若，衣服之厚薄亦相若，乃一则畏寒，一则不畏寒，则皮肤可能性发达之程度异也。盖人之皮肤中反抗外界激刺之可能性，愈受强迫，愈益发达，如常以冷水浴者自能耐寒之类。故可能性者，加以若何之勉强，斯发达至若何之程度者也。人之精神，亦复如是。昔人谓精神愈用而愈出，实为名言。如吾侪每日做事见客，亦不觉其苦。若长日无事，身体反觉疲倦，即其证也。故教育儿童，徒以趣味教育，俾其毫无勉强，必不能扩张儿童之可能性也。回思吾侪束发受书之际，并无今日美丽之教科书、悦目之图画，成绩亦颇不恶。则以受各种迫令，故其可能性自然发达也。读书而令儿童自己思索，不为讲解，未免近于蛮野。然如为师长者，或授一书而强使记诵，或发一义而使之思索，衡以今日教授之法，固属不合，然往往因此而生记忆力与理解力焉。鄙人言此，并非主张旧日之教法，不过证明今日纯用趣味引诱，不加强迫，亦未免过犹不及耳。此所当注意者三也。

第四点，言文不一致，足以阻科学之进步也。以中国现在之文字，学现在世界之科学，欲其进步，殆绝不可能之事。非以其烦难也，以中国之字，常用者不过数千，原不为难，难者其文法之组织耳。语言与文字，分而为二，其结果自不得不为纸的学问。盖吾国之文字，乃古时之文字，唯宜对古人用之，不宜用以求今之科学也。欧美各国，亦有古文今文两种。古文唯用于经典，研究科学，绝不用之。即如德国科学之进步，不过百年间事，其学问所以如此发达者，实因国语独立故。我国教育各种科学，必用古之文字，是为国内之不独立，是为对古人之不独立。讲来讲去，皆是古来学问，非现在之学问，无怪教育之不能发达也。此事闻贵部久已注意，可谓卓识。然不可不乘此时机，造成一种国语。所谓国语者，非可用一地方之俚语也，其程度必视寻常之语言稍高，视寻常之文字较低。将来通用于各学校，以利教育，则于科学之进步，教育之普及，均有莫大之裨益矣。从前一般教育家，深以儿童读经为诟病。诚以六七岁之儿童，万不能与之讲经说古也。今虽易以教科书，而所用者犹是古来文字，直五十步笑百步耳。科学之不能进步者以此。故鄙人以为及早造成一种国语，用以编纂教科书，以利教育，诚目前非常重要之事。此所当注意者四也。

以上四点，不过鄙人一己感想，是否有当，不敢自信。此外或尚有其他意见，唯苦于时间，不能详尽。他日如有机缘，当以文字或演说，贡献于诸君也。此数点外，鄙人尚有数言贡献于教育界者。大凡教育之前途，及现在之缺点、他日之改良等问题，身在教育界者，自必有一种感想。唯主义政策，究属空言。必得其人，然后乃能有济。否则虽有善法，亦属无补于事。外国教育之进步，由于多数之教育家之力任其难。中国果有教育家否？殊为疑问。盖凡为教育家，必终身以教育为职志，教育之外，无论何事，均非所计。又须头脑明净，识见卓越，然后能负此重任。吾国教育界中人，或一面在学校当教习，一面又兼营他事，即有不兼他事者，亦皆存一无可如何之心。夫教育之事业，何等重要，专心致志，尚恐不能尽善，今乃存一无可如何之心，试问何能进步？从前塾间教师，所入极微，又极劳苦，然其兴味极精神贯注。学生感触其精神，自能有益。今之教育中人，既以担任教育为无可如何，其精神之懈怠可想，学生岂能获益乎？夫学界之力，常与政界相抗。学界与政界争人材，学界不能胜。况现在之时局，日有变迁，做官亦并不甚难。故苟非志向极坚定之人，未有不为此潮流所卷去者。教育家之难得，职此之故也。欲矫除以上之弊，卓然自立为教育家，万不可不有一种哲学之理想，以与社会之恶习相抵抗。哲学之理想，乃最高尚之理想，不独教育界人有此理想，可以不为外物所动，即平常人有此理想，亦可免除许多烦恼。吾人须知人类为何生存，吾人在世界上有何责任，如仅为饮食男女等事，吾人又何必生此世乎？然则吾人生在世间，必有责任明矣。有责任，斯有目的。照此目的做去，则虽苦不觉其苦。否则即一日做一无目的之事，其苦已不可名状矣。今者全国之人，均陷于悲观，其悲观之所由出，亦实以无目的之故。现在不知造何因，将来不知收何果，终日忙忙碌碌，而不知究为谁忙碌，焉得不自觉其苦乎？夫人类之进化，无穷者也。先哲有云，在止于至善，至善无限止，唯循进化之轨道而行。一人所不能做者，合全世界人为之。一时所不能为者，合千万年为之。其能达到与否，均不得知，然却不能不抱此目的以行。盖世界之进化轨道，乃有统系者，如一条铁链然。铁链为无数之铁环互相衔接、互相联络而成。自首至尾，节节进步，不能中断也。人生于世，于社会有关，于进化有关。只要做一分事业，即有一分效果。万一不做，则如铁链中断，先我之人，既前功尽弃，后我之人，亦无从下手。吾人之责任，又岂轻哉？张子所谓乾称父，坤称母，予兹藐焉。乃混然中处者，其责任若何之重大。知此责任，无论做何事业，心常舒泰。否则虽努力为之，未有不自觉其苦者。一般之人如此，而教育家之责任尤重。然切不可因其责重而退缩不前。只需认定方针，必可达到目的。所谓求则得之是也。人生不过数十寒暑耳，社会之纷纷扰扰，吾人何必去管。名利为身外之物，贪多务得，有何用处？即人有百裘，着于身者只一裘也。明乎此理，自然不作出位之思矣。况教育家自己所做之事，较他事尤有把握。如政治家之政策，有失败时，而教育则无所谓失败也。功夫一毫不妄用，何乐而不为乎？余愿身当教育之冲者，自知其事业重大，且又极有把握，将他事看轻，执定主意，不与社会上之浊气相接触，则心君泰然，自有余乐，何必以官易我之教育乎？世界各国之教育，莫不有此理想，故能将至苦之生涯，视为至乐之境，否则世界何能有进步？

如艺花者,起早眠迟,非不知自逸之乐也,唯其目的在欲得好花,故虽劳而不觉其劳。教育家之成德达材,视今日之生徒,即他日文明灿烂之花也。鄙人极愿我国之教育家,养成此志,将来对于中国之前途,固有莫大之希望,即对于自己一身,亦有非常之愉快矣。

在中国公学之演说

1920年3月20日

梁任公先生近自欧洲归国，适上海中国公学恢复后第二次开学，遂开会以欢迎之。梁先生即席演说，主张发挥固有的民本精神，以矫欧洲代议制度及资本主义之流弊，颇足为国人当头棒喝。兹录其词如次。

鄙人对于校中任事诸人皆为道义交，可谓精神上久已结合一致，唯自己未曾稍尽义务为可愧耳。此次游欧，为时短而历地多，故观察亦不甚清切。所带来之土产，因不甚多，唯有一件可使精神受大影响者，即将悲观之观念完全扫清是已。

因此精神得以振作，换言之，即将暮气一扫而空。此次游欧所得止此。何以能致此？则因观察欧洲百年来所以进步之故，而中国又何以效法彼邦而不能相似之故，鄙人对于此点有所感想。

考欧洲所以致此者,乃因其社会上、政治上固有基础而自然发展以成者也。其固有基础与中国不同,故中国不能效法。欧洲在此百年中,可谓在一种不自然之状态中,亦可谓在病的状态中。中国效法此种病态,故不能成功。

第一以政治论。例如代议制,乃一大潮流,亦十九世纪唯一之宝物,各国皆趋此途,稍有成功,而中国独否。此何故?盖代议制在欧洲确为一种阶级,而在中国而无此可能性。

盖必有贵族地主,方能立宪,以政权集中于少数贤人之手,以为交付于群众之过渡。如英国确有此种少数优秀之人,先由贵族扩至中产阶级,再扩至平民,以必有阶级始能次第下移,此少数人皆有自任心。日本亦然,以固有阶级之少数优秀代表全体人民。至于中国则不然。自秦以来,久无阶级,故欲效法英日,竟致失败,盖因社会根底完全不同故也。中国本有民意政治之雏形,全国人久已有舆论民岩之印象。但其表示之方法则甚为浑漠为可憾耳。如御史制度,即其一例。其实自民本主义而言,中国人民向来有不愿政府干涉之心,亦殊合民本主义之精神。对于此种特性不可漠视。往者吾人徒作中央集权之迷梦,而忘却此种固有特性。须知集权与中国民性最不相容,强行之,其结果不生反动,必生变态,此所以吾人虽欲效法欧洲而不能成功者也。但此种不成功果为中国之不幸乎,抑幸乎?先以他国为喻。如日德,究竟其效法于英者,为成功欤,抑失败欤?日本则因结果未揭晓,悬而勿论。且言德国。

其先本分两派，一为共和统一派，一为君主统一派，迨俾士麦出，君主统一乃成。假定无俾氏，又假定出于共和统一之途，吾敢断言亦必成功，特不过稍迟耳；又假定其早已采用民本主义，吾敢决其虽未能发展如现在之速，然必仍发达如故。则可见此五十年乃绕道而走，至今仍须归原路，则并非幸也可知矣。总之德国虽学英而成，然其价值至今日则仍不免于重新估定。如中国虽为学而失败者，然其失败未必为不幸。譬如一人上山，一人走平地，山后无路，势必重下，而不能上山者，则有平路可走。可知中国国民，此次失败，不过小受波折，固无伤于大体，且将来大有希望也。

第二论社会亦然。中国社会制度颇有互助精神。竞争之说，素为中国人所不解，而互助则西方人不甚了解。中国礼教及祖先崇拜，皆有一部分为出于克己精神与牺牲精神者。中国人之特性不能抛弃个人享乐，而欧人则反之。夫以道德上而言，决不能谓个人享乐主义为高，则中国人之所长，正在能维持社会的生存与增长。故中国数千年来经外族之蹂躏，而人数未尝减少。职此之故，因此吾以为不必学他人之竞争主义，不如就固有之特性而修正扩充之也。

第三论经济。西方经济之发展，全由于资本主义，乃系一种不自然之状态，并非合理之组织。现在虽十分发达，然已将趋末路，且其积重难返，不能挽救，势必破裂。中国对于资本集中，最不适宜，数十年来欲为之效法，而始终失败。

然此失败，未必为不幸。盖中国因无贵族地主，始终实行小农制度。此种小农制度，法国自革命后始得之，俄之多数派亦主张此制，而中国则固有之。现代经济皆以农业为经济基础，则中国学资本主义而未成，岂非大幸？将来大可取新近研究所得之制度而采用之。鄙人觉中国之可爱，正在此。

总之，吾人当将固有国民性发挥光大之，即当以消极变为积极是已。如政治本为民本主义，惜其止在反对方面，不在组织方面；社会制度本为互助主义，亦惜止限于家庭方面，若变为积极，斯佳矣。鄙人自作此游，对于中国，甚为乐观，兴会亦浓，且觉由消极变积极之动机，现已发端。诸君当知，中国前途绝对无悲观，中国固有之基础，亦最合世界新潮，但求各人自高尚其人格，励进前往，可也。以人格论，在现代，以李宁（即列宁）为最，其刻苦之精神，其忠于主义之精神，最足以感化人，完全以人格感化全俄，故其主义能见实行。唯俄国国民性为极端，与中国人之中庸性格不同。吾以为中国人亦非设法调和不可，即于思想当为彻底解放，而行为则当踏实，必自立在稳当之地位。学生诸君当人人有自任心，极力从培植能力方面着想，总须将自己发展到圆满方可。对于中国不必悲观，对于自己则设法养成高尚人格，则前途诚未可量也。

辛亥革命之意义与十年双十节之乐观

1921 年 10 月 10 日

今日天津全学界公祝国庆,鄙人得参列盛会,荣幸之至。

我对于今日的国庆,有两种感想:第一,是辛亥革命之意义;第二,是十年双十节之乐观。请分段说明,求诸君指教。

"革命"两个字,真算得中国历史上的家常茶饭,自唐虞三代以到今日,做过皇帝的大大小小不下三四十家,就算是经了三四十回的革命。好像戏台上一个红脸人鬼混一会,被一个黄脸人打下去了;黑脸人鬼混一会,又被一个花脸人打下去了。拿历史的眼光看过去,真不知所为何来。一千多年前的刘邦、曹操、刘渊、石勒是这副嘴脸,一千多年后的赵匡胤、朱元璋、忽必烈、福临也是这副嘴脸。他所走的路线,完全是"兜圈子",所以可以说是绝无意义。我想中国历史上有意义的革命,只有三回:第一回是周朝的革命，打破黄帝、尧、舜以来部落政治的局面；第二回是汉朝的革命，打破三代以来贵族政治的局面；第三回就是我们今天所纪念的辛亥革命了。

辛亥革命有什么意义呢？简单说：一面是现代中国人自觉的结果。一面是将来中国人自发的凭借。

自觉，觉些什么呢？第一，觉得凡不是中国人，都没有权来管中国的事。第二，觉得凡是中国人，都有权来管中国的事。

第一件叫作民族精神的自觉，第二件叫作民主精神的自觉。这两种精神，原是中国人所固有；到最近二三十年间，受了国外环境和学说的影响，于是多年的"潜在本能"忽然爆发，便把这回绝大的自觉产生出来。如今请先说头一件的民族精神。原来一个国家被外来民族征服，也是从前历史上常有之事，因为凡文化较高的民族，一定是安土重迁，流于靡弱，碰着外来游牧剽悍的民族，很容易被他蹂躏。所以二三千年来世界各文明国，没有哪一国不经过这种苦头。但结果这民族站得住或站不住，就要看民族自觉心的强弱何如。所谓自觉心，最要紧的是觉得自己是"整个的国民"，永远不可分裂、不可磨灭。例如犹太人，是整个却不是国民；罗马人是国民却不是整个；印度人既不是国民更不是整个了。所以这些国从前虽然文化灿烂，一被外族征服，便很难爬得转来。讲到我们中国，这种苦头，真算吃得够受了。自五胡乱华以后，跟着什么北魏咧，北齐咧，北周咧，辽咧，金咧，把我们文化发祥的中原闹得稀烂。后来蒙古、满洲，更了不得，整个的中国，完全被他活吞了。虽然如此，我们到底把他们撵了出去。四五千年前祖宗留下来这分家产，毕竟还在咱们手里。诸君别要把这件事情看得很容易啊！请放眼一看，世界上和我们平辈的国家，如今都往哪里去了？现在赫赫有名的国家，都是比我们晚了好几辈。我们好像长生不老的寿星公，活了几千年，经过千灾百难，如今还是和小孩子一样，万事都带几分幼稚态度。这是什么缘故呢？因为我们自古以来就有一种觉悟，觉得我们这一族人像同胞兄弟一般，拿快利的刀也分不开；又觉得我们这一族人，在人类全体中关系极大，把我们的文化维持扩大一分，就是人类幸福扩大一分。这种观念，任凭别人说我们是保守也罢，说我们是骄慢也罢，总之我们断断乎不肯自己看轻了自己，确信我们是世界人类的优秀分子，不能屈服在别的民族底下。这便是我们几千年来能够自立的根本精神。……①所以晚明遗老像顾亭林、黄梨洲、王船山、张苍水这一班人，把一种极深刻的民族观念传给后辈，二百多年，未尝断绝。……②

　　第二件再说那民主精神。咱们虽说是几千年的专制古国，但咱们向来不承认君主是什么神权，什么天授。欧洲中世各国，都认君主是国家的主人，国家是君主的所有物。咱们脑筋里头，却从来没有这种谬想。咱们所笃信的主义，就是孟子说的"民为贵，社稷次之，君为轻"。拿一个铺子打譬，人民是股东，皇帝是掌柜；股东固然有时懒得管事，到他高兴管起事来，把那不妥当的掌柜撵开，却是认为天经地义。还有一件，咱们向来最不喜欢政府扩张权力，干

---

①② 此处略有删节。

涉人民,咱们是要自己料理自己的事。咱们虽然是最能容忍的国民,倘若政府侵咱们自由超过了某种限度,咱们断断不能容忍。咱们又是二千年来没有什么阶级制度,全国四万万人都是一般的高,一样的大。一个乡下穷民,只要他有本事,几年间做了当朝宰相,并不为奇;宰相辞官回家去,还同小百姓一样,受七品知县的统治,法律上并不许有什么特权。所以政治上自由、平等两大主义,算是我们中国人二千年来的公共信条。事实上能得到什么程度,虽然各时代各有不同,至于这种信条,在国民心目中却是神圣不可侵犯。我近来常常碰着些外国人,很疑惑我们没有民治主义的根底,如何能够实行共和政体。我对他说,恐怕中国人民治主义的根底,只有比欧洲人发达得早,并没比他们发达得迟;只有比他们打叠得深,并没比他们打叠得浅。我们本来是最"德谟克拉西"的国民,到近来和外国交通,越发看真"德谟克拉西"的好处,自然是把他的本性,起一种极大的冲动作用了。回顾当时清末的政治,件件都是和我们的信条相背,安得不一齐动手端茶碗送客呢?当光绪、宣统之间,全国有知识有血性的人,可算没有一个不是革命党,但主义虽然全同,手段却有小小差异。一派注重种族革命,说是只要把满洲人撵跑了,不愁政治不清明;一派注重政治革命,说是把民治机关建设起来,不愁满洲人不跑。两派人各自进行,表面上虽像是分歧,目的总是归着到一点。一面是同盟会的人,暗杀咧,起事咧,用秘密手段做了许多壮烈行为;一面是各省咨议局中立宪派的人,请愿咧,弹劾咧,用公开手段做了许多群众运动。这样子闹了好几年,牺牲了许多人的生命财产,直到十年前的今日,机会凑巧,便不约而同地起一种大联合运动。武昌一声炮响,各省咨议局先后十日间,各自开一场会议,发一篇宣言,那二百多年霸占铺产的掌柜,便乖乖地把全盘交出,我们永远托命的中华民国,便头角峥嵘地诞生出来了。这是谁的功劳呢?可以说谁也没有功劳,可以说谁也有功劳。老实说一句,这是全国人的自觉心,到时一齐迸现的结果。现在咱们中华民国,虽然不过一个十岁小孩,但咱们却是千信万信,信得过他一定与天同寿。从今以后,任凭他哪一种异族,野蛮咧,文明咧,日本咧,欧美咧,独占咧,共管咧,若再要来打那统治中国的坏主意,可断断乎做不到了。任凭什么人,尧舜咧,桀纣咧,刘邦、李世民、朱元璋咧,王莽、朱温、袁世凯咧,若再要想做中国皇帝,可是海枯石烂不会有这回事了。这回革命,就像经过商周之间的革命,不会退回到部落酋长的世界;就像经过秦汉之间的革命,不会退回到贵族阶级的世界。所以从历史上看来,是有空前绝大的意义,和那红脸打倒黑脸的把戏,性质完全不同。诸君啊,我们年年双十节纪念,纪念个什么呢?就是纪念这个意义。为什么要纪念这个意义?为要我们把这两种自觉精神越加发扬,越加普及,常常提醒,别要忘记。如其不然,把这双十节当作前清阴历十月初十的皇太后万寿一般看待,白白放一天假,躲一天懒,难道我们的光阴这样不值钱,可以任意荒废吗?诸君想想啊!

我下半段要说的是十年双十节之乐观。想诸君骤然听着这个标题，总不免有几分诧异，说是现在人民痛苦到这步田地，你还在那里乐观，不是全无心肝吗？但我从四方八面仔细研究，觉得这十年间的中华民国，除了政治一项外，没有哪一样事情不是可以乐观的。就算政治吧，不错，现时是十分悲观，但这种悲观资料，也并非很难扫除，只要国民加一番努力，立刻可以转悲为乐。请诸君稍耐点烦，听我说明。乐观的总根源，还是刚才所说那句老话："国民自觉心之发现。"因为有了自觉，自然会自动；会自动，自然会自立。一个人会自立，国民里头便多得一个优良分子；个个人会自立，国家当然自立起来了。十年来这种可乐观的现象，在实业、教育两界，表现得最为明显。我如今请从实业方面举几件具体的事例：宣统三年，全国纺纱的锭数，不满五十万锭，民国十年，已超过二百万锭了；日本纱的输入，一年一年地递减，现在已到完全封绝的地步；宣统三年，全国产煤不过一千二三百万吨，民国十年，增加到二千万吨了；还有一件应该特别注意的，从前煤矿事业，完全中国人资本，中国人自当总经理，中国人自当工程师，这三个条件具备的矿，一个也没有，所出的煤，一吨也没有，到民国十年，在这条件之下所产的煤四百万吨，几乎占全产额四分之一了。此外像制丝咧，制面粉咧，制烟咧，制糖咧，制盐咧，农垦咧，渔牧咧，各种事业，我也不必列举统计表上许多比较的数目字，免得诸君听了麻烦，简单说一句，都是和纱厂、煤矿等业一样，有相当的比例进步。诸君试想，从前这种种物品，都是由外国输入，或是由外国资本家经营，我们每年购买，出了千千万万金钱去胀外国人,如今挽回过来的多少呢?养活职工又多少呢?至如金融事业,宣统三年,中国人自办的只有一个大清银行,一个交通银行,办得实在幼稚可笑;说到私立银行,全国不过两三家,资本都不过十万以内。全国金融命脉,都握在上海、香港几家外国银行手里头,捏扁搓圆,凭他尊便。到今民国十年,公私大小银行有六七十家,资本五百万以上的亦将近十家,金融中心渐渐回到中国人手里。像那种有外国政府站在后头的中法银行,宣告破产,还是靠中国银行家来救济整理,中国银行公会的意见,五国银行团不能不表相当的尊重了。诸君啊,诸君别要误会,以为我要替资本家鼓吹。现在一部分的资本家,诚不免用不正当的手段,掠得不正当的利益,我原是深恶痛恨;而且他们的事业,也难保他都不失败。但这些情节,暂且不必多管。我总觉得目前这点子好现象,确是从国民自觉心发育出来:"中国人用的东西,为什么一定仰给外国人?"这是自觉的头一步;"外国人经营的事业,难道中国人就不能经营吗?"这是自觉的第二步;"外国人何以经营得好,我们从前赶不上人家的在什么地方?"这是自觉的第三步。有了这三种自觉,自然会生出一种事实来,就是"用现代的方法,由中国人自动来兴办中国应有的生产事业"。我从前很担心,疑惑中国人组织能力薄弱,不能举办大规模的事业。近来得了许多反证,把我的疑惧逐日减少。我觉得中国人性质,无论从哪方面看去,总看不出比外国人弱的地方;所差者还是旧有的学问知识,对付不了现代复杂的社会。即如公司一项,前清所办的十有八失败,近十年内却是成功的成数比失败的多了。这也没什么稀奇,从前办公司的不是老官场便是老买办,一厘新知识也没有,如今年富力强的青年或是对于所办事业有专门学识的,或是受过相当教育、常识丰富的,渐渐插足到实业界,就算老公司里头的老辈,也不能不汲引几位新人物来做臂膀。简单说一句,实业界的新人物新方法,对于那旧的,已经到取而代之的地位了。所以有几家办得格外好的,不唯事事不让外国人,只有比他们还要崭新进步。刚才所说的是组织方面,至于技术方面,也是同样的进化。前几天有位朋友和我说一段新闻,我听了甚有感触,诸君若不厌麻烦,请听我重述一番。据说北京近来有个制酒公司,是几位外国留学生创办的,他们卑礼厚币,从绍兴请了一位制酒老师傅来。那位老师傅头一天便设了一座酒仙的牌位,要带领他们致敬尽礼地去祷拜。这班留学生,自然是几十个不愿意,无奈那老师傅说不拜酒仙,酒便制不成,他负不起这责任,那些留学生因为热心学他的技术,只好胡乱陪着拜了。后来这位老师傅很尽职地在那里日日制酒,却是每回所制总是失败;一面这几位学生在旁边研究了好些日子,知道是因为南北气候和其他种种关系所致,又发明种种补救方法,和老师傅说,老师傅总是不信。后来这些学生用显微镜把发酵情状打现出来,给老师傅瞧,还和他说明所以然之故,老师傅闻所未闻,才恍然大悟地说道:"我向来只怪自己拜酒仙不诚心,或是你们有什么冲撞,如今才明白了完全不是那么一回事。"从此老师傅和这群学生教学相长,用他的经验来适用学生们的学理,制出很好的酒来了。

这段新闻，听着像是琐碎无关轻重，却是"科学的战胜非科学的"真凭实据。又可见青年人做事，要免除老辈的阻力而且得他的帮助，也并非难。只要你有真实学问再把热诚贯注过去，天下从没办不通的事啊。我对民国十年来生产事业的现象，觉得有一种趋势最为可喜，就是科学逐渐占胜。科学的组织，科学的经营，科学的技术，一步一步地在我们实业界中得了地盘。此后凡属非科学的事业，都要跟着时势，变计改良，倘其不然，就要劣败淘汰去了。这种现象，完全是自觉心发动扩大的结果，完全是民国十年来的新气象。诸君想想，这总算够得上乐观的好材料吧。在教育方面，越发容易看得出来。前清末年办学堂，学费、膳费、书籍费，学堂一揽千包，还倒贴学生膏火，在这种条件底下招考学生，却是考两三次还不足额。如今怎么样啦？送一位小学生到学校，每年百打百块钱，大学生要二三百，然而稍为办得好点的学校，哪一处不是人满。为什么呢？这是各家父兄有极深刻的自觉，觉得现代的子弟非求学问不能生存。在学生方面，从前小学生逼他上学，好像拉牛上树，如今却非到学堂不快活了；大学生十个里头，总有六七个晓得自己用功，不必靠父师督责。一上十五六岁，便觉得倚赖家庭，是不应该的，时时刻刻计算到自己将来怎样的自立。从前的普通观念，是想做官才去读书，现在的学生，他毕业后怎么的变迁，虽然说不定，若当他在校期间，说是打算将来拿学问去官场里混饭吃，我敢保一千人里头找不着一个。以上所说这几种现象，在今日看来，觉得很平常，然而在十年前却断断不会有的。为什么呢？因为多数人经过一番自觉之后才能得来，所以断断不容假借。讲到学问本身方面，那忠实研究的精神，一天比一天增长。固然是受了许多先辈提倡的影响，至于根本的原因，还是因为全国学问界的水平线提高了，想要学十年前多数学生的样子，靠那种"三板斧""半瓶醋"的学问来自欺欺人，只怕不会站得住。学生有了这种自觉，自然会趋到忠实研究一路了。既有了研究精神，兴味自然是愈引愈长，程度自然是愈进愈深。近两年来"学问饥饿"的声浪，弥漫于青年社会。须知凡有病的人，断不会觉得饥饿，我们青年觉得学问饥饿，便可证明他那"学问的胃口"消化力甚强；消化力既强，营养力自然也大。咱们学问界的前途，谁能够限量它呢？有人说："近来新思潮输入，引得许多青年道德堕落，是件极可悲观的事。"这些话，老先生们提起来，十有九便皱眉头。依我的愚见，劝他们很可以不必白操这心。人类本来是动物不是神圣，"不完全"就是他的本色。现在不长进的青年固然甚多，难道受旧教育的少爷小姐们，那下流种子又会少吗？不过他们的丑恶遮掩起来，许多人看不见罢了。凡一个社会当过渡时代，鱼龙混杂的状态，在所不免，在这个当口，自然会有少数人走错了路，成了时代的牺牲品。但算起总账来，革新的文化，在社会总是有益无害。因为这种走错路的人，对于新文化本来没有什么领会，就是不提倡新文化，他也会堕落。那些对于新文化确能领会的人，自然有法子鞭策自己、规律自己，断断不至于堕落。不但如此，那些借新文化当假面具的人，终究是在社会上站不住，任凭他出风头出三两年，毕竟要搦出社会活动圈以外。剩下这些在社会上站得住的人，总是立身行己，有些根底，将来新社会的建设，靠的是这些人，不是那些人。所以我对于现在青年界的现象，觉得是纯然可以乐观的。别人认为悲观的材料，在我的眼内，都不成问题。以上不过从实业、教育两方面立论，别的事在今天的短时间内恕我不能多举。总起来说一句，咱们十个年头的中华民国，的确是异常进步。前人常说：理想比事实跑得快。照这十年的经验看来，倒是事实比理想跑得快了。因为有许多事项，我们当宣统三年的时候，绝不敢说十年之内会办得到，哈哈！如今早已实现了。尤可喜的是，社会进步所走的路，一点儿没有走错。你看，近五十年来的日本，不是跑得飞快吗？可惜路走歪了，恐怕跑得越发远，越发回不过头来。我们现在所走的，却是往后新世界平平坦坦的一条大路；因为我们民族，本来自由平等的精神是很丰富的，所以一到共和的国旗底下，把多年的潜在本能发挥出来，不知不觉，便和世界新潮流恰恰相应。现在万事在草创时代，自然有许多不完全的地方，而且常常生出许多毛病，这也毋庸为讳。但方向既已不错，能力又不缺乏，努力前进的志气又不是没有，像这样的国民，你说会久居人下吗？

还有一件，请诸君别要忘记；我们这十年内社会的进步，乃是从极黑暗、极混乱的政治状态底下，勉强挣扎得来。人家的政治，是用来发育社会；我们的政治，是用来摧残社会。老实说一句，十年来中华民国的人民，只算是国家的孤臣孽子。他们在这种境遇之下，还挣得上今日的田地，倘使政治稍为清明几分，他的进步还可限量吗？讲到这里，诸君怕要说："梁某人的乐观主义支持不下去了。"我明白告诉诸君，我对于现在的政治，自然是十二分悲观；对于将来的政治，却还有二十四分的乐观哩！到底可悲还是可乐，那关键却全在国民身上。国民个个都说"悲呀，悲呀"！那真成了旧文章套调说的"不亦悲乎"！只怕跟着还有句"呜呼哀哉"呢！须知政治这样东西，不是一件矿物，也不是一个鬼神，离却人没有政治，造政治的横竖不过是人。所以人民对于政治，要它好它便好了，随它坏它便坏了。须知十年来的坏政治，大半是由人民纵坏。今日若要好政治，第一，是要人民确然信得过自己有转移政治的力量；第二，是人民肯把这份力量拿出来用。只要从这两点上有彻底的自觉，政治由坏变好，有什么难？拿一家打譬，主人懒得管事，当差的自然专横，专横久了，觉得他像不知有多大的神通，其实主人稍为发一发威，哪一个不怕？现在南南北北什么总统咧，巡帅咧，联帅咧，督军咧，总司令咧，都算是素来把持家政的悍仆，试问他们能有多大的力量，能有多久的运命？眼看着从前在台面上逞威风的，已经是一排一排地倒下去，你要知道现时站在台上的人结果如何，从前站的人就是他的榜样。我们国民多半拿军阀当作一种悲观资料，我说好像怕黑的小孩，拿自己的影子吓自己。须知现在纸糊老虎的军阀，国民用力一推，固然要倒，就是不推他也自己要倒。不过推他便倒得快些，不推他便倒得慢些。他们的末日，已经在阎罗王册上注了定期，在今日算不了什么大问题。只是一件，倘若那主人还是老拿着不管事的态度，那么这一班坏当差的去了，别一班坏当差的还推升上来，政治却永远无清明之日了。讲到这一点吗，近来许多好人打着不谈政治的招牌，却是很不应该；社会上对于谈政治的人，不问好歹，一概地厌恶冷淡，也是很不应该。国家是谁的呀？政治是谁的呀？正人君子不许谈，有学问的人不许谈，难道该让给亡清的贪官污吏来谈？难道该让给强盗头目来谈？难道该让给流氓痞棍来谈？我奉劝全国中优秀分子，要从新有一种觉悟："国家是我的，政治是和我的生活有关系的。谈，我是要谈定了；管，我是要管定了。"多数好人都谈政治，都管政治，那坏人自然没有站脚的地方。再申说一句，只要实业界、教育界有严重监督政治的决心，断不愁政治没有清明之日。好在据我近一两年来冷眼的观察，国民吃政治的苦头已经吃够了，这种觉悟，已经渐渐成熟了。我信得过我所私心祈祷的现象，不久便要实现。方才说的对于将来政治有二十四分乐观，就是为此。

诸君，我的话太长了，麻烦诸君好几点钟，很对不起。但盼望还容我总结几句。诸君啊，要知道希望是人类第二个生命，悲观是人类活受的死刑！一个人是如此，一个民族也是如此。古来许多有文化的民族，为什么会灭亡得无影无踪呀？因为国民志气一旦颓丧了，那民族便永远翻不转身来。我在欧洲看见德奥两国战败国人民，德国人还是个个站起了，奥国人已经个个躺下去，那两国前途的结果，不问可知了。我们这十岁大的中华民国，虽然目前像是多灾多难，但他的禀赋原来是很雄厚的，他的环境又不是和他不适，他这几年来的发育，已经可观，难道还怕他会养不活不成？养活成了，还怕没有出息吗？只求国民别要自己看不起自己，别要把志气衰颓下去，将来在全人类文化上，大事业正多着哩。我们今天替国家做满十岁的头一回整寿，看着过去的成绩，想起将来的希望，把我欢喜得几乎要发狂了。我愿意跟着诸君齐声三呼：

"中华民国万岁！"

美术与科学[①]

1922 年 4 月 15 日

稍为读过西洋史的人,都知道现代西洋文化,是从文艺复兴时代演进而来。现代文化根底在那里,不用我说,大家当然都知道是科学,然而文艺复兴主要的任务和最大的贡献,却是在美术。从表面看来,美术是情感的产物,科学是理性的产物,两件事很像不相容,为什么这位暖和和的阿特先生,会养出一位冷冰冰的赛因士儿子?其间因果关系,研究起来很有兴味。

美术所以能产生科学,全从"真美合一"的观念发生出来,他们觉得真即是美,又觉得真才是美,所以求美先从求真入手。

文艺复兴的太祖高皇帝雷安那德达温奇——就是画最有名的《耶稣晚餐图》那个人,谅来诸君都知道了。达温奇有几件故事,很有趣而且有价值。当时意大利某村乡,

---

[①] 本文是梁启超在北京美术学校的演讲。

新发现的希腊人雕刻的一尊温尼士女神裸体像，举国若狂的心醉其美，不久被基督教徒说是魔鬼，把它涂了脸凿了眼睛断了手脚丢在海里去了。达温奇和他几位同志，悄悄地到处发掘，又掘着第二尊。有一晚，他们关起大门在那里赏玩他们的新发现品，被基督教徒侦探着，一大群人声势汹汹地破门而入，人进去看见达温奇干什么呢，他拿一根软条的尺子在那里量那石像的尺寸部位，一双眼对着那石像出神，简直像没有看见众人一般，把众人倒愣了。当时在场的人，有一位古典派美术家老辈梅尔拉，不以达温奇的举动为然，告诉他道："美不是从计算产生出来的呀。"达温奇要理不理的，许久才答道："不错，但我非知道我所要知的事情不肯干休。"有一回傍晚时候，天气十分惨淡，有一位年高望重的天主教神父当众讲演，说："世界末日快到了，基督立刻来审判我们了，赶紧忏悔啊，赶紧皈依啊。"说得肉飞神动，满场听众受了激刺，哭咧，叫咧，打噤咧，磕头咧，闹得一团糟。达温奇有位高足弟子也在场，也被群众情感的浪卷去，觉得自己跟着这位魔鬼先生学，真是罪人，也叫起"耶稣救命"来。猛回头看见他先生却也在那边，在那边干什么呢？左手拿块画板，右手拿管笔，一双眼钉在那位老而且丑的神父脸上，正在画他呢。这两件故事，诸君听着好玩么？诸君啊，不要单作好玩看待，须知这便是美术和科学交通的一条秘密隧道。诸君以为达温奇光是一位美术家吗？不不，他还是一位大科学家。近代的生物学，是他"筚路蓝缕"地开辟出来，倘若生物学家有道统图，要推他当先圣周公，达尔文不过先师孔子罢了。他又会造飞机，又会造铁甲车船，现有他自己给米兰公爵的书信为证。诸君啊，你想当美术家吗？你想知道惊天动地的美术品怎样出来吗？请看达温奇。

我说了半天，还没有说到美术、科学相沟通的本题，现在请亮开来说吧。密斯忒阿特、密斯忒赛因士，他们哥儿俩，有一位共同的娘，娘什么名字？叫作密斯士奈渣，翻成中国话，叫作"自然夫人"。问美术的关键在哪里？限我只准拿一句话回答，我便毫不踌躇地答道："观察自然。"问科学的关键在哪里，限我只准拿一句话回答，我也毫不踌躇地答道："观察自然。"向来我们人类，虽然和"自然"耳鬓厮磨，但总是"鱼相忘于江湖"的样子，一直到文艺复兴以后，才算把这位积年老伙计认识了。认识过后，便一口咬住，不肯放松，硬要在他身上还出我们下半世的荣华快乐。哈哈，果然他老人家葫芦里法宝被我们搜出来了，一件是美术，一件是科学。

认识自然，不是容易的事。第一件要你肯观察，第二件还要你会观察，粗心固然观察不出，不能说仔细便观察得出，笨伯固然观察不出，弄聪明有时越发观察不出。观察的条件，头一桩，是要对于所观察的对象有十二分兴味，用全副精神注在它上头，像庄子讲的承蜩丈人"虽天地之大万物之多，而唯吾蜩翼之知"。第二桩要取纯客观的态度，不许有丝毫主观的僻见掺在里头，若有一点，所观察的便会走了样子了。达温奇还有一幅名画叫《莫那利沙》，莫那利沙就是达温奇爱恋的美人。相传画那一点微笑，画了四年，他自己说，虽然恋爱极热，始终却是拿极冷酷的客观态度去画它。要而言之,热心和冷脑相结合是创造第一流艺术品的主要条件。换个方面看来,岂不又是科学成立的主要条件吗?

真正的艺术作品,最要紧的是描写出事物的特性,然而特性各个不同,非经一番分析的观察功夫不可。莫泊三的先生教他作文,叫他看十个车夫,做十篇文来写他,每篇限一百字。晚餐图里头的基督,何以确是基督,不是基督的门徒?十二门徒中,何以彼得确是彼得,不是约翰?约翰确是约翰,不是犹大?犹大确是犹大,不是非卖主的余人?这种本领,全在同中观异,从寻常人不会注意的地方,找出各人情感的特色。这种分析精神,不又是科学成立的主要成分吗?

美术家的观察,不但以周遍精密的能事,最重要的是深刻。苏东坡述文与可论画竹的方法,说道:"画竹必先得成竹于胸中,执笔熟视,乃见其所欲画者。急起从之,振笔直遂,以追其所见,如兔起鹘落,稍纵则逝矣。"这几句话,实能说出美术的密钥。美术家雕画一种事物,总要在未动工以前,先把那件事物的整个实在完全摄取,一攫攫住它的生命,霎时间和我的生命并合为一,这种境界,很含有神秘性。虽然可以说是在理性范围以外,然而非用锐入的观察法一直透入深处,也断断不能得这种境界,这种锐入观察法,也是促进科学的一种助力。

美术的任务,自然是在表情,但表情技能的应用,须有规律的组织,令各部分互相照应。相传五代时蜀主孟昶,藏一幅吴道子画钟馗,左手捉一个鬼,用右手第二指挖那鬼的眼睛。孟昶拿来给当时大画家黄筌看，说道："若用拇指，似更有力。"请黄筌改正他。黄筌把画带回家去，废寝忘餐地看了几日，到底另画一本进呈。孟昶问他为什么不改，黄筌答道："道子所画，一身气力色貌，都在第二指，不在拇指，若把他改，便不成一件东西了，我这别本，一身气力，却都在拇指。"吴黄两幅画，可惜现在都失传，不能拿来比勘，但黄筌这番话，真是精到之极。我们看欧洲的名画名雕，也常常领略得一二。试想，画一个人，何以能全身气力都赶到一个指头上？何以内行的人，一看便看得出来？那别部分的配置照应，当然有很严正的理法藏在里头，非有极明晰极致密的科学头脑，恐怕画也画不成，看也看不到，这又是美术和科学不能分离的证据。

现在国内有志学问的人，都知道科学之重要，不能不说是学界极好的新气象，但还有一种误解，应该匡正。一般人总以为研究科学，必要先有一个极大的化验室，各种仪器具备，才能着手。化验室、仪器，为研究科学最利便的工具，自无待言，但以为这种设备没有完成以前，就绝对地不能研究科学，那可大错了。须知仪器是科学的产物，科学不是仪器的产物，若说没有仪器便没有科学，试想欧洲没有仪器以前，科学怎么会跳出来？即如达温奇的时代，可有什么仪器呀？何以他能成为科学家不祧之祖？须知科学最大能事，不外善用你的五官和脑筋，五官脑筋，便是最复杂最灵妙的仪器。老实说一句，科学根本精神，全在养成观察力。养成观察力的法门虽然很多，我想没有比美术再直捷了。因为美术家所以成功，全在观察"自然之美"，怎样才能看得出自然之美？最要紧是观察"自然之真"，能观察自然之真，不唯美术出来，连科学也出来了。所以美术可以算得科学的全锁匙。

我对于美术、科学都是门外汉，论理很不该饶舌，但我从历史上看来，觉得这两桩事确有"相得益彰"的作用。贵校是唯一的国立美术学校，他的任务，不但在养成校内一时的美术人才，还要把美育的基础筑造得巩固；把美育的效率，发挥得加大。校中职教员学生诸君，既负此绝大责任，那么，目前的修养和将来的传述，都要从远者大者着想。我希望诸君，常常提起精神，把自己的观察力养得十分致密，十分猛利，十分深刻，并把自己体验得来的观察方法，传与其人，令一般人都能领会，都能应用。孟子说："能与人规矩，不能使人巧。"遵用好的方法，能否便成一位大艺术家，这是属于"巧"的方面，要看各人的天才。就美术教育的任务说，最要紧是给被教育的人一个"规矩"。像中国旧话说的"可以意会，不可以言传"。那么，任凭各人乱碰上去也罢了，何必立这学校？若是拿几幅标本画临摹临摹，便算毕业，那么一个画匠优为之，又何必借国家之力呢？我想国立美术学校的精神旨趣，当然不是如此。是要替美术界开辟出一条可以人人共由之路，而且令美术和别的学问可以相沟通相浚发。我希望中国将来有"科学化的美术"，有"美术化的科学"，我这种希望的实现，就靠贵校诸君。

情圣杜甫

1922 年

一

今日承诗学研究会嘱托讲演,可惜我文学素养很浅薄,不能有什么新贡献,只好把咱们家里老古董搬出来和诸君摩拳一番,题目是"情圣杜甫"。在讲演本题以前,有两段话应该简单说明:

第一,新事物固然可爱,老古董也不可轻轻抹杀。内中艺术的古董,尤为有特殊价值。因为艺术是情感的表现,情感是不受进化法则支配的;不能说现代人的情感一定比古人优美,所以不能说现代人的艺术一定比古人进步。

第二,用文字表出来的艺术——如诗词歌剧小说等类,多少总含有几分国民的性质。因为现在人类语言未能统一,无论何国的作家,总须用本国语言文字做工具;这副工具操练得不纯熟,纵然有很丰富高妙的思想,也不能成为艺术的表现。

我根据这两种理由,希望现代研究文学的青年,对于本国二千年来的名家作品,着实费一番功夫去赏会他,那么,杜工部自然是首屈一指的人物了。

二

杜工部被后人上他徽号叫作"诗圣"。诗怎么样才算"圣",标准很难确定,我们也不必轻轻附和。我以为工部最少可以当得起"情圣"的徽号。因为他的情感的内容,是极丰富的,极真实的,极深刻的。他表情的方法又极熟练,能鞭辟到最深处,能将它全部完全反映不走样子,能像电气一般,一振一荡地打到别人的心弦上,中国文学界写情圣手,没有人比得上他,所以我叫他作情圣。

我们研究杜工部,先要把他所生的时代和他一生经历略叙梗概,看出他整个的人格。两晋六朝几百年间,可以说是中国民族混成时代,中原被异族侵入,掺杂许多新民族的血;江南则因中原旧家次第迁渡,把原住民的文化提高了。当时文艺上南北派的痕迹显然,北派真率悲壮,南派整齐柔婉,在古乐府里头,最可以看出这分野。唐朝民族化合作用,经过完成了,政治上统一,影响及于文艺,自然会把两派特性合冶一炉,形成大民族的新美。初唐是黎明时代,盛唐正是成熟时代。内中玄宗开元间四十年太平,正孕育出中国艺术史上黄金时代。到天宝之乱,黄金忽变为黑灰。时事变迁之剧,未有其比。当时蕴蓄深厚的文学界，受了这种激刺，益发波澜壮阔。杜工部正是这个时代的骄儿。他是河南人，生当玄宗开元之初。早年漫游四方，大河以北都有他足迹，同时大文学家李太白、高达夫，都是他的挚友。中年值安禄山之乱，从贼中逃出，跑到甘肃的灵武谒见肃宗，补了个"拾遗"的官，不久告假回家。又碰着饥荒，在陕西的同谷县几乎饿死。后来流落到四川，依一位故人严武。严武死后，四川又乱，他避难到湖南，在路上死了。他有两位兄弟，一位妹子，都因乱离难得见面。他和他的夫人也常常隔离，他一个小儿子，因饥荒饿死，两个大儿子，晚年跟着他在四川。他一生简单的经历，大略如此。

他是一位极热肠的人，又是一位极有脾气的人。从小便心高气傲，不肯趋承人。他的诗道：

以兹悟生理，独耻事干谒。

（《奉先咏怀》）

又说：

白鸥没浩荡，万里谁能驯。

（《赠韦左丞》）

可以见他的气概。严武做四川节度，他当无家可归的时候去投奔他，然而一点不肯趋承将就，相传有好几回冲撞严武，几乎严武容他不下哩。他集中有一首诗，可以当他人格的象征：

> 绝代有佳人，幽居在空谷。自言良家子，零落依草木。……在山泉水清，出山泉水浊。侍婢卖珠回，牵萝补茅屋。摘花不插鬓，采柏动盈掬。天寒翠袖薄，日暮倚修竹。
>
> （《佳人》）

这位佳人，身份是非常名贵的，境遇是非常可怜的，情绪是非常温厚的，性格是非常高亢的，这便是他本人自己的写照。

三

他是个最富于同情心的人。他有两句诗：

> 穷年忧黎元，叹息肠内热。
>
> （《奉先咏怀》）

这不是瞎吹的话，在他的作品中，到处可以证明。这首诗底下便有两段说：

> 彤庭所分帛，本自寒女出。鞭挞其夫家，聚敛贡城阙。
>
> （同上）

又说：

况闻内金盘，尽在卫霍室。中堂舞神仙，烟雾散玉质。暖客貂鼠裘，悲管逐清瑟。劝客驼蹄羹，霜橙压香橘。朱门酒肉臭，路有冻死骨。

（同上）

这种诗几乎纯是现代社会党的口吹。他作这诗的时候，正是唐朝黄金时代，全国人正在被镜里雾里的太平景象醉倒了。

这种景象映到他的眼中，却有无限悲哀。

他的眼光，常常注视到社会最下层，这一层的可怜人那些状况，别人看不出，他都看出；他们的情绪，别人传不出，他都传出。他著名的作品"三吏""三别"，便是那时代社会状况最真实的影戏片：

垂老别
老妻卧路啼，岁暮衣裳单。熟知是死别，且复伤其寒。此去必不归，还闻劝加餐。

新安吏
肥男有母送，瘦男独伶俜。白水暮东流，青山犹哭声。莫自使眼枯，收汝泪纵横。眼枯即见骨，天地终无情。

石壕吏
三男邺城戍。一男附书至，二男新战死。存者且偷生，死者长已矣。

这些诗是要作者的精神和那所写之人的精神并合为一，才能作出。他所写的是否他亲闻亲见的事实，抑或他脑中创造的影像，且不管他；总之他作这首《垂老别》时，他已经化身做那位六七十岁拖去当兵的老头子，作这首《石壕吏》时，他已经化身做那位儿女死绝衣食不给的老太婆，所以他说的话，完全和他们自己说一样。

他还有《戏呈吴郎》一首七律，那上半首是：

堂前扑枣任西邻，无食无儿一妇人。不为家贫宁有此，只缘恐惧转须亲。……

这首诗，以诗论，并没什么好处，但叙当时一件琐碎实事——一位很可怜的邻舍妇人偷他的枣子吃，因那人的惶恐，把作者的同情心引起了。这也是他注意下层社会的证据。

有一首《缚鸡行》，表出他对于生物的泛爱，而且很含些哲理：

小奴缚鸡向市卖，鸡被缚急相喧争。家人厌鸡食虫蚁，未知鸡卖还遭烹。虫鸡于人何厚薄，吾叱奴人解其缚。鸡虫得失无时了，注目寒江倚山阁。

有一首《茅屋为秋风所破歌》，结尾几句说道：

……安得广厦千万间，大庇天下寒士俱欢颜。风雨不动安如山。呜呼！何时眼前突兀见此屋，吾庐独破受冻死亦足。

有人批评他是名士说大话，但据我看来，此老确有这种胸襟，因为他对于下层社会的痛苦，看得真切，所以常把他们的痛苦当作自己的痛苦。

四

他对于一般人如此多情，对与自己有关系的人，更不待说了。我们试看他对朋友，那位因陷贼贬做台州司户的郑虔，他有诗送他道：

……便与先生应永诀，九重泉路尽交期。

又有诗怀他道：

天台隔三江，风浪无晨暮。郑公纵得归，老病不识路。……

（《有怀台州郑十八司户》）

那位因附永王璘造反长流夜郎的李白，他有诗梦他道：

死别已吞声，生别常恻恻。江南瘴疠地，逐

容无消息。故人入我梦，明我长相忆。恐非平生魂，路远不可测。魂来枫林青，魂返关塞黑。君今在罗网，何以有羽翼。落月满屋梁，犹疑照颜色。水深波浪阔，毋使蛟龙得。

(《梦李白》二首之一)

这些诗不是寻常应酬话，他实在拿郑、李等人当一个朋友，对于他们的境遇，所感痛苦，和自己亲受一样，所以作出来的诗，句句都带血带泪。

他集中想念他兄弟和妹子的诗，前后有二十来首，处处至性流露。最沉痛的如《同谷七歌》中：

有弟有弟在远方，三人各瘦何人强。生别展转不相见，胡尘暗天道路长。前飞驾鹅后鹙鸧，安得送我置汝旁。呜呼！三歌兮歌三发，汝归何处收兄骨。

有妹有妹在钟离，良人早没诸孤痴。长淮浪高蛟龙怒，十年不见来何时。扁舟欲往箭满眼，杳杳南国多旌旗。呜呼！四歌兮歌四奏，林猿为我啼清昼。

他自己直系的小家庭，光景是很困苦的，爱情却是很秾挚的。他早年有一首思家诗：

今夜鄜州月，闺中只独看。遥怜小儿女，未

解忆长安。香雾云鬟湿,清辉玉臂寒。何时倚虚幌,双照泪痕干。

(《月夜》)

这种缘情绮旎之作,在集中很少见。但这一首已可证明工部是一位温柔细腻的人。他到中年以后,遭值多难,家属离合,经过不少的酸苦。乱前他回家一次,小的儿子饿死了。他的诗道:

……老妻寄异县,十口隔风雪。谁能久不顾,庶往共饥渴。入门闻号咷,幼子饿已卒。吾宁舍一哀,里巷亦呜咽。所愧为人父,无食致夭折。

(《奉先咏怀》)

乱后和家族隔绝,有一首诗:

去年潼关破;妻子隔绝久。……自寄一封书,今已十月后。反畏消息来,寸心亦何有。……

(《述怀》)

其后从贼中逃归,得和家族团聚,他有好几首诗写那时候的光景:《羌村》三首中的第一首:

峥嵘赤云西,日脚下平地。柴门鸟雀噪,归客千里至。妻孥怪我在,惊定还拭泪。世乱遭飘荡,生还偶然遂。邻人满墙头,感叹亦歔欷。夜阑更秉烛，相对如梦寐。

《北征》里头的一段：

况我堕胡尘，及归尽华发。经年至茅屋，妻子衣百结。恸哭松声回，悲泉共幽咽。平生所娇儿，颜色白胜雪；见耶背面啼，垢腻脚不袜。床前两小女，补绽才过膝；海图坼波涛，旧绣移曲折；天吴及紫凤，颠倒在裋褐。老夫情怀恶，呕泄卧数日。那无囊中帛，救汝寒凛栗！粉黛亦解苞，衾裯稍罗列。瘦妻面复光，痴女头自栉；学母无不为，晓妆随手抹；移时施朱铅，狼藉画眉阔。生还对童稚，似欲忘饥渴。问事竞挽须，谁能即嗔喝。翻思在贼愁，甘受杂乱聒。

其后挈眷避乱，路上很苦。他有诗追叙那时情况道：

忆昔避贼初，北走经险艰。夜深彭衙道，月照白水山。尽室久徒步，逢人多厚颜。……痴女饥咬我，啼畏虎狼闻。怀中掩其口，反侧声愈嗔。小儿强解事，故索苦李餐。一旬半雷雨，泥泞相牵攀。……

（《彭衙行》）

他合家避乱到同谷县山中，又遇着饥荒，靠草根木皮活命，在他困苦的全生涯中，当以这时候为最甚。他的诗说：

> 长镵长镵白木柄，我生托子以为命。黄独无苗山雪盛，短衣数挽不掩胫。此时与子空归来，男呻女吟四壁静。……
>
> （《同谷七歌》之二）

以上所举各诗写他自己家庭状况，我替他起个名字叫作"半写实派"。他处处把自己主观的情感暴露，原不算写实派的作法。但如《羌村》《北征》等篇，多用第三者客观的资格，描写所观察得来的环境和别人情感，从极琐碎的断片详密刻画，确是近世写实派用的方法，所以可叫作半写实。这种作法，在中国文学界上，虽不敢说是杜工部首创，却可以说是杜工部用得最多而最妙。从前古乐府里头，虽然有些，但不如工部之描写入微。这类诗的好处在真，事愈写得详，真情愈发得透。我们熟读他，可以理会得"真即是美"的道理。

五

杜工部的"忠君爱国"，前人恭维他的很多，不用我再添话。他集中对于时事痛哭流涕的作品，差不多占四分之一，若把他分类研究起来，不唯在文学上有价值，而且在史料上有绝大价值。为时间所限，恕我不征引了。内中价值最大者，在能确实描写出社会状况，及能确实讴吟出时代心理。刚才举出半写实派的几首诗，是集中最通用的作法，此外还有许多是纯写实的。试举他几首：

　　献凯日继踵，两蕃静无虞。渔阳豪侠地，击鼓吹笙竽。云帆转辽海，粳稻来东吴。越罗与楚练，照耀舆台躯。主将位益崇，气骄凌上都。边人不敢议，议者死路衢。

　　　　　　　　　　　　（《后出塞》五首之四）

　　读这些诗，令人立刻联想到现在军阀的豪奢专横。——尤其逼肖奉、直战争前张作霖的状况。最妙处是不著一个字批评，但把客观事实直写，自然会令读者叹气或瞪眼。又如《丽人行》那首七古，全首将近二百字的长篇，完全立在第三者地位观察事实。从"三月三日天气新"，到"青鸟飞去衔红巾"，占全首二十六句中之二十四句，只是极力铺叙那种豪奢热闹情状，不唯字面上没有讥刺痕迹，连骨子里头也没有。直至结尾两句：

　　炙手可热势绝伦，慎莫近前丞相嗔。

　　算是把主意一逗。但依然不著议论，完全让读者自去批评。这种可以说讽刺文学中之最高技术。因为人类对于某种社会现象之批评，自有共同心理，作家只要把那现象写得真切，自然会使读者心理起反应，若把读者心中要说的话,作者先替他倾吐无余,那便索然寡味了。杜工部这类诗,比白香山《新乐府》高一筹,所争就在此。《石壕吏》《垂老别》诸篇,所用技术,都是此类。

工部的写实诗,十有九属于讽刺类。不独工部为然,近代欧洲写实文学,哪一家不是专写社会黑暗方面呢?但杜集中用写实法写社会优美方面的亦不是没有。如《遭田父泥饮》那篇:

> 步墟随春风,村村自花柳。田翁逼社日,邀我尝春酒。酒酣夸新尹,畜眼未见有。回头指大男,"渠是弓弩手。名在飞骑籍,长番岁时久。前日放营农,辛苦救衰朽。差科死则已,誓不举家走。今年大作社,拾遗能住否?"叫妇开大瓶,盆中为吾取。……高声索果栗,欲起时被肘。指挥过无礼,未觉村野丑。月出遮我留,仍嗔问升斗。

这首诗把乡下老百姓极粹美的真性情,一齐活现。你看他父子夫妇间何等亲热;对于国家的义务心何等郑重;对于社交何等爽快,何等恳切。我们若把这首诗当个画题,可以把篇中各人的心理从面孔上传出,便成了一幅绝好的风俗画。

我们须知道,杜集中关于时事的诗,以这类为最上乘。

六

工部写情,能将许多性质不同的情绪,归拢在一篇中,而得调和之美。例如《北征》篇,大体算是忧时之作。然而"青云动高兴,幽事亦可悦"以下一段,纯是玩赏天然之美。

"夜深经战场,寒月照白骨"以下一段,凭吊往事。"况我堕胡尘"以下一大段,纯写家庭实况,忽然而悲,忽然而喜。

"至尊尚蒙尘"以下一段,正面感慨时事,一面盼望内乱速平,一面又忧虑到凭借回鹘外力的危险。"忆昨狼狈初"以下到篇末,把过去的事实,一齐涌到心上。像这许多杂乱情绪迸在一篇,调和得恰可,非有绝大力量不能。

工部写情,往往愈拶愈紧,愈转愈深,像《哀王孙》那篇,几乎一句一意,试将现行新符号去点读他,差不多每句都须用"。"符或";"符。他的情感,像一堆乱石,突兀在胸中,断断续续地吐出,从无条理中见条理,真极文章之能事。

工部写情,有时又淋漓尽致一口气说出,如八股家评语所谓"大开大合"。这种类不以曲折见长,然亦能极其美。集中模范的作品,如《忆昔行》第二首,从"忆昔开元全盛日"起到"叔孙礼乐萧何律"止,极力追述从前太平景象,从社会道德上赞美,令意义格外深厚。自"岂闻一缣直万钱"到"复恐初从乱离说",翻过来说现在乱离景象,两两比对,令读者胆战肉跃。

工部还有一种特别技能,几乎可以说别人学不到,他最能用极简的语句,包括无限情绪,写得极深刻。如《喜达行在所》三首中第三首的头两句。

死去凭谁报，归来始自怜。

仅仅十个字，把十个月内虎口余生的甜酸苦辣都写出来，这是何等魄力。又如前文所引《述怀》篇的"反畏消息来"。

五个字，写乱离中担心家中情状，真是惊心动魄。又如《垂老别》里头：

势异邺城下，纵死时犹宽。

死是早已安排定了，只好拿期限长些做安慰，（原文是写老妻送行时语。）这是何等沉痛。又如前文所引的：

郑公纵得归，老病不识路。

明明知道他绝对不得归了，让一步虽得归，已经万事不堪回首。此外如：

带甲满天地，胡为君远行。
万方同一概，吾道竟何之。
　　　　　　　　　（《秦州杂诗》）

国破山河在，城春草木深。
　　　　　　　　　（《春望》）

亲朋无一字，老病有孤舟。
　　　　　　　　　（《登岳阳楼》）

> 古往今来皆涕泪，断肠分手各风烟。
>
> （《公安送韦二少府》）

之类，都是用极少的字表极复杂极深刻的情绪，他是用洗练功夫用得极到家，所以说："语不惊人死不休。"此其所以为文学家的文学。

悲哀愁闷的情感易写，欢喜的情感难写。古今作家中，能将喜情写得逼真的，除却杜集《闻官军收河南河北》外，怕没有第二首。那诗道：

> 剑外忽闻收蓟北，初闻涕泪满衣裳。却看妻子愁何在，漫卷诗书喜欲狂。白日放歌须纵酒，青春结伴好还乡。即从巴峡穿巫峡，便下襄阳到洛阳。

那种手舞足蹈情形，从心坎上奔迸而出，我说他和古乐府的《公无渡河》是同一样笔法。彼是写忽然剧变的悲情，此是写忽然剧变的喜情，都是用快光镜照相照得的。

七

工部流连风景的诗比较少，但每有所作，一定于所咏的景物观察入微。便把那景物做象征，从里头印出情绪。如：

竹凉侵卧内，野月满庭隅。重露成涓滴，稀星乍有无。暗飞萤自照，水宿鸟相呼。万事干戈里，空悲清夜徂。

（《倦夜》）

题目是"倦夜"，景物从初夜写到中夜后夜，是独自一个人有心事，睡不着，疲倦无聊中所看出的光景，所写环境，句句合心理反应。又如：

风急天高猿啸哀，渚清沙白鸟飞回。无边落木萧萧下，不尽长江滚滚来。……

（《登高》）

虽然只是写景，却有一位老病独客秋天登高的人在里头。便不读下文"万里悲秋常作客，百年多病独登台"两句，已经如见其人了。又如：

细草微风岸，危樯独夜舟。星垂平野阔，月涌大江流。……

（《旅夜书怀》）

从寂寞的环境上领略出很空阔很自由的趣味。末两句说："飘飘何所似，天地一沙鸥。"把情绪一点便醒。

所以工部的写景诗，多半是把景做表情的工具。像王、孟、韦、柳的写景，固然也离不了情，但不如杜之情的分量多。

八

　　诗是歌的笑的好呀？还是哭的叫的好？换一句话说，诗的任务在赞美自然之美呀，抑在呼诉人生之苦？再换一句话说，我们应该为作诗而作诗呀，抑或应该为人生问题中某项目的而作诗？这两种主张，各有极强的理由；我们不能做极端的左右袒，也不愿做极端的左右袒。依我所见：人生目的不是单调的，美也不是单调的。为爱美而爱美，也可以说为的是人生目的；因为爱美本来是人生目的的一部分。诉人生苦痛，写人生黑暗，也不能不说是美。因为美的作用，不外令自己或别人起快感；痛楚的刺激，也是快感之一。例如肤痒的人，用手抓到出血，越抓越畅快。像情感怎么热烈的杜工部，他的作品，自然是刺激性极强，近于哭叫人生目的那一路；主张人生艺术观的人，固然要读他。但还要知道：他的哭声，是三板一眼的哭出来，节节含着真美；主张唯美艺术观的人，也非读他不可。我很惭愧，我的艺术素养浅薄，这篇讲演，不能充分发挥"情圣"作品的价值；但我希望这位情圣的精神，和我们的语言文字同其寿命；尤盼望这种精神有一部分注入现代青年文学家的脑里头。

教育与政治[1]

1922 年 7 月 3 日

一

教育是什么？教育是教人学做人——学做现代人。

身子坏了，人便活不成或活得无趣，所以要给他种种体育；没有几件看家本事，就不能养活自己，所以要给他种种智育。其他一切教育事项虽然很复杂，目的总是归到学做人这一点。

人不是单独做得成，总要和别的人连带着做。无论何人，一面做地球上一个人，一面又做某个家族里头的父母或儿女，丈夫或妻子，一面又做某省某县某市某村的住民；此外因各人的境遇，或者兼做某个学校的教师或学生，某个公司的东家或伙计……尤其不能免的是无论何人总要做

---

[1] 本书是梁启超在济南中华教育改进社年会的演讲。

某个国家的国民。教育家教人做人，不是教他学会做单独一个人便了，还要叫他学会做父母做儿女做丈夫做妻子做伙计……乃至做国民，因为不会做这种种角色，想做单独一个人决然是做不成的。

各种角色里头的一种角色——国民，在从前是顶容易做的，"日出而作，日入而息，凿井而饮，耕田而食"。只要学会做单独一个人便算会做国民，倒也一点不费事，为什么呢？因为国家表现出来的活动是政治，政治是圣君贤相包办的，用不着国民管。倘若能永久是这么着，我们倒不必特别学会做国民才算会做人。如今可不行了，漫说没有圣君贤相，便有，也包办不了政治，政治的千斤担子已经硬压在国民肩膀上来了。任凭你怎么的厌恶政治，你总不能找一个没有政治的地方去生活，不生活于良政治之下，便生活于恶政治之下。恶政治的结果怎么样呢？哈哈，不客气，硬叫你们生活不成。怎样才能脱离恶政治的灾难呢？天下没有便宜事，该担担子的人大家都把担子担上，还要学会担担子的方法，还要学会担担子的能力。换句话说，一个一个人，除了学会为自己或家族经营单独生活所必要的本领外，还要学会在一个国家内经营共同生活所必需的本领。倘若不如此，只算学会做半个人，最高也只算得古代的整个人，不算得现代的整个人。教育家既然要教人学做现代的整个人，最少也须划出一部分工夫教他们学会做政治生活。

今天讲演的标题是教育与政治。诸君别要误会了，以为我要劝国内教育家都抛弃本业来做政治活动，以为我要劝各位教师在学校里日日和学生高谈政治问题，以为我希望各学校教出来的学生个个都会做大总统、国务员或议员。这些事不唯做不到而且无益，不唯在教育界无益而且在政治界也无益，今日所最需要的：

（一）如何才能养成青年的政治意识。

（二）如何才能养成青年的政治习惯。

（三）如何才能养成青年的判断政治能力。

三件事里头，尤以第二件——养成习惯为最要而最难。这三件事无论将来以政治为职业之人或是完全立身于政治以外的人，都是必要的。我确信这不但是政治上大问题，实在是教育上大问题，我确信这问题不是政治家所能解决，独有教育家才能解决。今日所讲，便专在这个范围内请教诸君。

二

政治不过团体生活所表现各种方式中之一种，所谓学政治生活，其实不外学团体生活。唯其如此，所以不必做实务的政治才能学会政治生活；唯其如此，所以在和政治无关的学校里头，很有余地施行政治生活的教育。

今请先说团体教育生活的性质。团体生活是变迁的、进化的，在古代血族团体或阶级团体里头，只要倚赖服从，便也生活下去。他们的生活方法是不必学的，自然无所用其教育。无奈这类团体在现代是站不住了。现代的团体，不是靠一两个人支持，是要靠全部团体员支持。质而言之，非用德谟克拉西方式组成的团体万万不能生存于现代，非充分了解德谟克拉西精神的人万万不会做现代的团体生活。因此，怎么样才能教会多数人做团体生活，便成了教育上最困难最切要的问题。

中国现在有一种最狼狈的现象是，事实上已经立于不能做现代团体生活的地位，然而这种生活，从前实在没有做过。换句话说，几千年传下来的社会组织，实在有许多地方和德谟克拉西精神根本不相容。在这种社会组织底下生活惯了的人，一旦叫他做德谟克拉西生活，好像在淡水里生长的黄河鲤鱼，逼着他要游泳到咸水的黄海，简直不知道怎么过法。还有一个譬喻，可以说今日的中国人，正是毛虫变蝴蝶时代，用一番脱胎换骨功夫，能够变得成，便是极美丽极自由的一只蝴蝶，如其不然，便把性命送掉了。我们今日个个人都要发愤学做现代的团体生活，如其不肯学或学不会，不唯团体哗啦下去，便连个人也决定活不成。今日中国最大的危险在此。

现代团体生活和非现代团体生活——即德谟克拉西生活和反德谟克拉西生活分别在哪里呢？依我所见，想做现代团体生活，最少要具有下列五个条件：

第一，凡团体员个个都知道团体是自己的——团体的事即是自己的事，自己对于团体该做的那一部分事诚心热心做去，绝对不避嫌不躲懒。

第二，凡团体的事绝对公开，令个个团体员都得有与闻且监督的机会。

第三，每一件事有赞成反对两派时，少数派经过充分的奋斗之后仍然失败，则绝对地服从多数，断不肯捣乱破坏。

第四，多数派也绝对地尊重少数派地位，令他们有充分自由发表意见的余地，绝不加以压迫，而且绝对地甘受他们监督。

第五，个个团体员对于各件事都要经过充分的考虑之后凭自己良心表示赞否，绝对地不盲从别人，更不受别人胁迫。

这五个条件，无论做何种团体生活都要应用，应用到最大的团体——即国家时，便是政治生活。拿这五个条件和我前文所讲三种需要比对，第一项属于政治意识，第二三四项属于政治习惯，第五项属于判断政治能力。

三

这五个条件，从今日在座诸君的眼光看来，真算得老生常谈。但我们须要知道，这点点子常谈，中国人便绝对地不能办到，不唯一般人为然，即如我们在座的人自命为优秀分子、智识阶级的怕也不能实践一件。我们又要知道，现代中国人为什么在世界舞台上变成"落伍者"，所欠就在这一点点，十年来的政治乃至其他各种公共事业为什么闹得一塌糊涂，病根就在欠这一点点。

如今先说第一个条件。我们向来对于团体的事是不问的，这原也难怪，因为我们相传的习惯，并没有叫多数人问事。一家的事，只有家长该问，一国的事，只有皇帝该问，我们若安心过这种生活也就罢了。无奈环境不许我，已经逼着要做人人问事的协同生活。我们承认要往新生活这条路上走，却抱持着旧生活抵死不肯放，无论何时总是摆出那"老不管事"的脸孔来。政治上的事且慢说，即如一个公司的股东，公司和他自己本身的关系不是最密切吗？试问有哪个公司开股东会时候，多数股东热心来问公司的事？除非是公司闹出乱子来股东着急跳一阵，却是已经贼去关门来不及了。对于财产切己关系的公司尚且如此，对于国家政治更何消说？人人都会骂军阀，骂官僚，骂政客，这种恶军阀、恶官僚、恶政客何以不发生于外国而独发生于中国？他们若使在外国便一天也不能在政治上生存。他们能够在中国政治上生存，唯一的保障，就是靠那些老不管事的中国百姓纵容恩典，骂即管骂，不管还是不管，做坏事的还是天天在那里做。倘若这种脾气不改过来，我敢说一切团体事业永远没有清明成立的一日。我并不是希望教育界的人常常放下书本东管这件西管那件，但我以为教育家对于团体员不管团体事这个毛病要认得痛切，要研究这毛病的来源在哪里，要想出灵效的药来对治他，令多数人在学校时代渐渐地把这坏脾气改过来，这是目前教育家第一大责任。

　　第二个条件讲的公开。凡一个人立在可以做坏事的地位，十个有九个定要做坏事。做坏事的人，十个有十个定要秘密，和他说"请你公开，请你公开"，那是不中用的。最要紧是令他没有秘密的余地，令人人知道团体生活中的秘密行动便是罪恶，犯这种罪恶的便不为社会所容。那么，这位秘密魔王,自然会绝迹了。怎么样才能养成这社会信条,又是教育家一个大责任。

第三第四项讲的是多数派少数派相互间的道德。这是现代团体生活里头最主要的骨骼,也是现在中国人最难试验及格的一个课题。中国人无论何事,不公开,他便永远不问了。一旦公开起来,不是多数派专横,便是少数派捣乱。这种实例,不消我举例列举,诸君但闭着眼想想历年国会、省议会以及其他公私大小团体开会时,哪一回不是这种状况?若使这种状况永远存续下去,那么,老实不客气,我们中国人只好永远和会议制度和协同生活绝缘。试看,欧美议会里头的普通现象何如?他们的少数派,常常以两三个人对于敌派几百人堂堂正正提出自己的主张,不屈不挠。(最显著的例如英国国会自十九世纪初年起提出普通选举案,连发案带附议不过两人,一回失败,次回提出,原案几乎不易一字,每提一回,必有一回极沉痛的演说,如此继续十几年,后来赞成这主张者年年加多,卒至成了自由党的党纲,变成国会的多数派。)依我们中国人眼光看来,绝对无通过希望的议案,何苦提出?他们的看法却不如是。他们纯以"知其不可而为之"的精神勤勤恳恳做下去,慢慢地唤起国民注意,引起国民同情,望收结果于几十年以后。他们先安排定了失败才去活动,失败之后,立刻便服从多数,乃至仅差一票的失败,一样的安然服从,像我们中国人动不动相率退席或出其他卑劣手段破坏议案的举动,从来没有听见过。(最显著的例如德国革命后制定宪法,独立社会党有许多地方根本反对原案,及至多数通过之后，他们宣言良心上虽依然反对，为促成宪法起见，事实上主张绝对服从。）他们多数派的态度又怎么样呢？他们虽然以几百人的大党对于两三个人的小党，也绝对尊重对面的意见，小党所提议案，从没有设法压阁，令他提不出来。小党人演说议案理由的时候，大党的领袖诚心诚意地听他，一面听一面把要点用铅笔择记，等他演完后诚心诚意地起来反驳。从没听见过凭恃大党威力妨害小党发言，从没听见过对于小党发言存丝毫轻藐。依我们中国人眼光看来，绝对不会通过的议案，何苦费那么大的劲去反驳？他们的看法却不如是。他们以后必须经过堂堂正正的大奋斗之后所得胜利才算真胜利。他们的小数派安心乐意把政权交给多数派，自己却立于监督地位，多数派也安心乐意受小数派的监督。（最显著的例如英国审计院长一定由政府反对党首领做。）他们深信政策之是非得失是相对的不是绝对的，甲党有这样的主张，乙党可以同时有恰恰相反的主张，彼此俱能代表一部分国利民福。甲党得政时施行这一部分国利民福，乙党得政时又施行那反面一部分国利民福，彼此交迭得几次，便越发和总体的国利民福相接近。他们在光天化日之下彼此互相监督，万不会有人能借国利民福名义鬼鬼祟祟地营私舞弊。他们所有争斗，都是用笔和舌做武器，最后的胜利，是专靠社会为后援。总而言之，他们常常在两造对垒的状态之下。他们的对垒争斗有确定的公认信条，这种信条并不是一条一条地印在纸上，乃系深入人人脑中成为习惯，有反背的自然内之受良心制裁外之受社会制裁。他们做这种争斗活动和别的娱乐游戏一样，感觉无穷趣味，他们凡关于团体生活，无论大大小小，总是用这种精神做去，政治不过这种生活的放大。

以上不过就我所想得到的随便说说，自然不足以尽现代团体生活的全部精神，但即此数端，也可以大略窥见所谓德谟克拉西者，并不是靠一面招牌几行条文可以办到，其根本实在国民性质国民习惯的深奥处所。我们若不从这方面着实下一番打桩功夫，那么，无论什么立宪、共和，什么总统制、内阁制，什么中央集权、联省自治，什么国家主义、社会主义，任凭换上一百面招牌，结果只换得一个零号。因为这种种制度，不过是一个"德谟克拉西娘胎"所养出来几个儿子，娘不是这个娘，儿子从哪里产出？又不唯政治为然，什么地方结合、职业结合、慈善结合、公司组织、合作组织等等，都是跟着一条线下来，德谟克拉西精神不能养成，这种种举动都成了庸人自扰。倘若中国人永远是这么着，那么，从今以后只好学鲁敏逊在荒岛里过独身生活，或是卖身投靠一位主人倚赖他过奴才生活，再别要想组织或维持一个团体用团体员资格过那种正当的自由生活。果然如此，我们中国人往后还有日子好过吗？我们既已不能坐视这种状况，那么，怎样的救济方法，自然成为教育上大问题。

四

我们种种反德谟克拉西的习惯，都是从历史上遗传下来，直到现在还是深根固蒂。但是，若说中国人没有德谟克拉西本能，我们总不能相信。因为人类本能，总不甚相远，断没有某种人所做的事别种人绝对地学不会。况且从前非德谟克拉西的国民现在已经渐渐脱胎换骨的，眼面前就有好几国可为例证。我根本信中华民族是不会被淘汰的民族，所以我总以中华民族有德谟克拉西的可能性为前提。不过这种德谟克拉西本能被传统的社会组织压住，变成潜伏的状态。近十年来，这种潜伏本能，正在天天想觅个石缝迸出，青年里头为尤甚。可惜从前教育方针太不对了，他的精神，几乎可以说是反德谟克拉西的，这潜伏本能有点萌芽，旋被摧折，或者逼着他走到歧路去。我想只要教育界能有彻底觉悟，往这方面切实改良，则从学校里发展这种潜伏本能是极易的事。从学校发展起来，自然便会普及全社会了。

从学校里养成德谟克拉西的团体生活习惯——尤其政治习惯，当以英国牛津、剑桥两大学为最好模范。这两校的根本精神，可以说是把智识教育放在第二位，把人格教育放在第一位。所谓人格，其实只是团体生活所必要的人格。据我所观察，这两校最长的特色有三：

第一，他们不重在书本教育而专注意于实生活，令学生多从事实上与人接触。所谓事实上接触者，还不是讨论某个事实问题，乃是找一件实事去做。所以他们的学校生活，可以说做事时间占去一半，读书时间只占得一半。就这一点论，和中国过去现在的教育都很不同。中国过去的教育，只能养成书呆子或烂名士，完全迂阔于事情，或好为乖僻脾气与人立异，又疏懒不好问俗事。现在所谓新教育办了那么多年，但这点老精神完全未改，总说学问只有读书，读书便是学问，结果纵然成绩很好，也不过教出无数新八股家来。所以高等学校以上教育方针，非从这点特别注意不可。

第二，每学生总认定一种体育。凡体育——如赛球、竞渡等类，非有对手两造不能成立，而且两造又必须各有其曹耦。因此养成团体竞争之良好习惯，自能移其竞争原则于政党及各种团体生活。

就这一点论，我忽然联想起中国古代学校中最通行的习射。孔子说："君子无所争，必也射乎……其争也君子。"孟子说："……发而不中，不怨胜己者。"凡射必有耦，两造各若干人对立，严守规则为正当之竞争，争的时候一点不肯放松，失败过后却绝不抱怨对手。这种精神用在团体竞争真好极了。我们古代教育是否有这种意识，且不必深求，至于英国人之如此注意体育，我们确信他的目的不单在操练身体，实在从这里头教人学得团体生活中对抗和协同的原则。所以英国人对于政治活动感觉极浓厚的趣味，他们竞争选举乃至在国会议场里奋斗，简直和赛球无异。这是教人学团体生活的最妙法门，我们应该采用他。

第三，他们的大学，是由十几个 College 合成的，他们的教员学生组织无数 Society，更有各校联合的 Union Society，俨然和巴力门同一形式。他们常常把政治上实际问题为具体的讨论，分赞成反对为极庄重的表决。

就这一点论，他们是采半游戏半实习的方法，令学生随着趣味的发展，不知不觉便养成政治上良好习惯。

以上所说三种特色，近来各国大学亦多有仿效，内中如美国尤为能变通增长，然而精神贯注，终以牛津、剑桥两校为最。我们中国对于这种团体生活习惯太没有了，应该特别助长他。所以我主张大学及高等专门，多要采用这两校的精神，大都市如北京、南京、上海等处，学校渐渐多了，宜赶紧用 Union 的组织，把这种精神灌输进去，行之数年，必有成效。

中学以下的教育，也该想方法令他和实际的团体生活日相接近。依我想，第一件，注意所谓公民教育，把课本悉心编好了，热心令他普及；第二件，在教员监督指导之下奖励学生自治会。这种理想，近来倡导的很多，不必我再详细说明理由，但我希望他不终于理想，赶紧实行才好。

五

所谓"在教员监督指导之下奖励学生自治会"这件事，还要格外郑重说明。

我刚才说中学以下应该如此，这原是一个原则，因为中学以下学生未到成熟时期，一面要奖励他们自动的自治，一面非有前辈带着他们上正轨道不可。高等专门以上学生，差不多要成熟了，本来纯粹地让他们自由活动最好，但因为中国人团体生活的底子太没有了，从前的中学又办得不好，学生没有经过相当之训练，让他们纯粹自由活动，恐怕不见得便有好成绩，结果甚至因噎废食。所以高等专门以上的团体生活实地练习，应否仍参加教员的监督指导，我认为在目前还是一个问题。

现在各学校中陆续模仿欧美学生团体生活的确已不少，就大端论，总算好现象，但亦往往发生毛病，其原因皆由旧家庭和旧社会积习太深，把种种劣根性传到学校，学校中非用防传染病手段随时随事堵截矫正不可。我请随便举几个例。

我曾听见某小学校某级有一回选举班长，那班里头十五六岁以上的很不少，结果他们举出个九岁小孩子来，闹得那小孩子不知所措，在那里哭；又听见某大学有一回选举足球队长，开票的结果，当选的乃是一位跛脚学生。这等事看着像是年轻人一时淘气，没有多大罪过，其实是中旧社会的毒中得太厉害了，他们把极郑重的事当作玩意儿，还加上一种尖酸刻薄的心理表现，和民国二年选举总统时有人投小阿凤的票正是一样。这种把正经事不当一回事的劣根性，正是我们不会做现代团体生活的最大病原。这种腐败空气侵入学校里来，往下简直无办法。

近几年来，各学校差不多都有学会了，据我所闻，大率每个会初成立时，全校都还热心，渐渐下去，会务总是由几位爱出风头的人把持，甚至或者借团体名义营些私利，好学生一个一个的都灰心站开了。这种现象，各校差不多如出一辙，乃至各校各地联合会也是这样。这种我以为不独是各种学生会前途可悲观的现象，简直是全国民团体生活前途可悲观的现象。我不责备那些把持的人，我要责备那些站开的人，坏人想把持公事，本来是人类普通性，所恃者有好人和他们奋斗，令他们把持不来。好人都厌事不问，消极的归洁其身，便是给坏人得志的机会，现在中国政治败坏的大根原就在此。这种名士心理侵入青年脑中，国家前途，便真不可救药了。

在合议场中多数专横或少数捣乱，也是近来青年团体最普通的现象。例如每开会时动辄有少数人预料自己主张不能通过，则故意扰乱秩序，令会议无结果而散，这于团体竞争原则太不对了。凡有两种意见对立时，一定有一个多数一个少数，若到了少数时便行破坏，你会破坏，人家也会破坏，结果非闹到所有议案都不成立不止。那么，便等于根本反对合议，根本不承认团体生活。

多数专横举动，其卑劣亦与少数捣乱正同。例如前两年闹罢课闹得最凶时，几于无论哪个学校，都不叫反对派有发言之余地，有反对的便视同叛逆。此外类似的先例还有许多，这也是中国人很坏的习性。须知天下事是非得失原是相对的，就算我所主张有八九分合理，也难保反对派主张没有一二分合理，最少也要让他把理由充分说明，我跟着逐条辩驳，才能令他和中立者都心服。至于因意见不合，丑词诬蔑对手的道德，尤为不该。须知凡尊重自己人格的人，同时也要尊重别人人格，不堂堂正正辩论是非，而旁敲侧击中伤对手，最是卑劣。如此则正当的舆论永远不会成立，逼着少数派人软薄的便消极不管，强悍的便横决破坏，便永远不会上团体生活的轨道。

要而言之，两三年来，德谟克拉西的信仰渐渐注入青年脑中，确是我们教育界唯一好现象。无奈只有空空洞洞的信仰，全未理会到他真精神何在，对于实行所必要的条件越发不注意,而过去遗传和现在环境所造出之恶习惯、势力又异常猖獗,所以刻意想做德谟克拉西生活,结果或至适得其反,久而久之,不唯授旁人口实,连最热心信仰的青年自己也疑惑懈怠起来。据我看来,这种反动已见端了,再往下去,恐怕连这点萌芽都摧残净尽。这不但是学界的大不幸,真是中国前途大不幸了。

然而种种毛病,不能专责备学生,我刚说过,习惯是由过去遗传和现在环境造成,全国青年本来长育于这种恶习惯之下,而当教育之任者又始终未尝向这方面设法改良,试问新习惯从何成立?何况先辈的人——如现充议员及其他团体员者正在日日造出恶榜样给他们看,以富于模仿性的青年,安得不耳濡目染与之俱化呢?讲到此处,那担子却全加在教育家的肩膀上了。

依我所见,现时提倡学生自动的自治,作为将来政治生活乃至一切团体生活的实地练习,这是时代最急迫的要求,毫无疑义的。但在教育界立身的人,不能说空空提倡便算塞责,务要身入其中,随时随事做最公平最恳切的指导,不唯中学以下应该如此,恐怕高等专门以上也应该如此。换句话说,学校除却书本教育之外,最少要分出一小半时候做实生活教育,最要紧的关键是教职员和学生打成一片,做共同的实生活,一面以身作则,一面对于不正当的习惯加以矫正,庶几乎把学生教成会做个人——会做个现代人了。至于教职员怎样才能指导学生,又是问题中之问题。倘若教职员自身先自不了解德谟克拉西精神,先自有许多反德谟克拉西的恶习惯,那就不如不指导也还好些。

既已不能没有人指导，而又不能得人指导，那么，前途真不可问。唉，只好看教职员自身的觉悟和努力何如了。

六

以上都是从养成习惯方面说，还有养成判断能力这一件事，要为最后的说明。

没有好习惯，则团体协同动作根本不能存在，前头大略都说过了，然而不能说单有好习惯便够，因为团体的行动既已由团体员意思决定，决定得对不对，实与团体的利害存亡有绝大关系。例如有一个国民在此，他们对于少数服从多数的习惯，确已养得甚好，但他们绝对无判断能力，忽然间因为一件不相干的事，有人主张和外国宣战，群众一哄而起，他们并没有计算自己有理无理，没有计算战后的利害如何，贸贸然把案多数或全体通过了，立刻便实行，你说他违反德谟克拉西原则吗？不然。然而结果会闹到亡国。历史上这类事情很不少，中国为尤甚。在专制时代，遇着昏聩糊涂的君主或家长，因为他一个人缺乏判断能力，可以闹到国亡家破。在德谟克拉西时代，遇着昏聩糊涂的国民，因为多数人缺乏判断能力，也会得同一的结果。所以如何才能养成判断能力，又是团体生活教育上一个重要问题。

团体生活事项是极复杂的，且多半是临时发生的。其中如政治事项，尤为什有九属于专门智识，要想在学校里教人逐件逐件都会判断，天下万无是理。教育的天职，只要养成遇事考虑的习惯，而且教人懂得考虑的方法，自然每一事临头，自己会拿出自己的主张；或者自己本无成见，听了两造辩驳的话便能了解他判断他。即如美国历来的政治问题——从前之用金用银，近年之国际联盟非国际联盟等等，不是专门经济学者国际学者，如何能有判断两造是非得失的能力？然而他们确是经过国民全体的判断。为什么临时能判断呢？都是平时受教育得来。

这种教育有两要点。第一，是养成遇事考虑的习惯，必要有事可遇，然后得有考虑的机会。方才讲牛津、剑桥的教法，专叫学生从实务上与人接触，就是令他们常常有事可遇。事的性质虽然有许多分别，明白事理的途径并无分别，只要经事经得多，便连那没有经过的事也会做了。所以，除讲堂教授之外，还要有种种实生活教育，便是养成判断能力的绝好法门。然则讲堂教授绝对无益吗？又不然，我所说第二要点——教人懂得考虑的方法，却可以有大半从讲堂教授得来。天下唯不肯研究的人才会盲从，凡事只要经过一番研究，多少总有点自己意见发现。这点意见，就名之曰判断。学理上的判断如此，事理上的判断也是如此。教授一科学问，并不是教学生把教师所讲牢牢记得便了，注重的在教他们懂得研究这门学问的方法，然后多发问题令他们自己去研究。越研究得多，判断力自然越丰富；越研究得精，判断力自然越深刻。譬如研究自然科学，研究哲学，研究考古学，总算和政治风马牛不相及了罢，但那人若果有研究的真精神，到一个政治问题临到他头上时，他自然会应用这精神去判断，而且判断得不甚错谬。欧美受过相当教育的人，都能对于实际问题有独立判断能力，就是为此。倘若守着旧式的注入教育，这种效果便永远不能发生了。

七

我今日讲这个题目的意思，因为我感觉近来教育界对于智识开发方面虽已渐渐革新进步，对于性格训练方面还未甚注意。就性格训练方面论，又是注重个性多注重群性少，而且都是理论，未尝定出一种具体方法大家实行。我望希本社同人对于团体生活教育，即政治教育特别注意，商量一个训练方针，急起直追去实行，我不胜大愿。

学问之趣味[1]

1922 年 8 月 6 日

我是个主张趣味主义的人，倘若用化学化分"梁启超"这件东西，把里头所含一种元素名叫"趣味"的抽出来，只怕所剩下仅有个〇了。我以为，凡人必常常生活于趣味之中，生活才有价值。若哭丧着脸挨过几十年，那么，生命便成沙漠，要来何用？中国人见面最喜欢用的一句话："近来作何消遣？"这句话我听着便讨厌。话里的意思，好像生活得不耐烦了，几十年日子没有法子过，勉强找些事情来消他遣他。一个人若生活于这种状态之下，我劝他不如早日投海！我觉得天下万事万物都有趣味，我只嫌二十四点钟不能扩充到四十八点，不够我享用。我一年到头不肯歇息，问我忙什么？忙的是我的趣味。我以为这便是人生最合理的生活，我常常想运动别人也学我这样生活。

凡属趣味，我一概都承认它是好的。但怎么样才算

---

[1] 本文是梁启超在东南大学为暑期学校学员的演讲。

"趣味",不能不下一个注脚。我说:"凡一件事做下去不会生出和趣味相反的结果的,这件事便可以为趣味的主体。"赌钱趣味吗,输了怎么样?吃酒趣味吗,病了怎么样?做官趣味吗,没有官做的时候怎么样?……诸如此类,虽然在短时间内像有趣味,结果会闹到俗语说的"没趣一齐来",所以我们不能承认它是趣味。凡趣味的性质,总要以趣味始以趣味终。所以能为趣味之主体者,莫如下列的几项:一、劳作;二、游戏;三、艺术;四、学问。诸君听我这段话,切勿误会以为,我用道德观念来选择趣味。我不问德不德,只问趣不趣。我并不是因为赌钱不道德才排斥赌钱,因为赌钱的本质会闹到没趣,闹到没趣便破坏了我的趣味主义,所以排斥赌钱;我并不是因为学问是道德才提倡学问,因为学问的本质能够以趣味始以趣味终,最合于我的趣味主义条件,所以提倡学问。

学问的趣味,是怎么一回事呢?这句话我不能回答。凡趣味总要自己领略,自己未曾领略得到时,旁人没有法子告诉你。佛典说的:"如人饮水,冷暖自知。"你问我这水怎样的冷,我便把所有形容词说尽,也形容不出给你听,除非你亲自嗑一口。我这题目——学问之趣味,并不是要说学问如何如何的有趣味,只要如何如何便会尝得着学问的趣味。

诸君要尝学问的趣味吗?据我所经历过的有下列几条路应走:

第一,"无所为"(为读去声)。趣味主义最重要的条件是"无所为而为"。凡有所为而为的事,都是以别一件事为目的而以这件事为手段。为达目的起见勉强用手段，目的达到时，手段便抛却。例如学生为毕业证书而做学问，著作家为版权而做学问，这种做法，便是以学问为手段，便是有所为。有所为虽然有时也可以为引起趣味的一种方便，但到趣味真发生时，必定要和"所为者"脱离关系。你问我："为什么做学问？"我便答道："不为什么。"再问，我便答道："为学问而学问。"或者答道："为我的趣味。"诸君切勿以为我这些话掉弄虚机，人类合理的生活本来如此。小孩子为什么游戏？为游戏而游戏；人为什么生活？为生活而生活。为游戏而游戏，游戏便有趣；为体操分数而游戏，游戏便无趣。

第二，不息。"鸦片烟怎样会上瘾？""天天吃。""上瘾"这两个字和"天天"这两个字是离不开的。凡人类的本能，只要那部分搁久了不用，他便会麻木会生锈。十年不跑路，两条腿一定会废了；每天跑一点钟，跑上几个月，一天不得跑时，腿便发痒。人类为理性的动物，"学问欲"原是固有本能之一种。只怕你出了学校便和学问告辞，把所有经管学问的器官一齐打落冷宫，把学问的胃弄坏了，便山珍海味摆在面前也不愿意动筷子。诸君啊！诸君倘若现在从事教育事业或将来想从事教育事业，自然没有问题，很多机会来培养你学问胃口。若是做别的职业呢，我劝你每日除本业正当劳作之外，最少总要腾出一点钟，研究你所嗜好的学问。一点钟哪里不消耗了？千万别要错过，闹成"学问胃弱"的症候，白白自己剥夺了一种人类应享之特权啊！

第三，深入的研究。趣味总是慢慢地来，越引越多，像那吃甘蔗，越往下才越得好处。假如你虽然每天定有一点钟做学问，但不过拿来消遣消遣，不带有研究精神，趣味便引不起来。或者今天研究这样明天研究那样，趣味还是引不起来。趣味总是藏在深处，你想得着，便要入去。这个门穿一穿，那个窗户张一张，再不会看见"宗庙之美，百官之富"，如何能有趣味？我方才说："研究你所嗜好的学问。""嗜好"两个字很要紧。一个人受过相当的教育之后，无论如何，总有一两门学问和自己脾胃相合，而已经懂得大概可以做加工研究之预备的。请你就选定一门作为终身正业（指从事学者生活的人说），或作为本业劳作以外的副业（指从事其他职业的人说）。不怕范围窄，越窄越便于聚精神；不怕问题难，越难越便于鼓勇气。你只要肯一层一层地往里面追，我保你一定被他引到"欲罢不能"的地步。

第四，找朋友。趣味比方电，越摩擦越出。前两段所说，是靠我本身和学问本身相摩擦，但仍恐怕我本身有时会停摆，发电力便弱了。所以常常要仰赖别人帮助。一个人总要有几位共事的朋友，同时还要有几位共学的朋友。共事的朋友，用来扶持我的职业；共学的朋友和共玩的朋友同一性质，都是用来摩擦我的趣味。这类朋友，能够和我同嗜好一种学问的自然最好，我便和他搭伙研究。即或不然——他有他的嗜好，我有我的嗜好，只要彼此都有研究精神，我和他常常在一块或常常通信，便不知不觉把彼此趣味都摩擦出来了。得着一两位这种朋友，便算人生大幸福之一。我想只要你肯找，断不会找不出来。

　　我说的这四件事，虽然像是老生常谈，但恐怕大多数人都不曾会这样做。唉，世上人多么可怜啊！有这种不假外求不会蚀本不会出毛病的趣味世界，竟自没有几个人肯来享受。古书说的故事"野人献曝"，我是尝冬天晒太阳的滋味尝得舒服透了，不忍一人独享，特地恭恭敬敬地来告诉诸君。诸君或者会欣然采纳吧？但我还有一句话，太阳虽好，总要诸君亲自去晒，旁人却替你晒不来。

敬业与乐业[①]

1922 年 8 月 14 日

我这题目，是把《礼记》里头"敬业乐群"和《老子》里头"安其居乐其业"那两句话，断章取义造出来。我所说是否与《礼记》《老子》原意相合，不必深求。但我确信"敬业乐业"四个字，是人类生活不二法门。

本题主眼，自然是在"敬"字"乐"字。但必先有业，才有可敬可乐的主体，理至易明。所以在讲演正文以前，先要说说有业之必要。

孔子说："饱食终日，无所用心，难矣哉！"又说："群居终日，言不及义，好行小慧，难矣哉！"孔子是一位教育大家，他心目中没有什么人不可教诲，独独对于这两种人便摇头叹气说道："难，难！"可见人生一切毛病都有药可医，唯有无业游民，虽大圣人碰着他，也没有办法。

唐朝有一位名僧百丈禅师，他常常用两句格言教训弟

[①] 本文是梁启超在上海中华职业学校的演讲。

子，说道："一日不做事，一日不吃饭。"他每日除上堂说法之外，还要自己扫地、擦桌子、洗衣服，直到八十岁，日日如此。有一回，他的门生想替他服劳，把他本日应做的工悄悄地都做了，这位言行相顾的老禅师，老实不客气，那一天便绝对地不肯吃饭。

我征引儒门佛门这两段话，不外证明人人都要正当职业，人人都要不断地劳作。倘若有人问我："百行什么为先？万恶什么为首？"我便一点不迟疑答道："百行业为先，万恶懒为首。"没有职业的懒人，简直是社会上蛀米虫，简直是"掠夺别人勤劳结果"的盗贼。我们对于这种人，是要彻底讨伐，万不能容赦的。有人说："我并不是不想找职业，无奈找不出来。"我说，职业难找，原是现代全世界普通现象，我也承认。这种现象应该如何救济，别是一个问题，今日不必讨论。但以中国现在情形论，找职业的机会，依然比别国多得多。一个精力充满的壮年人，倘若不是安心躲懒，我敢信他一定能得相当职业。今日所讲，专为现在有职业及现在正做职业上预备的人——学生——说法，告诉他们对于自己现有的职业应采何种态度。

第一要敬业。"敬"字为古圣贤教人做人最简易、直捷的法门，可惜被后来有些人说得太精微，倒变了不适实用了。唯有朱子解得最好，他说："主一无适便是敬。"用现在的话讲，凡做一件事，便忠于一件事，将全副精力集中到这事上头，一点不旁骛，便是敬。业有什么可敬呢？为什么该敬呢？人类一面为生活而劳动，一面也是为劳动而生活。人类既不是上帝特地制来充当消化面包的机器，自然该各人因自己的地位和才力，认定一件事去做。凡可以名为一件事的，其性质都是可敬，当大总统是一件事，拉黄包车也是一件事。事的名称，从俗人眼里看来有高下；事的性质，从学理上解剖起来，并没有高下。只要当大总统的人信得过我可以当大总统才去当，实实在在把总统当作一件正经事来做；拉黄包车的人，信得过我可以拉黄包车才去拉，实实在在把拉车当作一件正经事来做，便是人生合理的生活。这叫作职业的神圣。凡职业没有不是神圣的，所以凡职业没有不是可敬的。唯其如此，所以我们对于各种职业，没有什么分别拣择。总之，人生在世，是要天天劳作的。劳作便是功德，不劳作便是罪恶。至于我该做哪一种劳作呢？全看我的才能何如境地何如。因自己的才能境地，做一种劳作做到圆满，便是天地间第一等人。

怎样才能把一种劳作做到圆满呢？唯一的秘诀就是忠实，忠实从心理上发出来的便是敬。《庄子》记痀偻丈人承蜩的故事，说道："虽天地之大，万物之多，而惟吾蜩翼之知。"凡做一件事，便把这件事看作我的生命，无论别的什么好处，到底不肯牺牲我现做的事来和他交换。我信得过我当木匠的做成一张好桌子，和你们当政治家的建设成一个共和国家同一价值；我信得过我当挑粪的把马桶收拾得干净，和你们当军人的打胜一支压境的敌军同一价值。大家同是替社会做事，你不必羡慕我，我不必羡慕你。怕的是我这件事做得不妥当，便对不起这一天里头所吃的饭。所以我做事的时候，丝毫不肯分心到事外。曾文正说："坐这山，望那山，一事无成。"我从前看见一位法国学者著的书，比较英法两国国民性，他说："到英国人公事房里头，只看见他们埋头执笔做他的事；到法国人公事房里头，只看见他们衔着烟卷像在那里出神。英国人走路，眼注地上，像用全副精神注在走路上；法国人走路，总是东张西望，像不把走路当一回事。"这些话比较得是否确切，姑且不论，但很可以为"敬业"两个字下注脚。若果如他们所说，英国人便是敬，法国人便是不敬。一个人对于自己的职业不敬，从学理方面说，便是亵渎职业之神圣；从事实方面说，一定把事情做糟了，结果自己害自己。所以敬业主义，于人生最为必要，又于人生最为有利。庄子说："用志不纷，乃凝于神。"孔子说："素其位而行，不愿乎其外。"我说的敬业，不外这些道理。

第二要乐业。"做工好苦呀！"这种叹气的声音，无论何人都会常在口边流露出来。但我要问他："做工苦，难道不做工就不苦吗？"今日大热天气，我在这里喊破喉咙来讲，诸君扯直耳朵来听，有些人看着我们好苦。翻过来，倘若我们去赌钱，去吃酒，还不是一样的淘神费力，难道又不苦？须知苦乐全在主观的心，不在客观的事。人生从出胎的那一秒钟起到咽气的那一秒钟止，除了睡觉以外，总不能把四肢、五官都搁起不用。只要一用，不是淘神，便是费力，劳苦总是免不掉的。会打算盘的人，只有从劳苦中找出快乐来。我想天下第一等苦人，莫过于无业游民，终日闲游浪荡，不知把自己的身子和心子摆在哪里才好。他们的日子真难过。第二等苦人，便是厌恶自己本业的人，这件事分明不能不做，却满肚子里不愿意做。不愿意做逃得了吗？到底不能。结果还是皱着眉头，哭丧着脸做去。这不是专门自己替自己开玩笑吗？我老实告诉你一句话："凡职业都是有趣味的，只要你肯继续做下去，趣味自然会发生。"为什么呢？第一，因为凡一件职业，总有许多层累、曲折，倘能身入其中，看它变化、进展的状态，最为亲切有味。第二，因为每一职业之成就，离不了奋斗，一步一步地奋斗前去，从刻苦中得快乐，快乐的分量加增。第三，职业的性质，常常要和同业的人比较骈进，好像赛球一般，因竞胜而得快乐。第四，专心做一职业时，把许多游思、妄想杜绝了，省却无限闲烦恼。孔子说："知之者不如好之者，好之者不如乐之者。"人生能从自己职业中领略出趣味，生活才有价值。孔子自述生平，说道："其为人也，发愤忘食，乐以忘忧，不知老之将至云尔。"这种生活，真算得人类理想的生活了。

我生平最受用的有两句话：一是"责任心"，二是"趣味"。我自己常常力求这两句话之实现与调和，又常常把这两句话向我的朋友强聒不舍。今天所讲，敬业即是责任心，乐业即是趣味。我深信人类合理的生活总该如此，我盼望诸君和我同一受用！

科学精神与东西文化

1922 年 8 月 20 日

一

今日我感觉莫大的光荣，得有机会在一个关系中国前途最大的学问团体——科学社的年会来讲演。但我又非常惭愧而且惶恐，像我这样对于科学完全门外汉的人，怎样配在此讲演呢？这个讲题——《科学精神与东西文化》，是本社董事部指定要我讲的。我记得科学时代的笑话：有些不通秀才去应考，罚他先饮三斗墨汁，预备倒吊着滴些墨点出来。我今天这本考卷，只算倒吊着滴墨汁，明知一定见笑大方，但是句句话都是表示我们门外汉对于门内的"宗庙之美，百官之富"如何欣羡、如何崇敬、如何爱恋的一片诚意。我希望国内不懂科学的人或是素来看轻科学、讨厌科学的人，听我这番话得多少觉悟，那么，便算我个人对于本社一点贡献了。

近百年来科学的收获如此其丰富,我们不是鸟,也可以腾空;不是鱼,也可以入水;不是神仙,也可以和几百千里外的人答话……诸如此类,哪一件不是受科学之赐?任凭怎么顽固的人,谅来"科学无用"这句话,再不会出诸口了。然而中国为什么直到今日还得不着科学的好处?直到今日依然成为"非科学的国民"呢?我想,中国人对于科学的态度,有根本不对的两点:

其一,把科学看得太低了,太粗了。我们几千年来的信条,都说的"形而上者谓之道,形而下者谓之器","德成而上,艺成而下"这一类话。多数人以为,科学无论如何如何高深,总不过属于艺和器那部分,这部分原是学问的粗迹,懂得不算稀奇,不懂得不算耻辱;又以为,我们科学虽不如人,却还有比科学更宝贵的学问——什么超凡入圣的大本领,什么治国平天下的大经纶,件件都足以自豪,对于这些粗浅的科学,顶多拿来当一种补助学问就够了。因为这种故见横亘在胸中,所以从郭筠仙、张香涛这班提倡新学的先辈起,都有两句自鸣得意的话,说什么"中学为体,西学为用"。这两句话现在虽然没有从前那么时髦了,但因为话里的精神和中国人脾胃最相投合,所以话的效力,直到今日,依然为变相的存在。老先生们不用说了,就算这几年所谓新思潮,所谓新文化运动,不是大家都认为蓬蓬勃勃有生气吗?试检查一检查他的内容,大抵最流行的莫过于讲政治上、经济上这样主义那样主义,我替他起个名字,叫作西装的治国平天下大经纶;次流行的莫过于讲哲学上、文学上这种精神那种精神,我也替他起个名字，叫作西装的超凡入圣大本领。至于那些脚踏实地平淡无奇的科学，试问有几个人肯去讲求？学校中能够有几处像样子的科学讲座？有了，几个人肯去听？出版界能够有几部有价值的科学书，几篇有价值的科学论文？有了，几个人肯去读？我固然不敢说现在青年绝对的没有科学兴味，然而兴味总不如别方面浓。须知，这是积多少年社会心理遗传下来！对于科学认为"艺成而下"的观念，牢不可破，直到今日，还是最爱说空话的人最受社会欢迎。做科学的既已不能如别种学问之可以速成，而又不为社会所尊重，谁肯埋头去学他呢？

其二，把科学看得太呆了，太窄了。那些绝对的鄙厌科学的人且不必责备，就是相对的尊重科学的人，还是十个有九个不了解科学性质。他们只知道科学研究所产结果的价值，而不知道科学本身的价值；他们只有数学、几何学、物理学、化学等等概念，而没有科学的概念。他们以为学化学便懂化学，学几何便懂几何；殊不知并非化学能教人懂化学，几何能教人懂几何，实在是科学能教人懂化学和几何。他们以为只有化学、数学、物理、几何等等才算科学，以为只有学化学、数学、物理、几何才用得着科学；殊不知所有政治学、经济学、社会学等等，只要够得上一门学问的，没有不是科学。我们若不拿科学精神去研究，便做哪一门子学问也做不成。中国人因为始终没有懂得"科学"这个字的意义，所以五十年前很有人奖励学制船、学制炮，却没有人奖励科学；近十几年学校里都教的数学、几何、化学、物理，但总不见教会人做科学。或者说，只有理科、工科的人们才要科学，我不打算当工程师，不打算当理化教习，何必要科学？中国人对于科学的看法大率如此。我大胆说一句话：中国人对于科学这两种态度倘若长此不变，中国人在世界上便永远没有学问的独立，中国人不久必要成为现代被淘汰的国民。

二

科学精神是什么？我姑从最广义解释："有系统之真知识，叫作科学，可以教人求得有系统之真知识的方法，叫作科学精神。"这句话要分三层说明：

第一层，求真知识。知识是一般人都有的，乃至连动物都有。科学所要给我们的，就争一个"真"字。一般人对于自己所认识的事物，很容易便信以为真；但只要用科学精神研究下来，越研究便越觉求真之难。譬如说"孔子是人"，这句话不消研究，总可以说是真，因为人和非人的分别是很容易看见的。譬如说"老虎是恶兽"，这句话真不真便待考了。

欲证明它是真，必要研究兽类具备某种某种性质才算恶，看老虎果曾具备了没有？若说老虎杀人算是恶，为什么人杀老虎不算恶？若说杀同类算是恶，只听见有人杀人，从没听见老虎杀老虎，然则人容或可以叫作恶兽，老虎却绝对不能叫作恶兽了。譬如说"性是善"，或说"性是不善"，这两句话真不真，越发待考了。到底什么叫作"性"？什么叫作"善"？

两方面都先要弄明白。倘如孟子说的性咧，情咧，才咧，宋儒说的义理咧，气质咧，闹成一团糟，那便没有标准可以求真了。譬如说"中国现在是共和政治"，这句话便很待考。欲知他真不真，先要把共和政治的内容弄清楚，看中国和他合不合。譬如说"法国是共和政治"，这句话也待考。欲知他真不真，先要问"法国"这个字所包范围如何，若安南也算法国，这句话当然不真了。看这几个例，便可以知道，我们想对于一件事物的性质得有真知灼见，很是不容易。要钻在这件事物里头去研究，要绕着这件事物周围去研究，要跳在这件事物高头去研究，种种分析研究结果，才把这件事物的属性大略研究出来，算是从许多相类似容易混杂的个体中，发现每个个体的特征。换一个方向，把许多同有这种特征的事物，归成一类，许多类归成一部，许多部归成一组，如是综合研究的结果，算是从许多各自分离的个体中，发现出他们相互间的普遍性。经过这种种功夫，才许你开口说"某件事物的性质是怎么样"。这便是科学第一件主要精神。

  第二层，求有系统的真知识。知识不但是求知道一件一件事物便了，还要知道这件事物和那件事物的关系，否则零头断片的知识全没有用处。知道事物和事物相互关系，而因此推彼，得从所已知求出所未知，叫作有系统的知识。系统有二：一竖，二横。横的系统，即指事物的普遍性——如前段所说。竖的系统，指事物的因果律——有这件事物，自然会有那件事物；必须有这件事物，才能有那件事物；倘若这件事物有如何如何的变化，那件事物便会有或才能有如何如何的变化；这叫作因果律。明白因果，是增加新知识的不二法门，因为我们靠他，才能因所已知，推见所未知；明白因果，是由知识进到行为的向导，因为我们预料结果如何，可以选择一个目的做去。虽然，因果是不轻容易谈的：第一，要找得出证据；第二，要说得出理由。因果律虽然不能说都要含有"必然性"，但总是愈逼近"必然性"愈好，最少也要含有很强的"盖然性"，倘若仅属于"偶然性"的便不算因果律。

譬如说："晚上落下去的太阳，明早上一定再会出来。"说："倘若把水煮过了沸度，它一定会变成蒸汽。"这等算是含有必然性，因为我们积千千万万回的经验，却没有一回例外；而且为什么如此，可以很明白说出理由来。譬如说："冬间落去的树叶，明年春天还会长出来。"这句话便待考。因为再长出来的并不是这块叶，而且这树也许碰着别的变故再也长不出叶来。譬如说："西边有虹霓，东边一定有雨。"这句话越发待考。因为虹霓不是雨的原因，它是和雨同一个原因，或者还是雨的结果。翻过来说："东边有雨，西边一定有虹霓。"这句话也待考。因为雨虽然可以为虹霓的原因，却还需有别的原因凑拢在一处，虹霓才会出来。譬如说："不孝的人要着雷打。"这句话便大大待考。因为虽然我们也曾听见某个不孝人着雷，但不过是偶然的一回，许多不孝的人不见得都着雷，许多着雷的东西不见得都不孝；而且宇宙间有个雷公会专打不孝人，这些理由完全说不出来。譬如说："人死会变鬼。"这句话越发大大待考。因为从来得不着绝对的证据，而且绝对地说不出理由。譬如说："治极必乱，乱极必治。"这句话便很要待考。因为我们从中国历史上虽然举出许多前例，但说治极是乱的原因，乱极是治的原因，无论如何，总说不下去。

譬如说："中国行了联省自治制后，一定会太平。"这话也待考。因为联省自治虽然有致太平的可能性，无奈我们未曾试过。看这些例，便可知我们想应用因果律求得有系统的知识，实在不容易。总要积无数的经验——或照原样子继续忠实观察，或用人为的加减改变试验，务找出真凭实据，才能确定此事物与彼事物之关系。这还是第一步。再进一步，凡一事物之成毁，断不止一个原因，知道甲和乙的关系还不够，又要知道甲和丙、丁、戊等等关系。原因之中又有原因，想真知道乙和甲的关系，便须先知道乙和庚、庚和辛、辛和壬等等关系。不经过这些功夫，贸贸然下一个断案，说某事物和某事物有何等关系，便是武断，便是非科学的。科学家以许多有证据的事实为基础，逐层逐层看出他们的因果关系，发明种种含有必然性或含有极强盖然性的原则，好像拿许多结实麻绳组织成一张网，这网愈织愈大，渐渐的涵盖到这一组知识的全部，便成了一门科学。这是科学第二件主要精神。

第三层，可以教人的知识。凡学问有一个要件，要能"传与其人"。人类文化所以能成立，全由于一人的知识能传给多数人，一代的知识能传给次代。我费了很大的功夫得一种新知识，把他传给别人，别人费比较小的工夫承受我的知识之全部或一部，同时腾出别的工夫又去发明新知识。如此教学相长，递相传授，文化内容自然一日一日地扩大。倘若知识不可以教人，无论这项知识怎样的精深博大，也等于"人亡政息"，于社会文化绝无影响。中国凡百学问，都带一种"可以意会，不可以言传"的神秘性，最足为知识扩大之障碍。例如医学，我不敢说中国几千年没有发明，而且我还信得过确有名医。但总没有法传给别人，所以今日的医学，和扁鹊、仓公时代一样，或者还不如。又如修习禅观的人，所得境界，或者真是圆满庄严。但只好他一个人独享，对于全社会文化竟不发生丝毫关系。中国所有学问的性质，大抵都是如此。这也难怪。中国学问，本来是由几位天才绝特的人"妙手偶得"——本来不是按部就班地循着一条路去得着，何从把一条应循之路指给别人？科学家恰恰相反，他们一点点知识，都是由艰苦经验得来；他们说一句话总要举出证据，自然要将证据之如何搜集、如何审定一概告诉人；他们主张一件事总要说明理由，理由非能够还原不可，自然要把自己思想经过的路线，顺次详叙。所以别人读他一部书或听他一回讲义，不唯能够承受他研究所得之结果，而且一并承受他如何能研究得此结果之方法，而且可以用他的方法来批评他的错误。方法普及于社会，人人都可以研究，自然人人都会有发明。这是科学第三件主要精神。

三

　　中国学术界，因为缺乏这三种精神，所以生出如下之病征：

（一）笼统。标题笼统——有时令人看不出他研究的对象为何物。用语笼统——往往一句话容得几方面解释。思想笼统——最爱说大而无当不着边际的道理，自己主张的是什么，和别人不同之处在哪里，连自己也说不出。

（二）武断。立说的人，既不必负找寻证据、说明理由的责任，判断下得容易，自然流于轻率。许多名家著述，不独违反真理而且违反常识的，往往而有。既已没有讨论学问的公认标准，虽然判断谬误，也没有人能驳他，谬误便日日侵蚀社会人心。

（三）虚伪。武断还是无心的过失。既已容许武断，便也容许虚伪。虚伪有二：1.语句上之虚伪。如隐匿真证、杜撰假证或曲说理由等等。2.思想内容之虚伪。本无心得，貌为深秘，欺骗世人。

（四）因袭。把批评精神完全消失，而且没有批评能力，所以一味盲从古人，剽窃些绪余过活。所以思想界不能有弹力性，随着时代所需求而开拓，倒反留着许多沉淀废质，在里头为营养之障碍。

（五）散失。间有一两位思想伟大的人，对于某种学术有新发明，但是没有传授与人的方法，这种发明，便随着本人的生命而中断。所以他的学问，不能成为社会上遗产。

以上五件，虽然不敢说是我们思想界固有的病征，这病最少也自秦汉以来受了二千年。我们若甘心抛弃文化国民的头衔，那更何话可说！若还舍不得吗？试想，一千年思想界内容贫乏到如此，求学问的途径榛塞到如此，长此下去，何以图存？想救这病，除了提倡科学精神外，没有第二剂良药了。

　　我最后还要补几句话：我虽然照董事部指定的这个题目讲演，其实科学精神之有无，只能用来横断新旧文化，不能用来纵断东西文化。若说欧美人是天生成科学的国民，中国人是天生成非科学的国民，我们可绝对地不能承认。拿我们战国时代和欧洲希腊时代比较，彼此都不能说是有现代这种崭新的科学精神，彼此却也没有反科学的精神。秦汉以后，反科学精神弥漫中国者二千年；罗马帝国以后，反科学精神弥漫于欧洲者也一千多年。两方比较，我们隋唐佛学时代，还有点"准科学的"精神不时发现，只有比他们强，没有比他们弱。我所举五种病征，当他们教会垄断学问时代，件件都有；直到文艺复兴以后，渐渐把思想界的健康恢复转来，所谓科学者，才种下根苗；讲到枝叶扶疏，华实烂漫，不过最近一百年内的事。一百年的先进后进，在历史上值得计较吗？

　　只要我们不讳疾忌医，努力服这剂良药，只怕将来升天成佛，未知谁先谁后哩！我祝祷科学社能做到被国民信任的一位医生，我祝祷中国文化添入这有力的新成分，再放异彩！

中国历史上民族之研究

1922 年 10 月 10 日

一

民族与种族异。种族为人种学研究之对象，以骨骼及其他生理上之区别为标识。一种族可析为无数民族，例如条顿种族析为英、德等民族，斯拉夫种族析为俄、塞等民族；一民族可包含无数种族，例如中华民族含有羌种族、狄种族，日本民族含有中国种族、倭奴种族。

民族与国民异。国民为法律学研究之对象，以同居一地域有一定国籍之区别为标识。一民族可析为两个以上之国民，例如中国当战国三国六朝时；一国民可包含两个以上之民族，例如今中华国民，兼以蒙回藏诸民族为构成分子。

血缘、语言、信仰，皆为民族成立之有力条件，然断不能以此三者之分野，径指为民族之分野。民族成立之唯一的要素，在"民族意识"之发现与确立。何谓民族意识？谓对他而自觉为我。"彼，日本人；我，中国人。"凡遇一他族而立刻有"我中国人"之一观念浮于其脑际者，此人即中华民族之一员也。《史记·楚世家》两载楚人之言曰："我蛮夷也。"（一为西周时楚子熊渠之言，一为春秋初楚武王之言）此即湖北人当春秋初期尚未加入中华民族之表示。及战国时，天下冠带之国七，而楚与居一焉，则其时楚人，皆中华民族之一员也。南越王佗自称"蛮夷大长"，此即汉文帝时，广东人尚未加入中华民族之表示。及魏晋以后，粤人皆中华民族之一员也。满洲人初建清社，字我辈曰汉人，而自称旗人，至今日则不复有此称谓有此观念，故凡满洲人今皆为中华民族之一员。反之，如蒙古人，虽元亡迄今数百年，彼辈犹自觉彼为蒙人而我为汉人，故蒙古人始终未尝为中华民族之一员也[①]。

民族意识，曷为能发现且确立耶？其详细当让诸民族心理学之专门研究，举要言之，则"最初由若干有血缘关系之人人（民族愈扩大，则血缘的条件效力愈减杀），根据生理本能，互营共同生活。对于自然的环境，常为共通的反应，而个人与个人间，又为相互的刺激，相互的反应，心理上之沟通，日益繁复。协力分业之机能的关系，日益致密，乃发明公用之语言文字及其他工具，养成共有之信仰学艺及其他趣嗜。经无数年无数人协同努力所积之共业，

---

① 1921年，蒙古再次宣布独立，成立"蒙古临时人民政府"。消息传到中国内地，舆论大哗，国内各民间团体、民主党派纷纷发表宣言，反对蒙古分裂。

厘然成一特异之'文化枢系',与异系相接触,则对他而自觉为我"。此即民族意识之所由成立也。凡人类之一员,对于所隶之族而具此意识者,即为该民族之一员。吾所释民族之意义略如是。今准此以论中华民族。

二

中华民族为土著耶?为外来耶?在我国学界上,从未发生此问题。问题之提出,自欧人也。欧人主张华族外来者,亦言人人殊,或言自中亚细亚,或言自米梭必达美亚,或言自于阗,或言自外蒙古,或言自马来半岛,或言自印度,或言自埃及,或言自美洲大陆①。吾以为在现有的资料之下,此问题只能作为悬案。中国古籍所记述,既毫不能得外来之痕迹,若撷拾文化一二相同之点,攀引渊源,则人类本能,不甚相远,部分的暗合,何足为奇?吾非欲以故见自封,吾于华族外来说,亦曾以热烈的好奇心迎之,惜诸家所举证,未足以起吾信耳。

欲知中国何时始有人类,当先问其地气候何时始适于住居。据近年地质学者发掘之结果,则长城以北,冰期时已有人迹,即河南中原之地,亦新发现石器时代之遗骨及陶器等多具,则此地之有住民,最少亦经五万年。若不能

---

① 中亚细亚说,英人 Robinson 所倡;米梭必达美亚说,法人 Lacuperte 所倡;于阗说,德人 Rechthofen 所倡;印度说,英人 Davis、法人 Pauthier 所倡;埃及说,法人 Deguignes 所倡;美洲说,法人 Gobineau 所倡。余两说颇后起,吾未能举其名。(原注)

举出反证以证实此骨非吾族远祖所遗，则不能不承认吾族之宅斯土已在五万年以上，故所传"九头""十纪"等神话，虽不敢认为史实，然固足为我族渊源悠远之一种暗示。然则即云外来，亦绝非黄帝尧舜以后之事。外来说之较有力者，则因有数种为此地稀乏之物，我先民习用而乐道之，例如玉为古代通宝，而除于阗外，此土竟无产玉之区，麟凤龙号称三灵，而其物皆中亚细亚以西所有。然此等事实，认为古代我族对西方交通频繁之证，差足言之成理，径指彼为我之所自出，恐终涉武断也。

复次，中华民族由同一祖宗血胤衍生耶？抑自始即为多元的结合？据旧史，则唐虞夏商周秦汉，皆同祖黄帝，而后世所传姓谱，大抵非太岳胤孙，即高阳苗裔，似吾族纯以血缘相属而成立。然即以《史记》所纪而论，既已世次矛盾，罅漏百出①。后乎此者，弥复难信。且如商周之诗，诵其祖德曰："天命玄鸟，降而生商。"曰："厥初生民，时维姜嫄。"使二代果为帝喾之胤，诗人何至数典而忘，乃反侈陈种种神秘，以启后世"圣人无父，感天而生"之怪论？故知古帝王之所自出，实无从考其渊源。揆度情理，恐各由小部落崛起，彼此并无何等系属。盖黄河流域一片大地，处处皆适于耕牧，邃古人稀，尽可各专一壑，耦俱无猜，故夏商周各有其兴起之根据地。商周在虞夏时固已存在，但不必为虞夏所分封，此等小部落，无虑千百，

---

① 据《三代世表》，黄帝五世孙为帝尧，八世孙为帝舜，[十]五世孙为大禹，十七世孙为成汤，十八世孙为周文王。时代全不相应，学者久已疑议百出，或强为之解，皆不能成理。（原注）

而皆累千百年世其业，若近代之"土司"。诸部落以联邦式的结合，在"群后"中戴一"元后"①，遂以形成中华民族之骨干。

吾族自名曰"诸夏"，以示别于夷狄，诸夏之名立，即民族意识自觉之表征。"夏"而冠以"诸"，抑亦多元结合之一种暗示也。此民族意识何时始确立耶？以其标用"夏"名，可推定为起于大禹时代。何故禹时能起此种意识？以吾所度，盖有三因：第一，文化渐开，各部落交通渐繁，公用之言语习惯已成立。第二，遭洪水之变，各部落咸迁居高地，日益密接，又以捍大难之故，有分劳协力之必要，而禹躬亲其劳以集大勋，遂成为民族结合之枢核。第三，与苗族及其他蛮夷相接触，对彼而自觉为我②。自兹以往，"诸夏一体"的观念，渐深入于人人之意识中（三代同祖，黄帝等神话皆从此观念演出），遂成为数千年来不可分裂不可磨灭之一大民族。

复次，中华民族，既由同一枢核衍出，此枢核最初之发源地，果在何处耶？依普通说，古帝王都邑所在地如下：

包牺	都陈	（河南陈州）
神农	都陈　迁曲阜	（山东今县）
黄帝	都涿鹿	（直隶今县）

---

① 元后群后名称，屡见于《尚书》。（原注）

② 《尚书·皋陶谟》大禹陈述治水经过，云："各迪有功，苗顽弗即工。"似是苗族当治水时不肯协力，或尚有其他扰乱之事，以此与吾族加增恶感。又《禹贡》有蜗夷、淮夷、莱夷、和夷、岛夷、析支（支）、渠搜、昆仑诸名，当是既平水土之后，我族领域日广，与外族接触日繁。（原注）

颛顼	都帝丘	（直隶濮阳县）
帝喾	都亳	（河南偃师）
帝尧	都平阳	（山西临汾）
帝舜	都蒲坂	（山西永济）
大禹	都安邑	（山西今县）
成汤	都亳	
文王武王	都丰镐	（陕西长安）

吾辈姑据此种传说为研究基础，自然发生下列三个问题：（一）何故古帝王皆各异其都，似中国文化并非一元的发展？（二）神话时代的包牺神农，既奠居黄河下游沃壤，何故有史时代的尧舜禹三帝，反居山西寒瘠之地？是否吾族发祥，果在高原，前此神话，并不足信？（三）黄帝帝尧等，是否起自西北之异系民族（同系中之小异），而我族文化，实自彼等传来，黄河下游，并非最初之枢核？右第（一）（三）两问题，当于第四节附带说明。今专论第（二）问题。吾确信高等文化之发育，必须在较温腴而交通便利之地，黄河下游为我文化最初枢核，殆无可疑。尧舜禹之移居高原，其唯一理由，恐是洪水泛滥之结果。孟子称舜为"东夷之人"，其所留史迹之地如历山，如负夏，学者多考定在今山东。夏代诸侯国之见于史者，如有穷、有仍、斟灌、斟寻等，其地亦在河南山东间。吾侪因此种暗示，可推想虞夏之交，我族一切活动，实以此域为中心。中间遭值水祸，去湿就燥，不过一时现象，水土既平之后，旋复其故也。

三

民族之正确分类，非吾学力所能及，但据东西学者所研索而略成定说者，则现在中国境内及边徼之人民，可大别为六族：

（一）中华族

（二）蒙古族

（三）突厥族（即土耳其族）

（四）东胡族（东籍所称通古斯族即东胡之译音）

（五）氐羌族

（六）蛮越族

此六者皆就现在而言，若一一寻其历史上之渊源，则各族所自出及其相互之关系，殆复杂不易理。即如我中华族，本已由无数支族混成，其血统与外来诸族杂糅者亦不少，此当于次节详言之。今但略示蒙古以下五族之概念。

蒙古族　狭义的蒙古族，在历史上甚为晚出，公历十世纪后，始以蒙兀儿之名见于史乘，非久遂建设元代之大帝国。广义的蒙古族，殆与东胡极难析划，史籍上所谓山戎、乌桓、鲜卑、吐谷浑、奚、契丹、室韦、鞑靼等，皆此族之主要成分。元亡以后，退出塞北，今犹有一千万人以上，游牧于内外蒙古及青海等地。

突厥族　与今欧亚间之土耳其族同源，因隋唐间突厥特强，故以此名传。史籍上所谓獯鬻、俨狁、匈奴、柔然、铁勒、回纥、葛逻录、乃蛮、黠戛斯等，皆属此族。此族自远古后期至近古中期约二千年间，为祸甚剧。但未尝一度入主中夏，此族大部分今居于中亚细亚及欧洲东部，其小部分则明清以来号为回回，散居新疆及甘肃云南之一部。

东胡族　广义的东胡族，如前文所说，实可谓为蒙古族所自出，与现在之蒙古族分子混化甚多。狭义的东胡族，专指古来居于今东三省及朝鲜半岛者，史籍中之肃慎、挹娄、勿吉、靺鞨、高句丽、渤海、女真等属之。最近满洲入主中国，可谓为此族之全盛。但清代二百余年间，次第同化于我，至今日殆全失其民族的独立性。

氐羌族　此族之名，《诗》《书》已见，知其起源甚古。其后见于史籍者，则汉之月氏，唐之吐蕃，宋之西夏，元之乌斯藏，明之西番，皆属之。在中国境内者，以西藏为根据地，而云南之猓猓，川边之吐蕃，皆其同族。境外则缅甸及北印度之一部，亦其势力范围。

蛮越族　此族极复杂，三代之苗、蛮、濮，汉之南越、瓯越、爨僰，唐之六诏等，皆属之。此族在今贵州、云南、广西一带，犹存苗及摆夷等名以示别于吾族，其在境外，则安南（苗）、暹罗（摆夷）其胤胄也。

四

凡一民族之组成分子愈复杂者，则其民族发展之可能性愈大。例如西南部之苗及猓猓等，虽至今日，血统盖犹极纯粹，然进步遂一无可见。现代欧洲诸名国之民族，殆无不经若干异分子之结合醇化，大抵每经一度之化合，则文化内容，必增丰一度。我族亦循此公例，四五千年，日日在化合扩大之途中，故精力所耗虽甚多，然根底亦因之加厚。凡民族当化合进行期内，如动物之蜕其形，其危险及苦痛之程度皆甚剧。欧洲中世一千年之黑暗时代，皆旋转于此种状况之下，直至所谓现代民族者化合完成，然后得有余裕以从事于文艺复兴、宗教改革诸大业。而近世之新曙光乃出。我族以环境种种关系，能合而不能析，民族员之数量，数十倍于欧洲诸族，则化合期间，固宜视欧洲加长。我国黑暗时代之倍于欧洲，此或亦其原因之一也。

曰"诸夏"，曰"夷狄"，为我族自命与命他之两主要名词，然此两名词所函之概念，随时变迁。甲时代所谓夷狄者，乙时代已全部或一部编入诸夏之范围，而同时复有新接触之夷狄发现。如是递续编入，递续接触，而今日硕大无朋之中华民族，遂得以成立。今将吾族各时代加入之新分子有痕迹可考见者，略举如左。先考本部固有之诸族，次及外来侵入或归化之诸族焉。

古夷狄主要诸族名称，见于经传者略如下：

苗（三苗。《书·尧典》《皋陶谟》《禹贡》《吕刑》等）、蛮（《诗》《书》屡见）、群蛮（《左传》）、黎（九黎。《书·尧典》《国语》）、荆（荆楚、荆蛮、蛮荆。最初见者《诗·商颂》"奋伐荆楚"，《小雅》"蛮荆来威"，其后春秋时习见）、舒（群舒。《诗·鲁颂》《左传》）、吴（句吴。《左传》）、越（於越。《左传》）、隅夷（《书·尧典》《禹贡》）、莱夷（《书·禹贡》）、淮夷（《书·禹贡》《诗·大雅》《鲁颂》）、徐戎（《诗·小雅》)、和夷(《书·禹贡》)、岛夷(《书·禹贡》)、濮(百濮。《书·牧誓》《左传》)、氐(《诗·商颂》)、羌(《诗·商颂》《书·牧誓》)、庸、蜀、髳、微、卢、彭(《书·牧誓》,卢戎亦见《左传》)、巴(《左传》)、貊(《诗》《论语》《孟子》)、涉(《逸周书·王会》)、西戎(昆仑析支渠搜。《书·禹贡》)、戎州己氏之戎(《左传》)、北戎(山戎、无终。《左传》)、鬼方(《易》《诗》)、獯鬻(昆夷、俨狁。《诗》《孟子》)、允姓之戎(陆浑之戎、小戎、阴戎、九州戎。《左传》)、扬拒泉皋伊洛之戎(《左传》)、茅戎(《左传》)、犬戎(畎夷。《左传》)、骊戎(《左传》)、赤狄(东山皋落氏、廧咎如、潞氏、甲氏、留吁、铎辰。《左传》)、白狄(鲜虞、肥鼓。《左传》)、林胡(《战国策》)、楼烦(同上)、义渠(同上)、瓯越(《史记》)、闽越(同上)、南越(同上)。

右所列举者殊未备,但古代民族之散布于今十八省内者略可睹矣。试以春秋中叶(公历前六世纪)为立脚点,观察当时民族分布之形势,大略可分为以下之八组:

第一　诸夏组　以河南山东两省为根据地,直隶山西陕西湖北之一部分为属焉。

第二　荆吴组　群舒属焉,以湖北及江苏安徽之一部分为根据地。

第三　东夷组　其别为嵎夷、莱夷、岛夷、淮夷、徐戎等,山东濒海半岛及安徽江苏之淮河流域,皆其势力范围。

第四　苗蛮组　苗、黎、蛮、卢、濮等皆属焉，湖南、江西、广西、贵州、云南等省，其所出没也。

第五　百越组　其别为东越、瓯越、闽越、南越等，浙江、福建、广东等省为其势力范围。

第六　氐羌组　巴、庸、蜀及骊戎、阴戎等皆属焉，四川甘肃及陕西之一部为其势力范围。

第七　群狄组　即匈奴之前身，其异名有鬼方、獯鬻、俨狁、昆夷等，其种别有赤狄、白狄、长狄等，山西直隶之大部分为所盘踞，且蹂躏及河南山东。

第八　群貊组　即东胡之前身，其异名有山戎、北戎等，辽东及直隶北部为其势力范围。

此八组者，第二、第三、第五组之全部分及第四、第六、第八组之大部分，今已完全消纳于中华民族。然在当时，殆各有其特性以示异于我，惜史料缺乏，无从举证，唯亦尚有一二可考见者。

（一）服饰。《左传》记："辛有适伊川，见被发而祭于野者，曰：'不及百年，此其戎乎！'"《论语》记孔子之言，曰："微管仲，吾其被发左衽矣。"可以推定西北群狄之俗，殆皆被发。《史记·吴越世家》皆有"断发文身"语，可以推定东南濒海之族多断发。《史记·西南夷传》称："自滇以北皆魋结，其外传、昆明，皆编发。"可以推定西南羌蛮或盘发或编发，是胡对于我中华冠笄民族，得名彼等曰被发民族、断发民族、椎发民族、编发民族。

（二）言语。各组各有其言语，殆事理所当然，《左传》记戎子驹支云："我诸戎衣服饮食，不与华同，言语不通。"驹支为陆浑戎，所居在今河南嵩县，然犹未用华语。《左传》又记介葛卢朝鲁待译而通，介国在今胶州，而与曲阜之人不同言语。《孟子》斥楚之许行为"南蛮䴙舌之人"，是武昌襄阳一带土语，中原人便不了解，凡此皆足为各组语言不统一之证。惜其语今皆僵灭（除苗蛮羌犹存一部分外），末由考察，但据楚吴越狄之人名地名，如熊渠、执疵、熊挚红、寿梦、阖庐、夫差、勾践、斗谷於菟、皋落、廧咎如等等，似各组中多复音语系，与诸夏之纯用单音语者不同也。

（三）宗教。各组各有其宗教，亦意中事，惜今无可博考。据《国语》称九黎"民神杂糅"，《书·甘誓》称有扈氏"威侮五行，怠弃三正"，皆足为古代我族与他族争教之一种暗示。《左传》记东夷有"用人于社"之恶俗。秦《诅楚文》所质证之大神，有巫咸、亚驼等怪名。直至战国时，楚人犹以特信巫鬼闻。似当时各族大抵迷信多神，与敬天尊祖之诸夏民族带一神教色彩者，颇有异也。

以上不过杂举吾记忆及感想所及，非唯不完备，且未敢自信为定说，特借此以表示古代彼我殊风之一概念而已。以种种殊异之诸组，何以能渐次抟捖为一？其经过之迹何如？所操之术何如？当以次论之。

五

混诸组以成一大民族，皆诸夏同化力为之也，故当先述能为同化主体之诸夏组。诸夏组者，当神话时代，有多数文化相近之部落，已常为互助的接触。至舜禹时，民族意识确立，始渐为联邦式结合。历夏商两代八九百年，民族的基础益趋巩固。周创封建制度，更施一番锤炼组织。其制度一面承认固有之部落，使在王室名义的支配之下，各行其统治权；一面广封宗亲功臣，与之参错，既钳制其跋扈，亦使各得机会以受吾族文化之熏染。此制度行之极有效。春秋以降，文化遂为各地方的分化发展。晋齐燕皆立国于夷狄势力范围内，以多年奋斗之结果，成为泱泱大部。鲁卫宋郑，以文化最高之国，尽媒介传达之责任。秦楚吴越，皆当时半开化之族，因欲与诸夏强国——齐鲁等对抗之故，不能不求得诸夏小国之同情，于是努力自进以同化于我。故在春秋初期，诸夏所支配地，唯有今河南、山东两全省（其中仍有异族），及山西、陕西、湖北、直隶之各一小部分。及其末期，除此六省已完全归属外，益以江苏安徽二省及浙江省之半、江西省之小部分。及战国末年，则除云南、广东、福建三省外，中国本部，皆为诸夏势力范围矣。其次第化合情形，须与下文所述各组之史迹相对照乃能明之。

次论东夷组。

东夷自昔有九夷之名，种类盖甚复杂，在春秋前后最著者曰莱夷、曰淮夷、曰徐戎。

莱夷。

在山东环海半岛登、莱、青一带地，不知其所自来，以情理度之，或自海外漂流而至也。《史记》称齐太公初封营丘，而莱夷来与争国，则当周初时其族似颇强盛，其国以襄六年灭于齐。然《左传》记孔子相礼于夹谷之会，而齐人欲以莱夷劫盟，是其族至春秋末犹在。但齐之名相管仲即莱人，可知此数百年间，借齐国文化之权威，莱夷已次第同化，至战国时遂无复痕迹。

淮夷。

淮夷始见《禹贡》，知其与我族接触甚早，周初尝侵暴，鲁公伯禽讨之，《书·费誓》所谓"淮夷徐戎并兴"是也。此后渐以臣服，故《诗·江汉》（周宣王时）美之曰："淮夷来求。"《閟宫》（鲁僖公时）美之曰："淮夷来同。"虽然，此族至春秋时犹未尽同化，《春秋》于僖十四年记其"病杞"。于昭四年记其随楚伐吴，则依然为诸夏以外独立之一族甚明。

徐戎。

东部之民，以徐泗间人为最勇悍，至今犹然。故他族皆曰夷，独此族以戎目之。此族初见于经，即前文所引之《费誓》，似是与淮夷相结作难，盖其地本毗连也。至周穆王时而徐偃王极强，旧史谓臣服者三十六国，夷狄称王，自彼始焉（《史记·周本纪》《后汉书·东夷传》）。宣王时大举伐之，《江汉》《常武》两诗，皆歌颂其绩，细绎诗文，似是用淮夷以克徐戎也。故曰："率彼淮浦，省此徐土。"又曰："如雷如霆，徐方震惊。"又曰："四方既平，徐方来庭。"其记述郑重若是，知为当时一大事矣。此后徐戎侵暴不见于史，唯徐国春秋时尚存，昭十三年乃灭于吴。徐戎强于淮莱，而衰亡亦较速者，殆以逼近诸夏，不如边远者之能苟延也。

诸夏在黄河下游植基已千余年，在理宜沿海滨南下，直开发长江流域。然而迟之又久者，殆由淮夷徐戎居中为之梗，所以如此者。或缘淮域一带，湿量过重，夏期酷热，非古代诸夏所克堪，唯土著之民习焉，而其人又悍不易驯，故江河两带之联属久愆其期也。

大抵东夷当西周时颇为诸夏所患苦，春秋时已渐衰熄，然种别尚存。《论语》记孔子欲居九夷，曰："君子居之，何陋之有？"有夷可居而俗以陋闻，即春秋末诸夷尚未同化之明证也。《后汉书·东夷传》云："秦并六国，其淮泗夷皆散居为民户。"故自汉以后，此一带无复夷之名矣。

复次论荆吴组。

春秋时楚吴两国，本与诸夏为异族，无待说明。两国是否为亲近之族，其族何自出，苦难确考。近世治西南人种学者，或疑楚与今摆夷有系属。既未能举出铁证，只得阙疑。《诗·殷武》云："奋伐荆楚，深入其阻。"知商时此族已与诸夏对抗，其势力不可侮。春秋之楚国，自言其始封祖鬻熊为文王师，吾侪只能以神话观之。管仲责楚人以"昭王南征而不复"，语见《左传》，当是当时一事实，可见周初时楚已甚强，然而彼之君长屡宣言"我蛮夷也"（见第一节），是其别有一种民族意识之证据。然则彼此后何故能与诸夏化合为一耶？彼因势力发展之结果，蚕食诸夏，所谓"汉阳诸姬，楚实尽之"（《左传》文）。诸夏文化，本高于彼，彼欲统治其所灭之国，遂不得不自进而与之同化，楚人之"用夏变夷"，其最大动机当在是。此后鲜卑女真满洲之对我，皆以征服为归化，其先例实自楚开之。

春秋中叶以降，楚与晋"狎主夏盟"，自此遂成为中华民族之一主要成分。

《诗·闷宫》称"荆舒是惩"，舒与荆并举，当亦为古代一大族。《左传》有"群舒"之称，其所建国有舒蓼、舒庸、舒鸠，在今安徽庐凤一带。后皆见灭于楚。此族盖介于荆与淮夷之间，春秋时已同化终了。

吴俗断发文身，其族系与楚较近，抑与越较近，尚难断定。旧史称其开国之祖为泰伯，虽带半神话的性质，吾辈亦无反证以否认之。果尔，则不能不谓诸夏豪杰以有意识的行动谋开发此地。虽然，自泰伯至春秋中叶五百余年，吴地实在诸夏文化圈外为独立的发展，后此之加入诸夏，实受楚之影响，且与楚同遵一途径也。

复次论苗蛮组。

苗蛮族种类甚伙，今在滇黔桂诸省者，细别之不下数十族。经学者研究之结果，区为三大系：曰苗，曰摆夷，曰猓猡（猓猡与羌同族）。古代有"三苗"之称，是否即用此分类，无从悬断。此族来自何地，无可考。唯现在尚有安南、暹逻、缅甸三国，代表彼族之三派，而皆在南服，或者彼族竟来自马来群岛，亦未可知。此族中有一别派号为槃瓠种，学者或以为即"盘古"之异文。然则彼辈或即为此地最初之土著，我族神话，有多数与彼混杂，亦未可知。境内诸异族中，唯此组与我族交涉最早，而运命亦最长。据汉儒说，黄帝所讨伐之蚩尤，即苗首长（郑玄、韦昭等说），此属神话性质，且勿深考。但据《书·尧典》《皋陶谟》《禹贡》《吕刑》，皆言苗事至再至三，则在古代为我一勍敌可想。《尧典》称"分背三苗",又称"窜三苗",吕刑称"遏绝苗民",大抵当尧舜禹之际,苗族已侵入我族之根据地,故以攘斥之为唯一大业。《淮南子》称"舜南征三苗,道死苍梧",虽袭神话,亦当日时局一种暗示也。经累代放逐之后,其族愈窜而愈南。《韩非子》云:"三苗之不服者,衡山在南,岷山在北,左洞庭之陂,右彭蠡之水。"其后此根据地所在,略可推见。至春秋时谓之蛮——以其种类杂多谓之群蛮,其别种谓之濮——亦以其种类杂多谓之百濮,以现存诸族比推之,蛮殆即苗,濮则摆夷或猓猓也。春秋时,蛮役属于楚,然亦屡叛(《左传》桓十三年,文十六年),濮似颇为楚患,楚尝作舟师以伐之(《左传》文十六年,昭十九年。杜预谓濮夷在建宁郡,晋之建宁在今云南境,春秋时楚之势力似所未及)。战国时,楚吴起南并蛮越,遂有洞庭苍梧之地(今湖南广西)。秦昭王将伐楚,先略取蛮夷,置黔中郡(今湖南及贵州之一部)。其后汉武帝通西南夷,蜀诸葛亮奠定南中四郡,此组之根据地,始渐为我有。然对于其人,羁縻而已。故二千年间,叛服靡常,至唐时遂有南诏蒙氏之独立,复蜕为段氏之大理,至元代乃复合于中国。经过情节,当于次节别论之。我族对于此组,素持轻蔑排斥的态度,吸收其成分,视他族为较少,故至今遗种尚存。然亦有数种途径,使其大部分渐次同化于我:

其一,寇暴内地,留而不归,后遂散为齐民。例如五胡乱时,诸蛮北迁,陆浑以南,满于山谷。后周平梁益,自尔遂同华人(《通典》文)。

其二，华人投入其族，抚有其众，因率以内附。例如桓玄败后，其子诞亡入蛮中，为太阳蛮首，率八万余落附魏，诞子叔兴，复招慰万余户，请署郡十六，县五十（《魏书》文）。

其三，略卖为奴婢，渐孳殖成编氓。"僰僮"见《史记·货殖传》，"獠奴"见杜诗，足证汉唐以来，此族奴婢，久成一种货品，如黑奴孳殖于美，浸假遂成为美国国民之一部也。

其四，历代用兵征服，强迫同化。自汉以来，代有斯举，前清两次"改土归流"，尤为风行雷厉，苗蛮之变为汉族，大部分皆循此途。

要之，湘、桂、滇、黔四省之中华民族，其混有苗蛮组之血者，恐什而八九，远者或混化在千年以前，近者或直至现代犹未蜕其旧。此组历史上之著姓，其在苗，则舒氏、彭氏、田氏、向氏；其在摆夷，则蒙氏、孟氏、侬氏、岑氏、段氏、冼氏；其在猓猡，则禄氏、安氏、白氏、龙氏、沙氏。至今犹有袭土司不替者。咸同间中兴悍将之田兴恕，即苗族豪宗；前清总督民国南政府总裁之岑春煊，即摆夷阀胄；洪宪亲王之龙济光，即猓猡巨室。俯拾举例，他可推矣。

复次论百越组。

此组类亦甚繁，其著见于史者，曰越、曰瓯越、曰闽越、曰南越、曰山越。从人种上观察，百越与群蛮，可云同系，故或亦合称苗越。

越。

135

越王勾践自称夏少康之后，不必深考。要之，彼在春秋时尚断发文身，划然与诸夏殊风，无可疑者。其同化于诸夏，大抵与吴楚同一途径，霸诸夏故为诸夏所化也。战国以后，已无复异族痕迹。

瓯越及闽越。

两名似皆始见于《史记》，其君长云是勾践之后。闽本人种名，非地名（《说文》："闽越，蛇种也。"）。汉初瓯闽为两国，常相攻。武帝建元三年，"东瓯请举国徙中国，乃悉举众来处江淮之间"（《史记·东夷传》文）；元封元年，天子曰："东越狭，多阻；闽越悍，数反复。诏军吏皆将其民徙处江淮间，越地遂虚。"（同上）据此，则后此淮江间人混合所谓"蛇种血"者必甚多。而浙东及福建各处，旧种已虚，继居其地者，是否仍昔时之闽族，亦成疑问。吾侪研究中华民族，最难解者无过福建人。其骨骼肤色，似皆与诸夏有异，然与荆吴苗蛮氏羌诸组亦都不类。今之闽人，率不自承为土著，谓皆五代时从王审知来，故有"八姓从王"之曰碑。闽人多来自中原，吾侪亦承认，但必经与土人杂婚之结果，乃成今日之闽人。学者或以其濒海之故，疑为一系之阿利安人自海外漂来者，既无佐证，吾殊无从妄赞，但福建之中华民族，含有极瑰异之成分，则吾不惮昌言也（浙之温、处两州人亦然）。

南越。

广东在汉称南越，其土著盖杂摆夷。当在六朝时，冼氏以巨阀霸粤垂二百年。冼，摆夷著姓也，然累代江淮人及中原人移殖者不少。番禺古城，相传为越灭吴时，吴遗民流亡入粤者所建,楚灭越时,越遗民亦有至者(羊城古钞所记,其出处待检)。其最重要之一役,则秦始皇开五岭,发谪戍四十万人,随带妇女(《史记》),实为有计划的殖民事业。盖粤人之成分,早已复杂矣。汉武平南越后,亦数次徙其民于江淮,则江淮间人,又含有南越成分也。今粤人亦无自承为土著者,各家族谱,什九皆言来自宋时,而其始迁祖皆居南雄珠玑巷。究含有何种神话,举粤人竟无知者。要之,广东之中华民族,为诸夏与摆夷混血,殆无疑义。尚有蛋族,昔居丛箐间(忘记出何字书,似是《说文》新附),迄未全同化,今已被迫逐作舟居,然亦未澌灭,粤人名之曰"蛋家",不与通婚。琼崖间有黎人,是否古代九黎之后不可考。

山越。

在今江苏安徽一带,汉以前无闻,吴孙权时始讨之,凡十余年乃平。最诡异者,黄武五年,大秦(罗马)贾人秦伦至,交趾送诣权,权以所获黟歙短人男女各十人送伦(《梁书·海南传》)。学者考推此短人当为山越,此真境内怪族之一矣。自尔以后,此族遂不复见,不审有无一部分同化于我。

复次论氐羌组。

此组与我族交涉亦甚古,《商颂》称:"昔有成汤,自彼氐羌,莫敢不来享,莫敢不来王。"是商时已在羁縻之列。《书·牧誓》记从武王伐纣者,有庸、蜀、羌、髳、微、卢、彭、濮人,武王誓师发端语曰:"逖矣,西土之人。"此诸族中,或杂苗蛮,然要以氐羌为多。西土本周发祥地,而氐羌实最初翼从有功者,彼辈或有一部分从周师以入居中原,恐在所不免。此组种类繁多,其同化于诸夏之年代,亦先后悬绝,今略考其所属之各系。

(一) 秦系

秦人虽自称出颛顼,而《史记》已称"其子孙或在中国或在夷狄"。秦之先即所谓在夷狄者也,其最少必有一部分氐羌混血,盖无可疑,但所居为宗周故都,又与晋比邻,世为婚姻,故其同化甚早。春秋中叶,已为中华民族主要成分,其后遂统一全国。

(二) 巴庸系

庸为《牧誓》中"西土"诸国之首,在商周间殆纯为异族。春秋时有庸国,在今湖北竹山县,文十六年楚人秦人巴人共灭之。巴在今四川重庆,巴为食象蛇,诸夏以名其族,殆如目闽人以蛇种。其名凡三见于《春秋传》(桓九、庄十八、文十六),皆与楚有连,战国时灭于秦。此系当为本组中同化之次早者。然至汉时,巴人中一部分,尚为独立民族,《后汉书·南蛮传》所谓廪君种,即其人也,亦称为"巴梁间诸巴"。光武时曾反叛,刘尚讨之,徙其种人七千余口置江夏界中,其后名为沔中蛮。和帝时巫蛮复反,讨平后亦徙江夏。然则今武汉一带,杂巴种多矣,五胡时,巴酋李特遂据有全蜀,然自此以后,巴人竟全化于诸夏。

(三) 蜀系

古代神话,称黄帝子昌意娶蜀山氏之女生高阳。此是否与后此蜀人有连,不可深考。《牧誓》西土之人,蜀居其一,然其名竟不见于《春秋》。《华阳国志》记蜀之先有蚕丛、鱼凫、杜宇诸帝,纯为别系神话,与诸夏殊源。战国时,秦司马错灭蜀,徙秦民万家实之(周赧元年 314 B.C.)。蜀人被诸夏之化,盖自此始。秦伐楚,汉定中原,皆发蜀卒,计蜀人以从军入内地流寓同化者当不少。然汉高王巴蜀汉中时,南中犹弗宾(《华阳国志》文)。孝文末年(163—157 B.C.),文翁为蜀守,垦田兴学,纯然华风矣。右庸巴蜀一带,皆春秋时所谓西戎,其土著之民,皆属氐羌组。秦汉以后,以次加入诸夏,其余众则为后此之狭义的氐羌族。

(四)狭义的羌系

羌种类繁多,见于史者盖以百计。大约当春秋战国时,种落尝布于秦陇。及秦之强,畏威西徙,其根据地移于甘肃嘉峪关外诸地及青海。汉景帝时,有研种者入居兰州一带(《后汉书·西羌传》:"景帝时研种留河率种人求守陇西塞,于是徙之于狄道安,故至临洮氐羌道县。")。宣帝时,先零种复度大通河而东(同传:"宣帝时先零种豪言,愿得度湟水逐人所不田处,以为畜牧。赵充国以为不可听,后因缘前言遂度湟水,郡县不能禁。")。未几先零遂为寇虐,赵充国击败之,置金城属国(今兰山道境),处降羌三万余人。东汉初,复两次徙置(建武十一年马援破羌降之,徙置天水、陇西、扶风三郡。见援传。永平初窦固击羌降之,徙七千口置三辅。见固传)。及顺桓灵间,遂大为寇钞,劳师三十余年,所费三百六十余亿。厥祸与汉相终始,中间虽屡被斩刈，余种犹盛。晋江统《徙戎论》谓："关中之人百万余口，率其少多，戎狄居半。"其人大抵皆羌族也。其后大酋姚弋仲用之，建设所谓姚秦朝者，自是关中群羌，侪于诸夏矣。余羌散居青海新疆一带者，尚无虑百十种，其著者曰葱茈羌，曰婼羌，曰宕昌羌，曰邓至羌，曰党项羌。党项羌最晚起而最强，唐初渐统一诸部为中国保塞。其后遂奄有甘肃全境，西役蜀新疆，东割陕西之徼，以建设西夏国，历二百五十年，其末叶遂纯与诸夏同化。《宋史》称"其设官之制，多与宋同，朝贺之仪，杂用唐宋，而乐之器与曲则唐也"；又记其"建国学设弟子员三千，尊孔子为帝"。盖今日秦陇一带之中华民族，其含有姚秦及西夏之成分者，殆什而八九也。

此外群羌，散在陇右及川边迄未同化者尚多，元明史之四川土司，乃至现在青海、新疆、川边之"番子"，皆其遗种也。

（五）狭义的氐系

殷商来享之氐，曾居何地，是否即与后此所谓氐者同族，今皆难确指。《史记·西南夷传》："自蜀以西冉駹（今茂县）以东北，君长以什数，皆氐类也。"则汉初氐族，殆散居今四川西川道之全境。自汉开益州，置武都郡（甘肃今县），排其人种，分窜山谷间，或在福禄（今甘肃酒泉），或在汧陇（今陕西汧阳陇县。鱼豢《魏略·西戎传》文），其俗语不与中国及羌胡同，各自有姓，如中国之姓，因与中国错居。故多知中国语（《文献通考·四裔考》文）。而其根据地则在仇池（今武都县西北）。魏武帝徙武都诸氐于秦川以御蜀，氐人居关中自此始，其前杨氏、齐氏，汉晋间屡构乱。五胡时，苻坚以氐酋统一中原，文物之盛，为诸胡最。自尔，诸氐什九为诸夏矣。坚败后，仇池余种仍崛强，六朝时杨氏苻氏之氐乱，间见于史，唐以后无闻。

（六）狭义的氐羌族之最初入中国者

前两条所言之氐羌，皆汉以后逐渐同化者，其最初来者，当为春秋时之姜戎——亦称阴戎或陆浑之戎或九州之戎。《左传》记周詹桓公责晋人之言："允姓之奸，居于瓜州，伯父惠公归自秦而诱以来……戎有中国，谁之咎也？"（昭九年）又记晋范宣子数戎子驹支于朝，谓"昔秦人迫逐乃祖吾离于瓜州，我先君惠公有不腆之田，与女剖而食之"（襄十四年）。瓜州即今敦煌，在玉门关外，为甘肃极西境。吾离为秦所迫逐，乃西徙此地，则其始似居于今陕西境，其入中国在僖二十二年，传所谓秦晋迁陆浑之戎于伊川也。伊川，今洛阳，实当时诸夏腹地，秦晋合力从数千里外之甘肃边境，徙此族于王畿所在之河南，未审其目的何在。然徙异族人居内地之政略——汉以后所习行者，实则以此役为作俑，故当认为历史上一大事。此族尝从晋伐秦师于殽，至昭十七年遂灭于晋。然戎子驹支在朝会时赋《青蝇》之诗，知其渐染文化已深矣。西徼诸族同化最早者，当推此系，盖尚在巴蜀前也。

（七）徼外之氐羌

秦陇巴蜀间诸氐羌，至隋唐时同化殆尽。然其余种盘踞今四川松潘迄雅安一带者尚千余年，《明史》所记四川诸土司是也，至清代犹有大小金川之役，今其人多屏居川边特别区，迄未尽同化。

氐羌组在历史上曾建设四大国。一曰汉时之月氏，似与春秋之阴戎同系，本居敦煌，为匈奴所迫西徙，度葱岭，曾征服中亚细亚及印度，唯与中国交涉甚少。二曰六朝时之吐谷浑，国主虽为鲜卑人，其所统部皆氐羌族，唐时灭于吐蕃，其地即今之青海也。三曰唐时之吐蕃，当其全盛时，东向与中国为敌国，在今则为我藩属之西藏。四曰宋时之西夏，即前文所谓党项羌之遗胤，元以后全入中国。

复次论群狄组。

春秋时之群狄，皆西北民族内侵者，大抵匈奴种最多，鲜卑及他种似亦已有，其种别有赤狄、白狄、长狄，有时亦谓之戎。今略推定其与后此北徼诸族之关系，而考其部分同化之迹。

（一）匈奴

匈奴与我族交涉最早最密且最久，古代所谓獯鬻（亦作薰粥、荤粥）、獫狁（亦作狯狁、厥允、厥视）、鬼方（亦作鬼戎）、昆夷（亦作昆戎、混戎、绲戎）、犬戎（亦作畎夷），皆同族异名（今人王国维著有《鬼方昆夷獫狁考》，在《雪堂丛刻》中，考证最精核）。《史记·五帝本纪》称"黄帝北逐荤粥合符釜山"。是否征信，今难确考。《易》爻辞："高宗伐鬼方，三年克之。"（1300 B.C.?）是此族在殷时，已劳征戎，周之先，太王居豳（今陕西邠县），为獯鬻所迫，迁于岐（今陕西岐山县，1260 B.C.?），见《孟子》。王季伐西落鬼戎，俘二十翟王，见

《竹书纪年》。文王初事昆夷，后骁昆夷，见《孟子》及《诗经》(《诗·绵》"混夷骁矣，唯其喙矣"，言混夷畏周之强而惊走也)。武王放逐戎夷于泾洛之北(1134B.C.以后)，穆王伐畎戎取其五王，遂迁戎于太原(今甘肃庆阳县，1001—909 B.C.)，见《史记》。而宣王(827—782 B.C.) 以伐猃狁之绩，号为中兴。《诗》之《采薇》"出车六月"及金文中之小孟(盂)鼎、梁伯戈、虢季子白盘、不忌敦等，皆歌颂其功德。然非久至幽王(771 B.C.) 终有犬戎灭宗周之祸(771 B.C.)。综合古籍所纪，大约匈奴当商周五六百年间，久以秦陇一带为根据地，商之末年，已侵入今陕西关中道之西北境。周初兴时，攘斥之，乃西北徙，居于今陕西之榆林道及甘肃之泾原道，所谓泾洛以北也。及周中衰，此族渐次内侵，宣王时猃狁"侵镐及方，至于泾阳"，不忌敦又言"伐之于高陵"，泾阳高陵皆今县，在长安之东，已到河渭合流处。盖宗周西北东三面，皆在猃狁包围中矣，宣王迫伐之至太原(《诗》："薄伐严狁，至于太原。"薄，迫也。太原即庆阳，非今山西省会)，彼族乃稍戢威暴，蜷伏陇西。迨幽王时，遂入居泾渭间，夺取周故京，而周乃东迁洛阳以避之。

入春秋后，我族则称彼为"狄"(或作翟)。前文所言，不过专指其居于西徼陕甘间之一部分而已。其实彼族自周初，已在北部山西一带占有根据地。周成王以"怀姓九宗"封唐叔于晋(1115—1079 B.C.)，此九宗即匈奴邦落(说详下)。故晋人自谓"在深山之中，戎狄之与居，王灵不及，拜戎不暇"(《左传》昭十五年)；又曰："狄之广莫，于晋为都。"（庄二十八年）可见今山西一省，当晋霸未兴以前，殆全属狄族势力范围。春秋初期，此族之西方部落（戎）与北方部落（狄）相呼应，诸夏全体，皆受其敝：灭邢（今直隶邢台县，庄三十二年）、灭卫（今河南淇县，闵元年）、灭温（今河南温县，僖十年），伐晋（僖八、十六，宣六、七，成九，定三，哀元年）、伐卫（卫为狄灭，迁于楚丘，今河南滑县，此所伐者楚丘之卫也。僖十三、十六、二十一、三十一，文十三年）、伐郑（今河南郑州，僖十四、二十四年），侵齐（僖三十、三十三，文四、九、十一，宣三、四年）、侵鲁（文七年）、侵宋（文十年），甚至两次破残京师（僖十一、二十四年）。诸夏根据地之河南山东，几于无岁无戎狄之难，其猖獗可想。当时为诸夏捍患者前有齐后有晋，吾侪试将史迹比次研究，方知桓文霸业之足贵，方知孔子曷为称"微管仲，吾其被发左衽"。

此族部落名称见经传者，赤狄有东山皋落氏（今山西垣曲），有廧咎如（今地难确指），有潞氏（今山西潞城至直隶永年，皆潞氏辖境），有甲氏（今直隶鸡泽），有留吁（今山西屯留），有铎辰（今潞安附近）。白狄有鲜虞，有肥，有鼓（今直隶保定道全境及大名道北部皆白狄辖境）。此皆积年出没于北徼，故谓之狄。其商周以来居西徼久为边患者，则谓之戎，实则皆与后此所谓匈奴者同族也。晋自文公称霸以后，未尝一灭诸夏之国，然及春秋末年，晋之领土，占当时所谓中国者之半。盖因彼百余年间，尽灭群狄，凡狄地及狄人所掠诸夏之地，皆入于晋也。同时秦人亦向西部发展，一面服属西南诸羌，一面攘斥西北诸戎。此族始不复能逞志于内地，然犹散布于西北徼，《史记·匈奴传》所谓"自陇以西有绵诸绲戎翟之戎，岐梁山泾漆之北，有义渠（今甘肃庆阳）、大荔（陕西今县）、乌氏朐衍之戎，而晋北有林胡（今山西大同东北）、楼烦（今朔州西南）之戎"。盖春秋末，西徼之匈奴，以今甘肃泾原道为根据地，复周武王时之旧观。其最深入一部落，则在潼关以西，长安以东，今之大荔县是也。北徼之匈奴则屏居雁门关外今朔州大同一带。逮战国之末，秦赵武功皆极盛，秦灭大荔义渠，赵灭中山（今直隶正定），各筑长城为塞。今长城所界，西自宁夏，东迄大同，其南殆无复匈奴，商周以来累代为患之獯鬻猃狁，至此乃告一结束。

此族人与诸夏错居垂千年，其间必有一部分同化于我，此事理之至易推见者。据可信之史料，则此族有姓曰"隗"，而与我族广通婚姻。周襄王有狄后，亦称隗后。晋文公出亡居狄，狄人赠以二女叔隗、季隗，文公娶季隗，以叔隗妻赵衰，生盾，然则后此之赵氏，盖已混狄血之一半。而古金文中之包君鼎、包君盉、郑同媿鼎、芮伯作叔媿鼎、邓公子敦，皆为隗氏作。古器流传至今者如彼其少，而与隗姓有关系者且如此其多，则当时杂婚之盛可想。不宁唯是，据《世本》称陆终取鬼方氏之妹，谓之女嬇（《大戴礼·帝系篇》作女颓，"鬼""贵"同声，故觊亦通作馈，"女颓"即"女隗"，"女嬇"即"女媿"也）。此虽属神话，抑亦诸夏与诸隗通婚甚早之一暗示矣（《国语·郑语》云："当成周者西有虞虢晋隗。"是隗本为国名，即鬼方之鬼，古文中地名，后世皆加邑旁为识别，其例甚多）。其后秦始皇时，有丞相隗状，汉有隗嚣，魏有隗禧，其籍贯皆在秦陇间，必为春秋时群狄遗种无疑。不宁唯是，晋初封时，所受"怀姓九宗"，据近世学者所推定，"怀""隗"同音，则晋之民族，或最初即以诸隗为主要成分。再考晋文公兄弟所自出，则《左传》所记"大戎狐姬生重耳，小戎子生夷吾，骊戎之骊姬生奚齐"，殆无一不杂异种之血。注家谓小戎即阴戎（氐羌组），大戎即狄，"狐"音与"隗""怀"皆近，则文公母系，殆即诸隗，故出亡时处狄十二年，备蒙优待，而舅犯（狐偃）一族在春秋为晋贵阀者，实狄胤也。要之，春秋二百余年中，群狄之次第同化者必不少，而晋实筦其枢。今山西直隶之中华民族，其与匈奴混血，盖在二千五六百年以前矣。

匈奴之部分，化为诸夏，其未化者，经战国秦赵开边之后，远徙塞外，渐次蕃息。至汉而骤强，集合诸部，成一大国，南向与中国争衡。汉武殚国力，从事挞伐，仅乃却之（140—87 B.C.）。至宣成间，匈奴内乱，裂为南北。甘露二年（52 B.C.），南匈奴呼韩邪单于遂款塞称臣。其北匈奴至后汉永元三年（88 A.C.）为窦宪击攘，越阿尔泰山北遁，至晋武帝宁康二年（374 A.C.）卒侵入欧洲，开西方民族大移徙之局，此当于次节别论之。虽当汉与匈奴拒战时，我族吸收匈奴分子计亦不少，其最著者，汉武之托孤大臣金日磾，即匈奴人，而其胤嗣累叶为汉巨阀，南匈奴款塞后，入居西河美稷（今山西汾县离石一带），历数百年，其种人日日在蜕化之中，然讫未能与我族为一体。

晋永兴元年（304 A.C.），其酋刘渊倡乱，石勒继之，遂开五胡之局。渊等虽为异族，然渐染中国文化已甚深，即其袭用汉姓，已足为一种暗示。《晋书》渊载记称其："习《毛诗》《京氏易》《马氏尚书》，尤好《春秋左氏传》《孙吴兵法》，略皆诵之。史汉诸子，无不综览。"盖俨然中国一士大夫矣，其僭位诏令，攀引汉代列祖以自重，尤可发噱。虽出于托名揽望之策略，抑亦可征其"中华的民族意识"早已潜伏也（渊载记渊下令云："昔我太祖高皇帝……廓开大业，孝文皇帝重以明德……孝武皇帝拓土攘夷……是我祖宗道迈三王功高五帝……我世祖光武皇帝……恢复鸿基……昭烈播越岷蜀……后帝窘辱……宗庙不血食四十年于兹矣……孤今为群公所推绍修三祖之业……"乃追尊刘禅为孝怀皇帝，立汉高祖以下三祖五宗神主而祭之）。渊勒之族，既恣虐中夏，卒乃假手冉闵以锄刈之，石季龙载记称："闵躬率赵人，诛诸胡羯，无贵贱男女少长皆斩之……屯据四方者，所在承闵书诛之，于时高鼻多须，至有滥死者。"由此观之，兹役以后，内地之匈奴族殆尽。其有孑遗，亦必冒汉族以求自免矣。

（二）东胡

汉初形势，雄踞塞外者三大族，正北曰匈奴，东北曰东胡，西北曰月氏。匈奴盛时，破灭两族，月氏自兹西徙，而东胡则后此乘匈奴之敝，代之而兴，其与中华民族之关系最复杂，今当分别论之。

甲　汉以前之东胡

东胡盖居于今京兆直隶北部及奉天热河间，其初以名通于中国，则曰北戎。《春秋》于隐九年记其伐郑，桓六年记其伐齐，庄三十年记其病燕，是为此族与中国交涉之始。庄三十一年（664 B.C.），齐桓公大败之，自是百年间不见于经传。襄四年（569 B.C.）无终子嘉父纳款于晋，请和诸戎，无终为今京兆之昌平，实山戎所建国，盖自齐霸既衰，此族渐自立矣。昭元年（541 B.C.）晋荀吴败无终，此后亦不复见，似役属于晋，或一部已同化也。战国燕昭王时（311—279 B.C.），破走东胡，却之千余里。此族自是始屏居塞外。

乙　乌桓

汉初匈奴冒顿灭东胡，余类保乌桓山，在今热河北境之阿噜科尔沁旗，因号乌桓（亦作乌丸）。汉武帝击破匈奴左地，因徙乌桓于上谷（今直隶宣化）、渔阳（今京兆顺义）、右北平（今热河东喀喇沁旗）、辽西（今直隶卢龙）、辽东（今奉天）五郡塞外，为汉侦察匈奴（121B.C.），东胡复与中国接近自此。建武二十二年（46 A.C.）乌桓乘匈奴之敝，大败之，始渐猖獗。东汉末叶，屡为寇暴，建安十二年（207 A.D.），曹操亲征破之，首虏二十余万人，余众万余落，悉徙居中国为齐民，东胡中之乌桓一派遂消灭。然燕代一带之中华民族，吸收乌桓分子抑已多矣，唐时犹有乌桓遗民，见旧书室韦传，其所居盖在今黑龙江外。

丙　鲜卑

鲜卑之名，始见《楚辞·大招》："小腰秀颈，若鲜卑只。"若《大招》果屈原或景差所作，则此族战国时已通，但恐不足信，诸史为鲜卑立传，始《三国志》及《后汉书》,称为"东胡之支别依鲜卑山者",据学者所考证,则在今外蒙古以北,俄属伊尔库次克省境,最近赤塔政府所在地也。此族自中世以降,与我族交涉最繁,其最著者为拓跋氏、慕容氏、宇文氏。慕容氏自三国时即已入居辽西,其沐诸夏文化最早,在东方则当五胡时建设前后南北诸燕,在西方则开吐谷浑(青海)。拓跋氏南迁较晚,然创业最强且最久。元魏与南朝中分中国,垂三百年(公元386—557),孝文迁洛以还(太和十八年,公元494年),用夏变夷,殆底全绩,就中改鲜卑姓为汉姓,尤属促进民族混合之大政策(所改各姓具见《通志·氏族略》,其显著者如拓跋为元,贺鲁为周,贺葛为葛,是娄为高,屈突为屈,叱李为李,高护亦为李,莫卢为卢,拔烈兰为梁,阿史那为史,渴烛浑为朱,破多罗为潘)。盖自魏之中叶,鲜卑的民族意识早已澌灭,纯然自觉为中国人矣。宇文之兴,与慕容相先后,中间经衰落,卒乃承魏之敝,建北周朝。然其官制及公牍,乃悉拟三代,其沉醉华风可想,自余若乞伏秃发,号为"河西鲜卑",皆五胡时据有凉土,逐渐同化。盖中世诸夏民族之化合,鲜卑人实新加入诸成分中之最重要者也。

丁　契丹

自鲜卑入中原以后,塞外东胡族之代兴者,曰霫,曰库莫奚,曰契丹。契丹初为慕容所破,迁松漠间,实今热河东北部一小部落。魏齐隋时屡入贡,间亦寇掠。唐太宗时内附,赐姓李。玄宗时,其酋李怀秀,受朝命为松漠都督,安禄山欲徼边功,出兵伐之,怀秀发兵十万与战,禄山大败,是为契丹倔强之始。唐末藩镇拥兵相攻,契丹益坐大，尽并附近奚霫诸部。五代时，中原无主，而契丹雄踞东北，更国号曰辽，政治颇修明，诸镇咸引以为重，后晋石敬瑭至受彼册立为"儿皇帝"，而燕云十六州遂全入其手。宋有天下，威德不及远，成宋辽对抗之势。宋常纳岁币以保和局，澶渊一役，幸而不辱，时论或称为孤注焉。及金崛兴，卒为所灭。辽自建国后，别制契丹文字，东胡人于汉字外别立文字，自辽始也。其原有部落本甚微弱，部民以汉人——或东胡人已同化者为多数，故辽室灭亡以后，契丹族亦不复存在。

戊　渤海及女真

周初有所谓肃慎氏者，尝贡石矢，后世考据家谓其地在今黑龙江，信否无从悬断。至南北朝时，有所谓靺鞨者始通中国，或译作勿吉。靺鞨有七部，其最著者曰粟末靺鞨、黑水靺鞨。黑水即黑龙江得名，高丽盛强时，诸靺鞨役属之。唐太宗征高丽，黑水靺鞨曾出兵十五万拒战。高宗时李绩破灭高丽，而粟末靺鞨保东牟山，后遂建设渤海国，其国王姓大，传十余世二百余年，其疆域有今之奉天热河全境及吉林朝鲜之各一部。其黑水靺鞨，唐开元中来朝，置黑水都督，以其酋任之，赐姓名曰李献诚。五代时，契丹尽取渤海地，其在南者籍契丹号熟女真，其在北者不隶契丹籍号生女真。生女真始终居今黑龙江地，服属契丹，辽全盛时，贡献不绝。北宋中叶，辽政渐衰，而生女真崛起，先灭辽及西夏，次灭宋，建国号曰金，遂占领中原，与南宋对峙垂百年，卒为蒙古所灭。金建国后，亦自制文字，现居庸关之六体字碑，其中一体即女真文也。金人初内侵时，备极残暴，自迁汴后，全同化于中国。

己　满州（洲）

女真之金为蒙古灭后，其在内地者同化于汉人，其在关外者服属于蒙古。明既灭元，势力直拓于东三省。洪武间，分封韩王于开原，宁王于今喀喇沁新城，辽王于广宁。辽河流域，势力巩固。永乐间，更进及黑龙江，汉族势力之奄暨东北，前此所未有也。其女真之见于《明史》者有三：曰建州女真，以今吉林省城为中心；曰海西女真，在松花江下游；曰野人女真，在黑龙江边徼。满州（洲）者，建州女真中之一小部落，与渤海大氏盖同族，在明廷曾受建州都督佥事官号。明政既衰，彼乃崛起，先略定吉黑两省，次奉天，次热察两特别区。初建国号曰金，后乃改为清，乘明之乱，入主中夏，最近史迹，犹为吾辈所略能记忆，不必多述。当其初期，创制满洲文字，严禁满汉通婚，其他种种设施，所以谋保持其民族性者良厚。然二百余年间，卒由政治上之征服者，变为文化上之被征服者，及其末叶，满洲人已无复能操满语者，其他习俗思想皆与汉人无异。不待辛亥革命，而此族之消亡，盖已久矣。

综观二千年史迹，外族与我族之关系，以东胡为最频繁，其苦我也最剧，其同化于我也亦最完。前有鲜卑，后有女真，皆数度入主中原，且享祚较永，殆由彼我民族性较接近，易相了解，不期而若螟蛉之有果蠃也。由今观之，过去侵暴，已成陈迹，东胡民族，全部变为中华民族之成分，吾侪但感觉吾族扩大之足为庆幸云尔。

（三）杂胡

"胡"以匈奴族之自称得名，因此凡塞北诸族，皆被以胡号。其在最初与匈奴对峙者，唯古代之山戎，故命曰东胡。匈奴西徙之后，复有与彼类似之族出现，其族大率抚有匈奴之旧部，而与匈奴不同系，我族因统名之曰杂胡。诸史所谓杂胡，除蒙古外，大抵皆突厥民族，与匈奴同干别支者也。其主要者，曰柔然，曰突厥，曰回纥。

甲　柔然（蠕蠕）

匈奴西徙后，鲜卑南下，居其故地，鲜卑入主中原，而柔然受之。柔然之后为突厥，突厥之后为回纥，回纥之后小部落割据，逮蒙古起而统一之。千余年间，今外蒙古一带统治权之递嬗大略如是。据《魏史》所述，柔然之先，本拓跋家奴也。当其盛时，辖境西抵焉耆，东及朝鲜，北则渡沙漠，穷瀚海，壤宇埒冒顿，南向与魏争衡。魏筑长城，距柔然也。柔然猖獗垂二百年，其后突厥骤兴，而高车复乘其后，至北周与突厥连和。柔然败残之余，率千余落奔关中，周文帝徇突厥之请，收柔然主以下三千余人斩之，妇稚配为奴隶，此族遂尽。柔然兴亡皆暂，于我民族之化合，影响盖细。

乙　突厥

突厥，今之土耳其民族也。旧史称为平凉杂胡，匈奴别种，在汉时为丁零，南北朝之初为高车，亦称铁勒。盖居于俄属贝加尔湖之东部，逐渐蕃育南下。初臣服柔然，后灭之，奄有其地。至北朝季而极强，齐周争与和亲。隋末之乱，外则契丹室韦吐谷浑高昌皆役属之，内则群雄割据者皆依彼为重，唐高祖亦其一也。及唐太宗大破之，俘其可汗颉利，即高祖所尝臣事者也。颉利亡后，其部众或走薛延陀，或入西域，而来归者尚十余万。拓塞内地自朔州（今山西朔县）属灵州（今甘肃灵县），以处其人，置两都督统之。其后群臣多言处突厥于中国非是，乃封颉利族子思摩为可汗，赐姓李，悉徙突厥还故地。高宗袭太宗之业，国威最盛，置瀚海云中两都护府，分领漠北漠南诸胡，凡三十年，北方无戎马警。及玄宗时，突厥内乱，其国遂为回纥所有。突厥兴自西魏大统间，亡于唐开元间（公元535—735年），有国凡二百年。

突厥之一部，自南北朝时分为西突厥。西突厥极强时，跨有葱岭东西，其极西与波斯为界。今欧人称俄属西伯利亚之西南一隅为土耳其斯坦，称我新疆全境为东土耳其斯坦，盖从当时西突厥领土得名。唐高宗时灭之，裂其地为州县，统以安西都护府。安西都护府不常所治，最远时曾建置于怛逻私城，即今西伯利亚铁路最终点之浩罕一带地也。西突厥经唐膺惩后，逐渐西徙，九、十、十一三世纪间，侵入印度波斯，遂定居于小亚细亚，更进而居东罗马故都之君士但丁堡，中间与他种混杂，且缘地理上之影响变化，遂形成今日之土耳其民族。

突厥一别部曰沙陀，始附东突厥，继附西突厥，西突厥亡，沙陀内属。安史乱时，先后附回纥、吐蕃，继为吐蕃所破，悉部落归唐，唐赐其酋姓名曰李国昌，命为大同军使，唐末据有今山西全境。黄巢陷京师，国昌子克用屡破之，与巢部将朱温相持，后卒灭朱温，称帝汴京，建国号曰后唐，突厥民族曾入主中原者唯此一支，然历时甚暂，享祚亦短。

丙　回纥

回纥亦高车之一部。隋时始闻，初臣附突厥，唐武后时，突厥衰，而回纥已尽并东北诸部落，乘虚西侵，尽得古匈奴故地。安史之乱，助唐复两京，恃功而骄，部众麇集长安，白昼杀人市中，有司莫敢问。河北数千里，皆受其荼毒。至唐文宗时，为黠戛斯所灭，余众居新疆碛西地。

要而论之，隋唐四五百年间，东胡族甚微不振，其先后纵横于塞北者，若突厥，若回纥，若薛延陀，皆土耳其族，与古匈奴血缘相近。今中华民国五大民族之一——甘肃新疆一带之回族，皆其胤也。此族始终未尝一度为中国之主权者（沙陀突厥短时间割据，可不必计），其受诸夏民族之同化亦较少。然唐代将帅亦颇有其种人。

丁　蒙古

蒙古于诸族中最后起，颇难确指其所出，旧史多指为铁勒部落之一，然铁勒为土耳其族，衍为今日之回族，渊源历历可征。蒙之与回，分野显然，混为一谈，必无合矣。蒙古名始见于《旧唐书·室韦传》，称室韦部落至众，有蒙兀室韦者，北傍望建河，河即今之黑龙江也。室韦为东胡别部，故蒙古亦可谓为东胡，但起自极北，其文化在鲜卑女真诸族下，其所统部众，又经千余年间之混合——塞北诸地，累代为匈奴鲜卑突厥回纥等所嬗居，包含异分子甚多。故欧西学者，往往以蒙古族与东胡突厥鼎峙而三，实则其酋盖别部东胡，其民则东胡突厥之混种耳。蒙古浡兴后，据中国为中心，以武力统一欧亚两洲，建设空前绝后之大帝国，其史迹范围甚广，非此所宜喋述。其族颇倔强，不甚受同化，故其帝国瓦解后，仍保持其民族性，居漠南北故地，至今为中华民国五族之一焉。

（四）其他诸异族

甲　乌孙

我国历史上有一最怪异之民族，曰乌孙，不知其所自来，唯知其族当汉初时居今新疆伊犁河两岸。《汉书·西域传》乌孙条下颜师古注云："胡人，青眼赤须，状类弥猴。"盖其容貌与当时诸胡皆迥别。六朝时乌孙为蠕蠕所侵，其一部徙居葱岭中，为五识匿国，亦名达摩识铁帝。《新唐书·西域传》谓："五识匿人碧瞳。"《大唐西域记》谓"达摩识铁帝国民眼多碧绿"是也。其一部徙居唐努乌梁海间，在唐曰黠戛斯，《唐书·回纥传》谓"黠戛斯人长大赤发晢面绿瞳"是也。黠戛斯为古坚昆地，汉时匈奴封李陵为右贤王驻此。唐景龙中，黠戛斯入贡，中宗劳使者曰："尔国与我同宗，非他部比。"据此，则源出西凉李暠之唐家，似与此族有系属，其同化程度，不知何若也。

乙　塞种

两汉《西域传》屡见塞种之名，注家不知其所指，经近世学者所考证，则塞人即希腊人，殆成定论。此种东方根据地为大夏，在葱岭北西麓，即亚历山大王部将所建设之柏忒里亚国，月氏西徙时灭之。其种人沿葱岭南下入印度，内中一小部分，度岭而东，居乌孙旧地，故《魏书》谓乌孙人杂塞种及月氏种。是今伊犁一带，混希腊血之民当不少也。要之今新疆境内，民族至复杂，西比利亚及中亚细亚各族皆混焉，而远在欧洲之希腊人，亦其成分之一也。

丙　波斯、阿拉伯、犹太

九世纪时，阿拉伯人所著《旅华见闻录》称唐末黄巢之陷广州，屠杀外国人十二万，波斯阿拉伯希腊人皆有，被杀者数且如此，则广州外国侨民之众可想。唐以来沿海诸地置市舶司，职如今之海关，专司外人互市，其久留不归者，谓之蕃户，蕃户经数代后，往往纯同化于我。宋末有蒲寿庚者，其先本广州之大食蕃户（即阿拉伯），世袭明州（今福州）市舶司，以富倾动一时。南宋之亡，宋遗臣曾依之以谋匡复，寿庚暗通蒙古，宋祚乃陨，而蒲氏终元之世，为市舶司不替。此可证闽粤沿海诸区，杂中亚细亚诸国民不少也。非唯沿海，即中原亦有然。唐制凡外人侨寓者悉听其自由奉教建寺，长安景教寺遗迹见于《唐会要》者尚三处，现存之景教流行中国碑即其一，波斯袄教寺遗迹亦不少，乃至河南省城今犹有犹太教遗寺，据其碑文，则亦唐时已入居中国。知现时之中华民族，所含西域诸族分子，不知凡几也。

本篇所论述，欲使学者得三种概念：

（一）中华民族为一极复杂而极巩固之民族。

（二）此复杂巩固之民族，乃出极大之代价所构成。

（三）此民族在将来绝不至衰落，而且有更扩大之可能性。

欲令此三种观察证实，宜分两方面观察：第一，中华民族同化诸异民族所用程序共有几种。第二，中华民族同化力特别发展之原因何在。今综析之。

中华民族同化诸异族所用程序，略有如下之各种：

1. 诸异族以国际上平等交际的形式，与我族相接触，不期而同化于我。如春秋时秦、楚、吴、越诸国之同化于诸夏是。

2. 我族征服他族，以政治力支配之感化之，使其逐渐同化。如对于氐、羌、苗、蛮族屡次之改土归流是。

3. 用政治上势力，徙置我族于他族势力范围内，使我族同化力得占优势向其地发展，如周代封齐于莱夷区域，封晋于赤狄区域，秦徙民万家于蜀，发谪戍五十万人开五岭之类是。

4. 我族战胜他族，徙其民入居内地，使濡染我文明，渐次同化。如秦晋徙陆浑之戎于伊川，汉徙百越于江淮，汉魏徙氐羌于三辅，唐徙突厥于塞下之类是。

5. 以经济上之动机，我族自由播殖于他族之地，如近世福建人开拓台湾，山东人开拓东三省之类是。

6. 他族征服我族，经若干岁月之后，遂变为文化上之被征服者，如鲜卑、女真、满洲诸朝代是。

7. 他族之一个人或一部落，以归降或其他原因，取得中国国籍，历时遂变为中国人，如汉之金日磾，晋之刘渊，唐代大多数之番将皆是。

8. 缘通商流寓，久之遂同化于中国，如宋代蒲寿庚之类是。

以上所述，除第四第六两项外，亦可称为民族化合之普通程序。唯当此等程序进行时，何故我族不为被同化之客体，而常为能同化之主体？何故不裂为二个以上之民族，而常集中为一个民族？其原因盖有数端：

1. 我所宅者为大平原，一主干的文化系既已确立，则凡栖息此间者，被其影响，受其涵盖，难以别成风气。

2. 我所用者为象形文字，诸族言语虽极复杂，然势不能不以此种文字为传达思想之公用工具。故在同文的条件之下，渐形成一不可分裂之大民族。

  3. 我族夙以平天下为最高理想，非唯古代部落观念在所鄙夷，即近代国家观念亦甚淡泊，怀远之教胜，而排外之习少，故不以固有之民族自域，而欢迎新分子之加入。

  4. 地广人稀，能容各民族交互徙置，徙置之结果，能增加交感化合作用。

  5. 我族爱和平，尊中庸，对于他族杂居者之习俗，恒表相当的尊重（所谓因其风不易其俗，齐其政不易其宜）。坐是之故，能减杀他方之反抗运动，假以时日，同化自能奏效。

  6. 同姓不婚之信条甚坚强，血族婚姻，既在所排斥，故与他族杂婚盛行，能促进彼我之同化。

  7. 我族经济能力发展颇达高度，常能以其余力向外进取，而新加入之分子，亦于经济上、组织上同化。

  8. 武力上屡次失败退婴之结果，西北蛮族侵入我文化中枢地，自然为我固有文化所薰育，渐变其质，一面则我文化中枢人数次南渡，挟固有文化以灌东南，故全境能为等量的发展。

  具以上诸因，故能抟挠数万万人以成为全世界第一大民族，然三千余年殆无日不在蜕化作用中，其所受苦痛殆不可以计算。而先民精力之消耗于此间者亦不可纪极。进化所以濡滞，职此之由，今此大业之已成就者则八九矣。所余一二——如蒙回族未同化之一部分之赓续程功，与夫此已成民族之向上发展，则为人子孙者所当常念也。

屈原研究[1]

1922年11月3日

一

中国文学家的老祖宗，必推屈原。从前并不是没有文学，但没有文学的专家。如《三百篇》及其他古籍所传诗歌之类，好的固不少，但大半不得作者主名，而且篇幅也很短。我们读这类作品，顶多不过可以看出时代背景或时代思潮的一部分，欲求表现个性的作品，头一位就要研究屈原。

屈原的历史，在《史记》里头有一篇很长的列传，算是我们研究史料的人可欣慰的事。可惜议论太多，事实仍少。我们最抱歉的，是不能知道屈原生卒年岁和他所享年寿。据传文大略推算，他该是西纪前三三八至二八八年间的人，年寿最短亦应在五十上下，和孟子、庄子、赵武灵

---

[1] 本文是梁启超在东南大学文哲学会的演讲。

王、张仪等人同时。他是楚国贵族，贵族中最盛者昭、屈、景三家，他便是三家中之一。他曾做过"三闾大夫"。据王逸说："三闾之职，掌王族三姓，曰昭、屈、景。屈原序其谱属，率其贤良，以厉国士。"然则他是当时贵族总管了。他曾经得楚怀王的信用，官至"左徒"。据本传说："入则与王图议国事，以出号令；出则接遇宾客，应对诸侯，王甚任之。"可见他在政治上曾占很重要的位置。其后被上官大夫所谗，怀王疏了他。怀王在位三十年（西纪前三二八至二九七），屈原做左徒，不知是哪年的事，但最迟亦在怀王十六年（前三一二）以前。因那年怀王受了秦相张仪所骗，已经是屈原见疏之后了。假定屈原做左徒在怀王十年前后，那时他的年纪最少亦应二十岁以上，所以他的生年，不能晚于西纪前三三八年。屈原在位的时候，楚国正极强盛，屈原的政策，大概是主张联合六国，共摈强秦，保持均势，所以虽见疏之后，还做过齐国公使。可惜怀王太没有主意，时而摈秦，时而联秦，任凭纵横家摆弄。卒至"兵挫地削，亡其六郡，身客死于秦，为天下笑"。（本传文）怀王死了不到六十年，楚国便亡了。屈原当怀王十六年以后，政治生涯像已经完全断绝。其后十四年间，大概仍居住郢都（武昌一带）。因为怀王三十年将入秦之时，屈原还力谏，可见他和怀王的关系，仍是藕断丝连了。怀王死后，顷襄王立（前二九八），屈原的反对党，越发得志，便把他放逐到湖南地方去，后来竟闹到投水自杀。

屈原什么时候死呢？据《卜居》篇说："屈原既放，三年不得复见。"《哀郢》篇说："忽若不信兮，至今九年而不复。"假定认这两篇为顷襄王时作品，则屈原最少当西纪前二八八年仍然生存。他脱离政治生活专做文学生活，大概有二十来年的日月。

屈原所走过的地方有多少呢？他著作中所见的地名如下：

令沅湘兮无波，使江水兮安流。
遭吾道兮洞庭。
望涔阳兮极浦。
遗余佩兮澧浦。
右《湘君》

洞庭波兮木叶下。
沅有芷兮澧有兰（兰）。
遗余褋兮澧浦。
右《湘夫人》

哀南夷之莫吾知兮，旦余济乎江湘。
乘鄂渚而反顾兮。
邸余车兮方林。
乘舲船余上沅兮。
朝发枉陼兮，夕宿辰阳。
入溆浦余儃佪兮，迷不知吾之所如。深林杳以冥冥兮，乃猿狖之所居……山峻高以蔽日兮，下幽晦以多雨。霰雪纷其无垠兮，云霏霏而承宇。
右《涉江》

发郢都而去闾兮。

过夏首而西浮兮,顾龙门而不见。
背夏浦而西思兮。
唯郢路之辽远兮,江与夏之不可涉。
右《哀郢》

长濑湍流,溯江潭兮。狂顾南行,聊以娱心兮。
低佪夷犹,宿北姑兮。
右《抽思》

浩浩沅湘,纷流汩兮。
右《怀沙》

遵江夏以娱忧。
右《思美人》

指炎神而直驰兮,吾将往乎南疑。
右《远游》

路贯庐江兮左长薄。
右《招魂》

内中说郢都,说江夏,是他原住的地方,洞庭湘水,自然是放逐后常来往的,都不必多考据。最当注意者,《招魂》说的"路贯庐江兮左长薄",像江西庐山一带,也曾到过。但《招魂》完全是浪漫的文学,不敢便认为事实。《涉江》一篇,含有纪行的意味,内中说"乘舲船余上沅",说"朝发枉陼,夕宿辰阳",可见他曾一直溯着沅水上游,到过辰州等处。他说的"峻高蔽日,霰雪无垠"的山,大概是衡岳最高处了。他的作品中,像"幽独处乎山中""山中人兮芳杜若",这一类话很多。我想他独自一人在衡山上过活了好些日子，他的文学，谅来就在这个时代大成的。

最奇怪的一件事，屈原家庭状况如何，在本传和他的作品中，连影子也看不出。《离骚》有"女媭之婵媛兮，申申其詈余"两语。王逸注说："女媭，屈原姊也。"这话是否对，仍不敢说。就算是真，我们也仅能知道他有一位姊姊，其余兄弟妻子之有无，一概不知。就作品上看来，最少他放逐到湖南以后过的都是独身生活。

二

我们把屈原的身世大略明白了，第二步要研究那时候为什么会发生这种伟大的文学？为什么不发生于别国而独发生于楚国？何以屈原能占这首创的地位？第一个问题，可以比较的简单解答。因为当时文化正涨到最高潮，哲学勃兴，文学也该为平行线的发展。内中如《庄子》《孟子》及《战国策》中所载各人言论，都很含着文学趣味。所以优美的文学出现，在时势为可能的。第二第三两个问题，关系较为复杂。依我的观察，我们这华夏民族，每经一次同化作用之后，文学界必放异彩。楚国当春秋初年，纯是一种蛮夷，春秋中叶以后，才渐渐的同化为"诸夏"。屈原生在同化完成后约二百五十年。那时候的楚国人，可以说是中华民族里头刚刚长成的新分子，好像社会中才成年的新青年。从前楚国人，本来是最信巫鬼的民族，很含些神秘意识和虚无理想，像小孩子喜欢幻构的童话。到了与中原旧民族之现实的伦理的文化相接触，自然会发生出新东西来。这种新东西之体现者，便是文学。楚国在当时文化史上之地位既已如此，至于屈原呢，他是一位贵族，对于当时新输入之中原文化，自然是充分领会。他又曾经出使齐国，那时正当"稷下先生"数万人日日高谈宇宙原理的时候，他受的影响，当然不少。他又是有怪脾气的人，常常和社会反抗。后来放逐到南荒，在那种变化诡异的山水里头，过他的幽独生活，特别的自然界和特别的精神作用相击发，自然会产生特别的文学了。

屈原有多少作品呢？《汉书·艺文志·诗赋略》云："屈原赋二十五篇。"据王逸《楚辞章句》所列，则《离骚》一篇，《九歌》十一篇，《天问》一篇，《九章》九篇，《远游》一篇，《卜居》一篇，《渔父》一篇。尚有《大招》一篇，注云："屈原，或言景差。"然细读《大招》，明是模仿《招魂》之作，其非出屈原手，像不必多辩。但别有一问题颇费研究者，《史记·屈原列传》赞云："余读《离骚》《天问》《招魂》《哀郢》，悲其志。"是太史公明明认《招魂》为屈原作，然而王逸说是宋玉作。逸，后汉人，有何凭据，竟敢改易前说？大概他以为添上这一篇，便成二十六篇，与《艺文志》数目不符；他又想这一篇标题，像是屈原死后别人招他的魂，所以硬把他送给宋玉。依我看，《招魂》的理想及文体，和宋玉其他作品很有不同处，应该从太史公之说，归还屈原。然则《艺文志》数目不对吗？又不然。《九歌》末一篇《礼魂》，只有五句，实不成篇。《九歌》本侑神之曲，十篇各侑一神，《礼魂》五句，当是每篇末后所公用。后人传钞贪省，便不逐篇写录，总摆在后头作结。王逸闹不清楚，把他也算成一篇，便不得不把《招魂》挤出了。我所想象若不错，则屈原赋之篇目应如下：

《离骚》一篇

《天问》一篇

《九歌》十篇：《东皇太一》《云中君》《湘君》《湘夫人》《大司命》《少司命》《东君》《河伯》《山鬼》《国殇》

《九章》九篇：《惜诵》《涉江》《哀郢》《抽思》《思美人》《惜往日》《橘颂》《悲回风》《怀沙》

《远游》一篇

《招魂》一篇

《卜居》一篇

《渔父》一篇

今将这二十五篇的性质，大略说明：

（一）《离骚》　据本传，这篇为屈原见疏以后使齐以前所作，当是他最初的作品。起首从家世叙起，好像一篇自传。篇中把他的思想和品格，大概都传出，可算得全部作品的缩影。

（二）《天问》　王逸说："屈原……见楚先王之庙及公卿祠堂图画天地山川神灵琦玮僪佹，及古贤圣怪物行事……因书其壁，呵而问之。"我想这篇或是未放逐以前所作，因为"先王庙"不应在偏远之地。这篇体裁，纯是对于相传的神话发种种疑问，前半篇关于宇宙开辟的神话所起疑问，后半篇关于历史神话所起疑问。对于万有的现象和理法怀疑烦闷，是屈原文学思想出发点。

（三）《九歌》　王逸说："沅湘之间，其俗信鬼而好祀，其祠必作乐鼓舞以乐诸神。屈原放逐，窜伏其域……见其词鄙陋，因为作《九歌》之曲，上陈事神之敬，下以见己之冤。"这话大概不错。"九歌"是乐章旧名,不是九篇歌,所以屈原所作有十篇,这十篇含有多方面的趣味,是集中最"浪漫式"的作品。

(四)《九章》 这九篇并非一时所作,大约《惜诵》《思美人》两篇,似是放逐以前作;《哀郢》是初放逐时作;《涉江》是南迁极远时作;《怀沙》是临终作。其余各篇,不可深考。这九篇把作者思想的内容分别表现,是《离骚》的放大。

(五)《远游》 王逸说:"屈原履方直之行,不容于世……章皇山泽,无所告诉。乃深唯元一,修执恬漠,思欲济世,则意中愤然。文采秀发,遂叙妙思,托配仙人,与俱游戏。周历天地,无所不到,然犹怀念楚国,思慕旧故。"我说《远游》一篇,是屈原宇宙观人生观的全部表现,是当时南方哲学思想之现于文学者。

(六)《招魂》 这篇的考证,前文已经说过。这篇和《远游》的思想,表面上像恰恰相反,其实仍是一贯。这篇讲上下四方,没有一处是安乐土,那么,回头还求现世物质的快乐怎么样呢?好吗?他的思想,正和葛得的《浮士特》(Goethe:Faust)剧上本一样,《远游》便是那剧的下本。总之这篇是写怀疑的思想历程最恼闷最苦痛处。

(七)《卜居》及《渔父》 《卜居》是说两种矛盾的人生观,《渔父》是表自己意志的抉择,意味甚为明显。

三

研究屈原,应该拿他的自杀做出发点。屈原为什么自杀呢？我说他是一位有洁癖的人，为情而死。他是极诚专虑地爱恋一个人，定要和他结婚，但他却悬着一种理想的条件，必要在这条件之下，才肯委身相事。然而他的恋人老不理会他！不理会他，他便放手，不完结吗？不不！他决然不肯！他对于他的恋人，又爱又憎，越憎越爱，两种矛盾性日日交战，结果拿自己生命去殉那"单相思"的爱情！他的恋人是谁？是那时候的社会。

屈原脑中，含有两种矛盾元素：一种是极高寒的理想，一种是极热烈的感情。《九歌》中《山鬼》一篇，是他用象征笔法描写自己人格。其文如下：

若有人兮山之阿，被薜荔兮带女萝。
既含睇兮又宜笑，子慕予兮善窈窕。
乘赤豹兮从文狸，辛夷车兮结桂旗。被石兰兮带杜蘅，折芳馨兮遗所思。
余处幽篁兮终不见天，路险艰兮独后来。
表独立兮山之上，云容容兮而在下。杳冥冥兮羌昼晦，东风飘兮神灵雨。
留灵修兮憺忘归，岁既晏兮孰华予。
采三秀兮于山间，石磊磊兮葛蔓蔓。怨公子兮怅忘归，君思我兮不得闲。
山中人兮芳杜若，饮石泉兮荫松柏。君思我兮然疑作。
雷填填兮雨冥冥，猿啾啾兮狖夜鸣。风飒飒兮木萧萧，思公子兮徒离忧。

我常说，若有美术家要画屈原，把这篇所写那山鬼的精神抽显出来，便成绝作。他独立山上，云雾在脚底下，用石兰、杜若种种芳草庄严自己，真所谓"一生儿爱好是天然"，一点尘都染污他不得。然而他的"心中风雨"没有一时停息，常常向下界"所思"的人寄他万斛情爱。那人爱他与否，他都不管。他总说"君是思我"，不过"不得闲"罢了，不过"然疑作"罢了。所以他十二时中的意绪，完全在"雷填填、雨冥冥、风飒飒、木萧萧"里头过去。

他在哲学上有很高超的见解，但他决不肯耽乐幻想，把现实的人生丢弃。他说：

> 唯天地之无穷兮，哀人生之长勤。往者余弗及兮，来者吾不闻。
>
> （《远游》）

他一面很达观天地的无穷，一面很悲悯人生的长勤。这两种念头，常常在脑里轮转，他自己理想的境界，尽够受用。他说：

> 道可受兮不可传，其小无内兮其大无垠。无滑而魂兮，彼将自然。壹气孔神兮，于中夜存。虚以待之兮，无为之先。庶类以成兮，此德之门。
>
> （《远游》）

这种见解，是道家很精微的所在，他所领略的，不让

前辈的老聃和并时的庄周。他曾写那境界道:

> 经营四荒兮,周流六漠。上至列圉兮,降望大壑。下峥嵘而无地兮,上廖(寥)廓而无天。视倏忽而无见兮,听惝恍而无闻。超无为以至清兮,与泰初而为邻。
>
> (《远游》)

然则他常住这境界翛然自得,岂不好吗?然而不能。他说:

> 余固知謇謇之为患兮,忍而不能舍也。
>
> (《离骚》)

他对于现实社会,不是看不开,但是舍不得。他的感情极锐敏,别人感不着的苦痛,到他的脑筋里,便同电击一般。他说:

> 微霜降而下沦兮,悼芳草之先零……谁可与玩斯遗芳兮,晨向风而舒情……
>
> (《远游》)

又说:

> 惜吾不及见古人兮,吾谁与玩此芳草。
>
> (《思美人》)

一朵好花落去,"干卿甚事?"但在那多情多血的人,心里便不知几多难受。屈原看不过人类社会的痛苦,所以他

长太息以掩涕兮,哀民生之多艰。

(《离骚》)

社会为什么如此痛苦呢?他以为由于人类道德堕落,所以说:

时缤纷其变易兮,又何可以淹留。兰芷变而不芳兮,荃蕙化而为茅。何昔日之芳草兮,今直为此萧艾也。岂其有他故兮,莫好修之害也……固时俗之从流兮,又孰能无变化?览椒兰其若此兮,又况揭车与江蓠?

(《离骚》)

所以他在青年时代便下决心和恶社会奋斗,常怕悠悠忽忽把时光耽误了。他说:

汩余若将不及兮,恐年岁之不吾与。朝搴毗之木兰兮,夕揽洲之宿莽。日月忽其不淹兮,春与秋其代序。唯草木之零落兮,恐美人之迟暮。不抚壮而弃秽兮,何不改乎此度也。

(《离骚》)

要和恶社会奋斗,头一件是要自拔于恶社会之外。屈原从小便矫然自异,就从他外面服饰上也可以见出。他说:

> 余幼好此奇服兮,年既老而不衰。带长铗之陆离兮,冠切云之崔巍。被明月兮佩宝璐,世溷浊而莫余知兮,吾方高驰而不顾。
>
> (《涉江》)

又说:

> 高余冠之岌岌兮,长余佩之陆离。芳与泽其杂糅兮,唯昭质其犹未亏。
>
> (《离骚》)

《庄子》说:"尹文作为华山之冠以自表。"当时思想家作些奇异的服饰以表异于流俗,想是常有的。屈原从小便是这种气概,他既决心反抗社会,便拿性命和他相搏。他说:

> 民生各有所乐兮,余独好修以为常。虽体解吾犹未变兮,岂余心之可惩。
>
> (《离骚》)

又说:

即替余以蕙纕兮，又申之以揽茝。亦余心之所善兮，虽九死其犹未悔。

（《离骚》）

又说：

　　与前世而皆然兮，吾又何怨乎今之人。吾将董道而不豫兮，固将重昏而终身。

（《涉江》）

　　他从发心之日起，便有绝大觉悟，知道这件事不是容易。他赌咒和恶社会奋斗到底，他果然能实践其言，始终未尝丝毫让步。但恶社会势力太大，他到了"最后一粒子弹"的时候，只好洁身自杀。我记得在罗马美术馆中曾看见一尊额尔达治武士石雕遗像，据说这人是额尔达治国几百万人中最后死的一个人，眼眶承泪，颊唇微笑，右手一剑自刺左胁。屈原沉汨罗，就是这种心事了。

四

　　余既滋兰之九畹兮，又树蕙之百亩。畦留夷以揭车兮，杂杜蘅与芳芷。冀枝叶之峻茂兮，愿俟时乎吾将刈。虽萎绝其亦何伤兮，哀众芳之芜秽。

（《离骚》）

这是屈原追叙少年怀抱。他原定计划,是要多培植些同志出来,协力改革社会,到后来失败了。一个人失败有什么要紧,最可哀的是从前满心希望的人,看着堕落下去。所谓"众芳芜秽",就是"昔日芳草,今为萧艾",这是屈原最痛心的事。

他想改革社会,最初从政治入手。因为他本是贵族,与国家同休戚,又曾得怀王的信任,自然是可以有为。他所以"奔走先后"与闻国事,无非欲他的君王能够"及前王之踵武"(《离骚》)。无奈怀王太不是材料:

初既与余成言兮,后悔遁而有他。余既不难夫离别兮,伤灵修之数化。

(《离骚》)

昔君与我诚言兮,曰黄昏以为期。羌中道而回畔兮,反既有此他志。

(《抽思》)

他和怀王的关系,就像相爱的人已经定了婚约,忽然变卦。所以他说:

心不同兮媒劳,恩不甚兮轻绝……交不忠兮怨长,期不信兮告余以不闲。

(《湘君》)

他对于这一番经历,很是痛心,作品中常常感慨。内中最缠绵沉痛的一段是:

吾谊先君而后身兮,羌众人之所仇。专唯君而无他兮,又众兆之所雠。壹心而不豫兮,羌不可保也。疾亲君而无他兮,有招祸之道也。思君其莫我忠兮,忽忘身之贱贫。事君而不贰兮,迷不知宠之门。忠何罪以遇罚兮,亦非余心之所志。行不群以颠越兮,又众兆之所咍……

(《惜诵》)

他年少时志盛气锐,以为天下事可以凭我的心力立刻做成,不料才出头便遭大打击。他曾写自己心理的经过,说道:

昔余梦登天兮,魂中道而无杭。吾使厉神占之兮,曰有志极而无旁……
吾闻作忠以造怨兮,忽谓之过言。九折臂而成医兮,吾至今而知其信然。

(《惜诵》)

他受了这一回教训,烦闷之极。但他的热血,常常保持沸度,再不肯冷下去。于是他发出极沉挚的悲音。说道:

闺中既已邃远兮,哲王又不寤。怀朕情而不

发兮,余焉能忍与此终古。

(《离骚》)

以屈原的才气,倘肯稍为迁就社会一下,发展的余地正多。他未尝不盘算及此,他托为他姊姊劝他的话,说道:

女媭之婵媛兮,申申其詈余。曰:"鲧婞直以亡身兮,终然夭乎羽之野。汝何博謇而好修兮,纷独有此姱节。薋菉葹以盈室兮,判独离而不服。众不可户说兮,孰云察余之中情。世并举而好朋兮,夫何茕独而不余听?"……

(《离骚》)

又托为渔父劝他的话,说道:

夫圣人者,不凝滞于物,而能与世推移,举世皆浊,何不汨其泥而扬其波?众人皆醉,何不哺其糟而歠其醨?

(《渔父》)

他自己亦曾屡屡反劝自己,说道:

惩于羹者而吹齑兮,何不变此志也?欲释阶而登天兮,犹有曩之态也。

(《惜诵》)

175

说是如此,他肯吗?不不!他断然排斥"迁就主义"。他说:

> 刓方以为圜兮,常度未替。易初本迪兮,君子所鄙……玄文处幽兮,蒙瞍谓之不章。离娄微睇兮,瞽以为无明……邑犬群吠兮,吠所怪也。非俊疑杰兮,固常态也。
>
> (《怀沙》)

他认定真理正义,和流俗人不相容,受他们压迫,乃是当然的。自己最要紧是立定脚跟,寸步不移。他说:

> 嗟尔幼志,有以异兮。独立不迁,岂不可喜兮。深固难徙,廓其无求兮。苏世独立,横而不流兮。
>
> (《橘颂》)

他根据这"独立不迁"主义,来定自己的立场,所以说:

> 固时俗之工巧兮,偭规矩而改错。背绳墨以追曲兮,竞周容以为度。忳郁邑余侘傺兮,吾独穷困乎此时也。宁溘死以流亡兮,余不忍为此态也。鸷鸟之不群兮,自前世而固然。何方圆之能周兮,夫孰异道而相安。屈心而抑志兮,忍尤而

攘垢。伏清白以死直兮，固前圣之所厚。

(《离骚》)

易卜生最喜欢讲的一句话：All or nothing（要整个，不然宁可什么也没有）。屈原正是这种见解。"异道相安"，他认为和方圆相周一样，是绝对不可能的事。中国人爱讲调和，屈原不然，他只有极端："我决定要打胜他们，打不胜我就死。"这是屈原人格的立脚点，他说也是如此说，做也是如此做。

五

不肯迁就，那么丢开吧。怎么样呢？这一点，正是屈原心中常常交战的题目。丢开有两种：一是丢开楚国，二是丢开现社会。丢开楚国的商榷，所谓：

思九州之博大兮，岂唯是其有女……
何所独无芳草兮，尔何怀乎故宇。

这种话就是后来贾谊吊屈原说的"历九州而相君兮，何必怀此都也"。屈原对这种商榷怎么呢？他以为举世溷浊，到处都是一样。他说：

溘吾游此春宫兮，折琼枝以继佩。及荣华之未落兮，相下女之可诒。

吾令丰隆乘云兮，求宓妃之所在。解佩纕以结言兮，吾令蹇修以为理。纷总总其离合兮，忽纬繣其难迁……望瑶台之偃蹇兮，见有娀之佚女。吾令鸩为媒兮，鸩告余以不好。雄鸩之鸣逝兮，余犹恶其佻巧……及少康之未家兮，留有虞之二姚。理弱而媒拙兮，恐导言之不固。时溷浊而嫉贤兮，好蔽美而称恶……

（《离骚》）

这些话怎样解呢？对于这一位意中人，已经演了失恋的痛史了，再换别人，只怕也是一样。宓妃呢？纬繣难迁。有娀吗？不好，佻巧。二姚吗？导言不固。总结一句，就是旧戏本说的笑话："我想平儿，平儿老不想我。"怎么样他才会想我呢？除非我变个样子。然而我到底不肯。所以任凭你走遍天涯地角，终久找不着一个可意的人来结婚。于是他发出绝望的悲调，说：

忽反顾以流涕兮，哀高丘之无女。

（《离骚》）

他理想的女人，简直没有。那么，他非在独身生活里头甘心终老不可了。举世溷浊的感想，《招魂》上半篇表示得最明白。所谓：

魂兮归来，东方不可以托些……魂兮归来，

南方不可以止些……魂兮归来,西方之害流沙千里些……魂兮归来,北方不可以止些……魂兮归来,君无上天些……魂兮归来,君无下此幽都些……

似此"上下四方多贼奸",有那一处可以说是比"故宇"强些呢?所以丢开楚国,全是不彻底的理论,不能成立。丢开现社会,确是彻底的办法。屈原同时的庄周,就是这样。屈原也常常打这个主意。他说:

悲时俗之迫阨兮,愿轻举以远游。

(《远游》)

他被现社会迫阨不过,常常要和他脱离关系,宣告独立。而且实际上,他的神识,亦往往靠这一条路得些安慰。他作品中表现这种理想者最多。如:

驾青虬兮骖白螭,吾与重华游兮瑶之圃。登昆仑兮食玉英,与天地兮同寿,与日月兮同光。

(《涉江》)

与女游兮九河,冲风起兮水扬波。乘水车兮荷盖,驾两龙兮骖螭。登昆仑兮四望,心飞扬兮浩荡。

(《河伯》)

春秋忽其不淹兮,奚久留此故居。轩辕不可

攀援兮，吾将从王乔而游戏。餐六气而饮沆瀣兮，漱正阳而含朝霞。保神明之清澄兮，精气入而粗秽除。顺凯风以从游兮，至南巢而一息。见王子而宿之兮，审壹气之和德。

(《远游》)

穆眇眇之无垠兮，莽芒芒之无仪。声有隐而相感兮，物有纯而不可为。藐蔓蔓之不可量兮，缥绵绵之不可纾……上高岩之峭岸兮，处雌蜺之标颠。据青冥而摅虹兮，遂倏忽而扪天。

(《悲回风》)

遭吾道夫昆仑兮，路修远以周流。扬云霓之晻蔼兮，鸣玉鸾之啾啾。朝发轫于天津兮，夕余至乎西极。凤皇翼其承旂兮，高翱翔之翼翼。忽吾行此流沙兮，遵赤水而容与。麾蛟龙使梁津兮，诏西皇使涉余……屯余车其千乘兮，齐玉轪而并驰。驾八龙之婉婉兮，载云旗之委蛇。抑志而弭节兮，神高驰之邈邈。奏九歌而舞韶兮，聊假日以媮乐。

(《离骚》)

诸如此类，所写都是超现实的境界，都是从宗教的或哲学的想象力构造出来。倘使屈原肯往这方面专做他的精神生活，他的日子原可以过得很舒服，然而不能。他在《远游》篇，正在说"绝氛埃而淑尤兮，终不反其故都"，底下忽然接着道：

180

> 恐天时之代序兮，耀灵晔而西征。微霜降而下沦兮，悼芳草之先零。

他在《离骚》篇，正在说"假日媮乐"，底下忽然接着道：

> 陟升皇之赫戏兮，忽临睨夫旧乡。仆夫悲余马怀兮，蜷局顾而不行。

乃至如《招魂》篇把物质上娱乐敷陈了一大堆，煞尾却说道：

> 皋兰被径兮斯路渐，湛湛江水兮上有枫。目极千里兮伤春心，魂兮归来哀江南。

屈原是情感的化身，他对于社会的同情心，常常到沸度。看见众生苦痛，便和身受一般，这种感觉，任凭用多大力量的麻药也麻他不下。正所谓"此情无计可消除，才下眉头，却上心头"。说丢开吗？如何能够呢？他自己说：

> 登高吾不说兮，入下吾不能。
> 　　　　　　　　　　（《思美人》）

这两句真是把自己心的状态全盘揭出。超现实的生活不愿做，一般人的凡下现实生活又做不来，他的路于是乎穷了。

六

对于社会的同情心既如此其富,同情心刺激最烈者,当然是祖国。所以放逐不归,是他最难过的一件事。他写初去国时的情绪道:

> 发郢都而去闾兮,怊荒忽之焉极。楫齐扬以容与兮,哀见君而不再得。望长楸而太息兮,涕淫淫其若霰。过夏首而西浮兮,顾龙门而不见……将运舟而下浮兮,上洞庭而下江。去终古之所居兮,今逍遥而来东。羌灵魂之欲归兮,何须臾而忘返。背夏浦而西思兮,哀故都之日远。
>
> (《哀郢》)
>
> 望孟夏之短夜兮,何晦明之若岁。唯郢路之辽远兮,魂一夕而九逝。曾不知路之曲直兮,南指月与列星。愿径逝而不得兮,魂识路之营营。
>
> (《抽思》)

内中最沉痛的是:

> 曼余目以流观兮,冀一反之何时。鸟飞返故居兮,狐死必首丘。信非余罪而放逐兮,何日夜而忘之。
>
> (《哀郢》)

这等作品,真所谓"一声河满子,双泪落君前"。任凭是铁石人,读了怕都不能不感动哩!

他在湖南过的生活,《涉江》篇中描写一部分如下:

> 乘舲船余上沅兮,齐吴榜以击汰。船容与而不进兮,淹回水而凝滞。朝发枉陼兮,夕宿辰阳。苟余心其端直兮,虽僻远之何伤。入溆浦余儃佪兮,迷不知吾所如。深林杳以冥冥兮,乃猿狖之所居。山峻高以蔽日兮,下幽晦以多雨。霰雪纷其无垠兮,云霏霏而承宇。哀吾生之无乐兮,幽独处乎山中。吾不能变心而从俗兮,固将愁苦而终穷。

大概他在这种阴惨岑寂的自然界中过那非社会的生活,经了许多年。像他这富于社会性的人,如何能受?他在那里

> 退静默而莫余知兮,进号呼又莫吾闻。
> 　　　　　　　　　　　(《惜诵》)

他和恶社会这场血战,真已到矢尽援绝的地步。肯降服吗?到底不肯。他把他的洁癖坚持到底,说道:

> 安能以身之察察,受物之汶汶者乎?宁赴湘流,葬于江鱼腹中。又安能以皓皓之白,而蒙世俗之尘埃乎?
> 　　　　　　　　　　　(《渔父》)

他是有精神生活的人，看着这臭皮囊，原不算什么一回事。他最后觉悟到他可以死而且不能不死，他便从容死去。临死时的绝作说道：

> 人生有命兮，各有所错兮。定心广志，余何畏惧兮。曾伤爰哀，永叹喟兮。世溷不吾知，人心不可谓兮。知死不可让兮，愿勿爱兮。明告君子，吾将以为类兮。
>
> （《怀沙》）

西方的道德论，说凡自杀皆怯懦。依我们看，犯罪的自杀是怯懦，义务的自杀是光荣。匹夫匹妇自经沟渎的行为，我们诚然不必推奖他。至于"志士不忘在沟壑，勇士不忘丧其元"，这有什么见不得人之处？屈原说的"定心广志何畏惧"，"知死不可让愿勿爱"，这是怯懦的人所能做到吗？

《九歌》中有赞美战死的武士一篇，说道：

> ……出不入兮往不反，平原忽兮路迢远。带长剑兮挟秦弓，首虽离兮心不惩。诚既勇兮又以武，终刚强兮不可陵。身既死兮神以灵，子魂魄兮为鬼雄。
>
> （《国殇》）

这虽属侑神之词，实亦写他自己的魄力和身份。我们这位文学老祖宗留下二十多篇名著,给我们民族偌大一份遗产,他的责任算完全尽了。末后加上这汨罗一跳,把他的作品添出几倍权威,成就万劫不磨的生命,永远和我们相摩相荡。呵呵!"诚既勇兮又以武,终刚强兮不可陵。"呵呵!屈原不死!屈原唯自杀故,越发不死!

七

以上所讲,专从屈原作品里头体现出他的人格,我对于屈原的主要研究,算是结束了。最后对于他的文学技术,应该附论几句。

屈原以前的文学,我们看得着的只有《诗经》三百篇。三百篇好的作品,都是写实感。实感自然是文学主要的生命,但文学还有第二个生命,曰想象力。从想象力中活跳出实感来,才算极文学之能事。就这一点论,屈原在文学史的地位,不特前无古人,截到今日止,仍是后无来者。因为屈原以后的作品,在散文或小说里头,想象力比屈原优胜的或者还有,在韵文里头,我敢说还没有人比得上他。

他作品中最表现想象力者,莫如《天问》《招魂》《远游》三篇。《远游》的文句,前头多已征引,今不再说。《天问》纯是神话文学,把宇宙万有,都赋予他一种神秘性,活像希腊人思想。《招魂》前半篇说了无数半神半人的奇情异俗,令人目摇魄荡。后半篇说人世间的快乐,也是一件一件地从他脑子里幻构出来。至如《离骚》,什么灵氛,什么巫咸,什么丰隆,望舒,蹇修,飞廉,雷师,这些鬼神，都拉来对面谈话，或指派差事。什么宓妃，什么有娀佚女，什么有虞二姚，都和他商量爱情。凤皇，鸠，鸩，题鸩，都听他使唤，或者和他答话。虬，龙，虹霓，鸾，或是替他拉车，或是替他打伞，或是替他搭桥。兰，茝，桂，椒，芰荷，芙蓉……无数芳草，都做了他的服饰。昆仑，县圃，咸池，扶桑，苍梧，崦嵫，閬阖，阆风，穷石，洧盘，天津，赤水，不周……种种地名或建筑物，都是他脑海里头的国土。又如《九歌》十篇，每篇写一神，便把这神的身份和意识都写出来。想象力丰富瑰玮到这样，何止中国，在世界文学作品中，除了但丁《神曲》外，恐怕还没有几家够得上比较哩！

班固说："不歌而诵谓之赋。"从前的诗，谅来都是可以歌的，不歌的诗，自"屈原赋"始。几千字一篇的韵文，在体格上已经是空前创作，那波澜壮阔，层叠排冞，完全表出他气魄之伟大。有许多话讲了又讲，正见得缠绵悱恻，一往情深，有这种技术，才配说"感情的权化"。

写客观的意境，便活给他一个生命，这是屈原绝大本领。这类作品，《九歌》中最多。如：

> 君不行兮夷犹，蹇谁留兮中洲？美要眇兮宜修，沛吾乘兮桂舟。令沅湘兮无波，使江水兮安流。
>
> （《湘君》）
>
> 帝子降兮北渚，目眇眇兮愁予。袅袅兮秋风，洞庭波兮木叶下……沅有芷兮澧有兰，思公子兮

未敢言。

（《湘夫人》）

秋兰兮麋芜，罗生兮堂下。绿叶兮素枝，芳菲菲兮袭予……秋兰兮青青，绿叶兮紫茎。满堂兮美人，忽独与余兮目成。入不言兮出不辞，乘回风兮载云旗。悲莫悲兮生别离，乐莫乐兮新相知。荷衣兮蕙带，倏而来兮忽而逝。夕宿兮帝郊，君谁须兮云之际……

（《少司命》）

子交手兮东行，送美人兮南浦。波滔滔兮来迎，鱼鳞鳞兮媵予。

（《河伯》）

这类作品，读起来，能令自然之美和我们心灵相触逗。如此，才算是有生命的文学。太史公批评屈原道：

其文约，其辞微，其志洁，其行廉。其称文小而其指极大，举类迩而见义远。其志洁，故其称物芳；其行廉，故死而不容自疏。濯淖污泥之中，蝉蜕于浊秽，不获世之滋垢，皭然泥而不滓者也。推此志也，虽与日月争光可也。

（《史记》本传）

虽未能尽见屈原，也算略窥一斑了。我就把这段作为全篇的结束。

人权与女权

1922 年 11 月 6 日

诸君看见我这题目,一定说梁某不通:女也是人,说人权自然连女权包在里头,为什么把人权和女权对举呢?哈哈!不通诚然是不通,但这不通题目,并非我梁某人杜撰出来。社会现状本来就是这样的不通,我不过照实说,而且想把不通的弄通罢了。

我要出一个问题考诸君一考:"什么叫作人?"诸君听见我这话,一定又要说:"梁某只怕疯了!这问题有什么难解?凡天地间'圆颅方趾,横目睿心'的动物自然都是人。"哈哈!你这个答案错了。这个答案只能解释自然界"人"字的意义,并不能解释历史上"人"字的意义。历史上的人,其初范围是很窄的,一百个"圆颅方趾,横目睿心"的动物之中,顶多有三几个够得上做"人",其余都够不上!换一句话说,从前能够享有人格的人是很少的,历史慢慢开展,"人格人"才渐渐多起来。

诸君听这番话，只怕越听越糊涂了。别要着急，等我逐层解剖出来。同是"圆颅方趾，横目睿心"的动物，自然我做得到的事，你也做得到；你享有的权，我也该享有。是不是呢？是啊，果然应该如此。但是从历史上看来，却大大不然。无论何国历史，最初总有一部分人叫作"奴隶"。奴隶岂不也是"圆颅方趾，横目睿心"吗？然而那些非奴隶的人，只认他们是货物，不认他们是人。诸君读过西洋历史，谅来都知道古代希腊的雅典，号称"全民政治"，说是个个人都平等都自由。又应该知道有位大哲学家柏拉图，是主张共和政体的老祖宗。不错，柏拉图说，凡人都应该参与政治，但奴隶却不许。为什么呢？因为奴隶并不是人！雅典城里几万人，实际上不过几千人参与政治。为什么说是全民政治呢？因为他们公认是"人"的都已参与了，剩下那一大部分，便是奴隶，本来认作货物不认作人。

不但奴隶如此，就是贵族和平民比较，只有贵族算是完完全全一个人，平民顶多不过够得上做半个人。许多教育，只准贵族受，不准平民受；许多职业，只准贵族当，不准平民当；许多财产，只准贵族有，不准平民有。这种现象，我们中国自唐虞三代到孔子的时候便是如此；欧洲自罗马帝国以来一直到十八世纪都是如此。

在奴隶制度底下，不但非奴隶的人把奴隶不当人看，连那些奴隶也不知道自己是个"人"。在贵族制度底下，不但贵族把平民当半个人看，连那些平民自己觉得我这个人和他那个人不同。如是者混混沌沌过了几千年。

人是有聪明的,有志气的,他们慢慢地从梦中觉醒起来了!你有两只眼睛一个鼻子,我也有一个鼻子两只眼睛,为什么你便该如彼我便该如此?他们心问口、口问心,经过多少年烦闷悲哀,忽然石破天惊,发明一件怪事:"啊,啊!原来我是一个人!"这件怪事,中国人发明到什么程度我且不说,欧洲人什么时候发明呢?大约在十五六世纪文艺复兴时代。他们一旦发现了自己是个人,不知不觉地便齐心合力下一个决心,一面要把做人的条件预备充实,一面要把做人的权利扩张圆满。第一步,凡是人都要有受同等教育的机会,不能让贵族和教会把学问垄断。第二步,凡是人都要各因他的才能就相当的职业,不许说某项职业该被某种阶级的人把持到底。第三步,为保障前两事起见,一国政治,凡属人都要有权过问。总说一句:他们有了"人的自觉",便发生出人权运动。教育上平等权,职业上平等权,政治上平等权,便是人权运动的三大阶段。

啊,啊!了不得,了不得!人类心力发动起来,什么东西也挡他不住。"一!二!三!开步走!""走!走!走!"走到十八世纪末年,在法国巴黎城轰地放出一声大炮来:《人权宣言》!好呀好呀!我们一齐来!属地吗,要自治;阶级吗,要废除;选举吗,要普遍。黑奴农奴么,要解放。十九世纪全个欧洲、全个美洲热烘烘闹了一百年,闹的就是这一件事。吹喇叭,放爆竹,吃干杯,成功!凯旋!人权万岁!从前只有皇帝是人,贵族是人,僧侣是人,如今我们也和他们一样,不算人的都算人了,普天之下率土之滨凡叫作人的,都恢复他们资格了。人权万岁!万万岁!

万岁声中,还有一大部分"圆颅方趾,横目睿心"的动物在那边悄悄地滴眼泪。这一部分动物,虽然在她们同类中占一半的数量,但向来没有把她们编在人类里头。这一部分是谁,就是女子!人权运动,运动的是人权。她们是 Women 不是 Men,说得天花乱坠的人权,却不关她们的事!

眼泪是最神圣不过的东西,眼泪是从自觉的心苗中才滴得出来。男子固然一样的两只眼睛一个鼻子,没有什么贵族、平民、奴隶的分别,难道女子又只有一只眼睛半个鼻子吗?当人权运动高唱入云的时候,又发明一件更怪的事:"啊,啊!原来世界上还有许多人!"有了这种发明,于是女权运动开始起来。女权运动,我们可以给他一个名词,叫作广义的人权运动。

广义的人权运动——女权运动,和那狭义的人权运动——平民运动正是一样,要有两种主要条件:第一要自动,第二要有阶段。

什么叫自动呢?例如美国放奴运动,不是黑奴自己要解放自己,乃是一部分有博爱心的白人要解放他们,这便是他动不是自动。不由自动得来的解放,虽解放了也没有什么价值。不唯如此,凡运动是多数人协作的事,不是少数人包办的事,所以要多数共同的自动。例如中国建设共和政体,仅有极少数人在那里动,其余大多数不管事,这仍算是他动不是自动。像欧洲十九世纪的平民运动,的确是出于全部或大多数的平民自觉自动,其所以能成功而且彻底的理由，全在乎此。女权运动能否有意义有价值，第一件就要看女子切实自觉自动的程度何如。

什么是阶段呢？前头说过，人权运动含有三种意味：一是教育上平等权，二是职业上平等权，三是政治上平等权。这三件事虽然一贯，但里头自然分出个步骤来。在贵族垄断权利的时代，他们辩护自己唯一的武器，就是说：我们贵族所有的学问知识，你们平民没有；我们贵族办得下来的事，你们平民办不下来。这话对不对呢？对呀。欧洲中世纪的社会情状，的确是如此。倘若十八九世纪依然是这种情状，我敢保《人权宣言》一定发不出来，即发出来也是空话。所以自文艺复兴以来，他们平民第一件最急切的要求，是要和贵族有受同等教育的机会。这种机会陆续到手，他们便十二分努力去增进自己的知识和能力。到十八九世纪时，平民的知识能力，比贵族只有加高，绝无低下，于是乎一鼓作气，把平民运动搞成功了。换一句话说：他们是先把做人条件预备充实，才能把做人的权利扩张圆满。

她们的女权运动，现在也正往这条路上走。女权运动，也是好几十年前已经开始了，但势力很是微微不振。为什么不振呢？因为女子知识能力的确赶不上男子。为什么赶不上呢？因为不能和男子有受同等教育的机会。他们用全力打破这一关，打破之后，再一步一步地肉搏前去，依次到职业问题，以次到参政权问题。现在欧美这种运动，渐渐地已有一部分成功了。

我们怎么样呢？哎，说起来，又惭愧，又可怜，连大部分男子也没有发现自己是个人，何论女子！狭义的人权运动还没有做过，说什么广义的人权运动！所以有些人主张"女权尚早论"，说等到平民运动完功之后，再做女权运动不迟。这种话对吗？不对。欧洲造铁路，先有了狭轨，才渐渐改成广轨；我们造铁路，自然一动手就用广轨，有什么客气！欧洲人把狭义广义的人权运动分作两回做，我们并作一回，并非不可能的事。但有一件万不可以忘记：狭轨广轨固然不成问题，然而没有筑路便想开车，却是断断乎不行的。

我说一句不怕诸君怄气的话：中国现在男子的知识能力固然也是很幼稚很薄弱，但女子又比男子幼稚薄弱好几倍！讲女权吗？头一个条件，要不依赖男子而能独立。换一句话说，是要有职业。譬如某学校出了一个教授的缺，十位女子和十位男子竞争，谁争赢谁？譬如某公司或某私人要用一位秘书，十位女子和十位男子竞争，又谁争赢谁？再进一步，假使女子参政权实行规定在宪法，到选举场中公开讲演自由竞争，又谁争赢谁？以现在情形论，我斗胆敢说：女子十回一定有九回失败。为什么呢？因为现在女子的知识能力实实在在不如男子。天生成不如吗？不然不然，不过因为学力不够。为什么学力不够？为的是从前女子求学不能和男子有均等机会。没有均等机会，固然不是现在女子之过；然而学力不够，却是不能讳言的事实。诸君在英语文读本里头谅来都读过一句格言：Knowledge is power——知识即权力。不从知识基础上求权力，权力断断乎得不到；侥幸得到，也断断乎保持不住。一个人如此，阶级相互间也是如此，两性相互间也是如此。

讲到这里，我们大概可以得一个结论了。女权运动，无论为求学运动，为竞业运动，为参政运动，我在原则上都赞成；不唯赞成，而且十分认为必要。若以程序论，我说学第一、业第二、政第三。近来讲女权的人，集中于参政问题，我说是急其所缓，缓其所急。老实说一句：现在男子算有参政权没有？说没有吗？《约法》上明明规定；说有吗？民国成立十一个年头，看见哪一位男子曾参过政来？还不是在选举人名册上凑些假名，供那班"政棍"买票卖票的工具！人民在这种政治意识之下，就让你争得女子参政权，也不过每县添出千把几百个赵兰、钱蕙、孙淑、李娟等人名，替"政棍"多弄几票生意！我真不愿志洁行芳的姊妹们，无端受这种污辱。平心而论，政治上的事情，原不能因噎废食，这种愤激之谈，我也不愿多说了。归根结底一句：无论何种运动，都要多培实力，少做空谈。女权运动的真意义，是要女子有痛切的自觉，从知识能力上力争上游，务求与男子立于同等地位。这一着办得到，那么，竞业参政，都不成问题；办不到，任你搅得海沸尘飞，都是废话。

诸君啊！现在全国中女子知识的制造场，就靠这十几个女子师范学校，诸君就是女权运动的基本军队。庄子说得好："水之积不厚，则其负大舟也无力。"诸君要知道自己责任重大，又要知道想尽此责任，除却把学问做好，知识能力提高外，别无捷径。我盼望诸君和全国姊姊妹们，都彻底觉悟自己是一个人，都加倍努力完成一个人的资格，将来和全世界女子共同协力做广义的人权运动。这回运动成功的时候，真可以欢呼人权万岁了！

市民与银行[1]

1922 年 11 月 21 日

这几天很不幸,忽然有中交两行挤兑的事。关于这件事,我们一般市民,应该有两种根本觉悟:

第一是现在的觉悟。

第二是将来的觉悟。

现在的觉悟,就是:"做买卖的人万不可以拒绝国钞的收用;手边拿着有国钞的人,万不可以去挤兑。"若然不信用我这话吗?老实说,不但是破坏银行破坏国家,简直是自己和自己过不去。为什么呢?因为拒收和挤兑的结果,不外把你自己的财产价值消失或减削了。这种道理且等下文详细说明。现在第一段先说挤兑心理的不对。第二段把我所知道的两行情形和这回风潮的起因,略说一说,再入正文。

挤兑这件事,真算得中国人独有的古怪把戏。诸君谅

---

[1] 本文是梁启超在天津南开大学的公开演讲。

来都知道欧战以来欧洲各国的经济财政，都是困难达于极点了。我们试查一查六七年来的新闻纸，曾否听见过有一回说是某国国家银行被挤？某国市面不行用国钞？中国人或者以为人家的政府威信好，所以人民不敢如此。其实不然。外国人关于本身或公众利害问题，向来没有一件肯饶让政府。稍为有点不对，动辄就起群众运动。何以我们惯用的什么挤兑手段拒收手段，他们始终没有用过一回呢？因为这种手段绝不能向政府示威，只算是向社会捣乱，只算是和自己开玩笑。所以稍有常识的国民断断不肯如此。

挤兑和拒收是发生于一种极可恶极可笑极可怜的心理。什么心理呢？就是"在大家不安宁的环境当中，想我一个人的安宁；在千千万万人危险里头，单独我一个人免掉危险"。你想这种道理会行得通吗？这种事情会办得到吗？人类是社会的动物，断不能离却社会独自一个人生存。想自己免掉危险，除了协同防止或救济社会的共同危险外，没有别的法子。《左传》说得好："嫠妇不恤其纬，而忧宗周之陨，为将及焉。"这本是很浅而易见的道理，中国人不晓得怎么了，对于这点道理始终看得不明白信得不真切。这种"不管公众怎么样只求个人免掉危险"的卑劣心理就是亡国灭种的总根源。其实结果自己何尝免得掉，不唯免不掉，或者本来并没危险，因为这一点卑劣心理，无端造出危险来，闹到社会和自己同归于尽。这种卑劣心理，中国人真是无处不发现。这几天闹的什么拒收咧挤兑咧，就是这种心理的充分表示，就是因想免掉危险反而生出危险的最好证据。说起来真是又可恨又可笑又可怜。我这泛论，姑且止于此，而今且说银行情形。

原来中交两行，在民国五年的时候，我们对于他很不放心，因为他差不多完全是政府的机关，正唯是那样，所以那时候他的安全和危险也和我们没有什么大关系。到如今却是不同了，他们都已有了觉悟，知道银行的根本生命不在政府而在市场，再加以近两三年来，国内产业勃兴，新组织的公司很多，生意都做得很好，所以他们把他所有的力量都用来市面上招揽主顾，不甚愿意和政府打交道。简单说，他们是已经做了市民的机关，不是政府的机关了。他们这两年来联合各家私立银行组织个银行公会，力量积得很雄厚，却是生意还是做得很踏实。他们力量的雄厚，也不必要我替他鼓吹，诸君谅来还记得几个月以前，中法银行倒账，我们银行公会因为要维持市面，拍着胸脯，几百万的钞票都兑下来了。还有一件事，诸君或者未必都知道，就是前二十多天有一笔到期的公债，应该在关余上偿还，关余一时未交到，我们的银行公会就垫了四百多万。这件事就是这风潮的原因之一，下文再说。就这两件事而论，我们可以证明，银行公会很对得起市民，他们的力量也实在是掮得起担子。至于他们生意做得踏实，我也有证据。现在北京、天津、张家口三处中交两行发的钞票，通计不到一千五百余万元，拿他所流通地方的人口比例起来，每人不过摊得五毛多钱。诸君稍为学过经济学的人，谅来都知道，货币的性质不过市面上一种筹码，筹码太多了，固然无用，太少了也是不够。照中国现在经济状况说来，这一块大地方，仅仅有这点子筹码只嫌太少，不嫌太多。

我记得这回挤兑风潮发生的前三日,我还和中国银行里头一位重要的人谈天,他说:"今年因为北几省年成很好,货币需要加增,许多现钱散到乡下去。乡下人是和印度人同一样脾气,都喜欢将银子埋在地窖子,闹到市面上交易媒介物缺乏。依着经济学的公例,这时候是应该多发钞币,等明年春天收回。但现在这种时局,我们是一张钞票不敢多发,不唯不敢多发,而且是见一张收回一张。细想起来,实在是自卫心太过,有点对不起市面。"我当时和他说,他们这种谨慎态度是很好的,但谨慎也不可太过分了。到这时候想来,还是他们阅历之谈很可佩服,若依着书呆子的脑筋,用外国通行公例来调剂金融,这时候还不知乱子闹到怎样大呢。闲话少讲,总之这种实情我们可以认为银行中人做生意十分踏实的证据。然则这回风潮怎么会闹出来呢?我们局外人自然不能知道底细,据这几天有些报纸说是外国人要实行"国际共管"的野心,妒忌我们银行公会做他的阻力,趁太平洋会议初开时,给我们一顿"闷头棍",要制我的死命。他们算定了中国人民智识幼稚,稍为放点子风声,一定要挤兑;一挤兑,我们的银行全盘要倒,他们便可以为所欲为。这些话确不确,我没有凭据,不敢便下判断。倘然是如此吗,那么,我们的智识程度,真是被人家一猜便中了。人家要我们挤兑,我们便像专制时代奉着圣旨一般拼命去挤兑,闹到我们全国人神嚎鬼哭,人家暗地里点头微笑。唉,我们为什么傻到这步田地呢?我明白告诉诸君说,各国的钞票,有三分之一的现金准备,便算千稳万当了。我们呢?别的地方不必多说,我所知道的天津中国银行便的的确确有五成以上的准备——出一万元钞票，库里存着五千多元预备兑换。听说他账目也曾向商会公开，我想我们任谁要去看账，都可以看出来，这真算是极谨慎极呆板的做法了。北京准备大概少些，要知他并不是没有准备，是不愿意把这许多现银放在北京，在他处一调还是可以调来。他们的情形既已如此，诸君却还要想想，虽然有五成以上的准备，所缺的还有四成多，像我们市民这几天的样子去挤，便有一百个银山也要挤倒。他们这几天限制兑换，论理原是不应该，但我们市民既如此不明事理，叫他们有什么办法呢？尤须知我们银行若将全部兑出，这些银子三五日内拐几个弯，便全部跑到外国银行的库里了。所以限制兑换虽然不合理，我们为全国人经济上的自卫起见，我倒替银行界十分原谅哩！

诸君听我刚才的话说钞票有五成以上的准备，那么，那四成多岂不是无着落吗？骤然听见，少不免就要惊慌起来，其实这是极普通极浅白的道理，稍读过一两部经济学书的人都晓得。我正在要将这道理提要说说，恰好见着北京报纸上登有马寅初先生在北大讲演，甚为简明，我且把他重述一番便了。马先生讲演的要点在论钞票如何发出如何收回。他的大意说是：

> 我们中国人不甚了解钞票的性质，总以为银行现洋不足，所以发出钞票来代现洋，钞票越多，获利越厚，为什么获利呢？就是靠行使一片空纸。这些话最易动听，但是全然看错了，须知钞票断

不能凭空发出，一定是有些商人或制造家向银行借款，银行才拿钞票给他……譬如某家米商，要到某处办米，自然要带巨款前往，于是向银行借款，拿米做抵押，银行便发出钞票，交给那米商，米商便拿来付米价、工资以及其他种种开销，不到几天，这钞票便分布到各处。不知者以为这钞票系一片空纸，毫无价值，殊不知这钞票代表的便是米……米为有价值的物质，但使那这种物质一日存在，那代表他的钞票，断无成为废物之理。

钞票既是代表物质而发出，自然也是跟着物质而收回。譬如前段所讲的米商，向银行借得钞票去办米，那米运到北京，陆续卖出，买米的人用的都是钞票，米商一面将米出售，一面收进钞票，积有成数，便送到银行偿还借款；银行一面取消借款，一面取消兑换钞票之义务，不消费力，钞票已经收回库里了。所以凡为正当营业所发之钞票，尽有自放自缩之能力，并不必假手于现洋。因为钞票所代表的并非现洋，乃是社会有史以来所产的财富。人类一日存在，财富一日不减，那么钞票便一日不会失去价值，现洋之有无多少，简直可说没甚关系。

马先生这段话，把钞票性质讲得十分明了，此外还有些学理谈，不必多引了。简单说，钞票本非代表现洋，所以虽无现洋准备，他的价值原不会失。然则为什么要准备呢？全然是时间的关系，因为银行放给米商的债权，是要一个月或三个月才能收回，银行对于持有钞票人债务，是要见票即付，所以总要存些现洋，预备着债权未到期之时，可以应付零星债务。钞票准备金的作用不过如此，所以有三成以上足足够用。明白这种道理，便可知像天津中国银行有五成以上的准备，真算稳当到十二分！又可知那四成多没有准备，乃是天经地义，你若是要连那四成多都叫他拿出现洋来，那么，无论哪一国的国家银行，没有过不倒的呀！

我们市民因为没有这种常识，所以每每将现洋和钞票分为两撅，他们外国人只有在国际汇兑上才发生现洋和钞票比价问题，我们这问题在国内动不动就发生。须知你只要按部就班行使那公认的钞票，你的财产再不会损失，却是闹什么拒收咧挤兑咧！闹下来自然会闹到钞票价值低落，钞票低落，银行倒没有什么关系，自己却吃了大亏了。因为钞票是代表你的货物，钞价落到八折，你那一斗米便亏二升；落到六折，你便亏四升。倘若越闹越大，闹到秩序不能维持，你那货物或是销不出去甚至被焚被抢，那就价值全部损失了。所以我说他是自己和自己过不去。我希望我们市民要立刻有十二分觉悟，不要中了外国人毒计。银行方面，能立刻撤销限制兑现，自然是极好，就令一时未能，我们也应该原谅他，为自卫计不得不然，只是我们镇定一镇定，他自然会恢复原状，我们何苦直接去挤他？间接来挤自己呢？

这都是讲的现在的觉悟，至于将来的觉悟，今日时候不够，只好略说几句罢了。

我们经过这几天惊慌，得了一种极深切的教训，什么教训呢？就是我们今日才知道"政治咧，金融咧，和我们切身利害有这么大的关系"。你看，轻轻的这点谣言，不是几乎闹得几百万人连饭都没有得吃了吗？虽然是由于别人阴谋煽陷和我们的无故自惊，也是因为政治和金融有种种不安的资料，才能弄出这些虚惊。倘若不把这种不安资料根本铲除，恐怕这种风波，不到几时，又要再起。所以我劝市民们一面要拿现在的觉悟把目前的风潮平下去，一面还要拿将来的觉悟，把我们众人托命的金融机关，切实监督整顿起来。据我所想，有最重要的三件事：

第一件，由市民要求政府将发行钞票权归到唯一的国家银行，那些"野鸡钞票"一概收回，不得再发。

第二件，由市民要求发行钞票之国家银行照依外国通例，每一星期将钞票流通额及准备金额公布一次。

第三件，由市民要求全国金融界，当国民监督财政机关未成立以前，绝对地不许再借一文钱给政府。

这三件事的理由今日不能多讲，其实也是自然之理，不必多讲。但我还要向大家切实叮嘱几句，我们向来打的"关起大门不管事"的主意，如今是打不成了。你不管了，会有祸事落到你头上来。你说不管，你身上带着几块钱，预备今晚籴米买煤，隔着几点钟，米也籴不出，煤也买不出，你立刻就要绑着肚子饿，我看你还是管还是不管。唉，市民啊，你若老是这种不管事的坏脾气，我且不必说什么"天下兴亡，匹夫有责"的这些废话。老实说，不是玩意儿，那饿鬼来光顾人，怕没有什么客气哩！

护国之役回顾谈[①]

1922 年 12 月 25 日

诸君,今日是护国军在云南起义恢复共和的日子,学校里都停课纪念,诸君因为我和这件事有点关系,请我来这里讲演,我很感谢诸君的盛情。唉,这件事现在已成为一段历史了。和这段历史有关系的人,亲自来讲这段历史,听的人自然亲切有味。却是可怜,这段历史是伤心历史,我这个在历史里头凑角色的人,好比带着箭伤的一匹小鹿,那支箭不摇它倒还罢了,摇起来便痛彻肝肠。因为这段历史,是由好几位国中第一流人物而且是我生平最亲爱的朋友把他们的生命换出来。他们并非不爱惜他自己的生命,但他们想要换得的是一个真的善的美的中华民国。如今生命是送了,中华民国却怎么样?像我这个和他们同生不同死的人,真不知往后要从哪一条路把我这生命献给国家,才配做他们朋友。六年以来,我每一想起那眼泪便在肚子

---

① 本文是梁启超 1922 年为南京学界全体所做的公开演讲。

里倒流。论起当时，对于袁世凯做皇帝，真是普天同愤，护国成功，原来是全国民心理所造成，并不是靠一部分几个人之力。但别方面有许多事情，我知道得不十分正确，而且为时间所限，不能多说，现在只好把我所亲历的事情中之一部分，忍着痛和诸君说说吧。

　　提起今天的纪念，人人都该联想到那位打倒袁皇帝的英雄蔡公松坡，即蔡锷。蔡公许多事业，或者诸君都还知道，不必我细说，只说我和他的交情。我二十四岁时候，在湖南时务学堂讲学，蔡公那年才十六岁，是我四十个学生里头最小的一个。我们在一块儿做学问不过半年，却是人格上早已镕成一片。到第二年就碰着戊戌之难，我亡命到日本，蔡公和他的同学十几个人，不知历尽几多艰辛，从家里偷跑出来寻我。据我后来所知道的，他从长沙到了上海的时候，身边只剩得二百铜钱，即二十个铜子。好容易到日本找着我了，我和我一位在时务学堂同事的朋友唐才常先生，带着他们十几个人，租一间两丈来宽一楼一底的日本房子同住着。我们又一块儿做学问，做了差不多一年，我们那时候天天摩拳擦掌要革命，唐先生便带着他们去实行。可怜赤手空拳的一群文弱书生，哪里会不失败，我的学生就跟着唐先生死去大半。那时蔡公正替唐先生带信到湖南，幸免于难。此外还有近年在教育界很尽些力的范源廉君，也是那十几个学生里头漏网的一个。蔡公旧名本是艮寅两个字，自从那回跑脱之后，改名蔡锷，投身去学陆军，毕业后在云南带兵，辛亥革命时在云南独立，做了两年都督。这是蔡公和我的关系以及他在洪宪以前的历史大概。

　　民国三年春天，蔡公把都督辞掉，回到北京。他辞都督，并非有人逼着他辞，云南人苦苦挽留，中央也不放他走。但蔡公意思，一来，因为怕军人揽政权，弄成藩镇割据局面，自己要以身作则来矫正它。二来，因为他对外有一种怀抱，想重新训练一班军官，对付我们理想的敌国。三来，也因为在云南两年太劳苦了，身子有点衰弱，要稍为休息休息。他前后写了十几封信和我商量，要我帮他忙把官辞掉。于是我们在北京常在一块儿又一年。当时很有点痴心妄想，想带着袁世凯上政治轨道，替国家做些建设事业。我和我一位最好的朋友——也是死于护国之役的——汤公觉顿，专门研究财政问题，蔡公专门研究军事问题。虽然还做我们的学问生活，却是都从实际上积经验，很是有趣。

　　民国三年年底，袁世凯的举动越看越不对了，我们觉得有和他脱离关系之必要，我便把家搬到天津，我自己回广东去侍奉我先君，做了几个月的乡间家庭生活。那年阴历端午前后，我又出来，到南京玩耍，正值冯华甫做江苏将军，他和我说，听见要办帝制了，我们应该力争。他便拉我同车入京，见袁世凯，着实进些忠告。不料我们要讲的话，袁世凯都先讲了，而且比我们还痛切，于是我们以为他真没有野心，也就罢了。华甫回南京做他的官，我回天津读我的书。

　　过了两个多月——我记不清楚是哪一天——筹安会闹起来了。筹安会发表宣言的第二日，蔡公从北京搭晚车来天津，拉着我和我们另外一位亲爱的朋友——这个人现还在着，因他不愿意人家知道他，故我不说他的姓名——同到汤公觉顿寓处。我们四个人商量了一夜，觉得我们若是不把讨贼的责任自己背在身上，恐怕中华民国从此就完了。因为那时旧国民党的人，都已逃亡海外，在国内的许多军人文人都被袁世凯买收得干干净净。蔡公说："眼看着不久便是盈千累万的人颂王莽功德，上劝进表，袁世凯便安然登其大宝，叫世界看着中国人是什么东西呢？国内怀着义愤的人，虽然很多，但没有凭借，或者地位不宜，也难发手，我们明知力量有限，未必抗他得过，但为四万万人争人格起见，非拼着命去干这一回不可。"于是我们商量办法，唯一的实力，就是靠蔡公在云南、贵州的旧部，但是按到实际上，有好几个困难问题。第一层，这件事自然非蔡公亲自到云南去不可，但不能等蔡公到了过后慢慢地去集合旧部，如此一定事机泄漏，闹不成功，所以一面要蔡公先派人去，一面要打电报把重要的人叫来，这里头非费三个月以上的日子不可。第二层，我和蔡公的关系，是人人知道的。然而我们两个人讨贼所用的武器，各各不同，蔡公靠的是枪，我靠的是笔。帝制派既已有了宣言，我其势不能不发表反对的文字。但我的文字发表之后，便是我们的鲜明旗帜已经打出来，恐怕妨害蔡公的实力行动。我们再四商量的结果，只有外面上做成蔡公和我分家的样子，于是过了几天，我在天津，便发表了一篇万多字的文章，题目叫作《异哉所谓国体问题者》。蔡公在北京，却联合好些军官做赞成帝制的表示，他在北京到处逢人便说："我们先生是书呆子，不识时务。"那些袁党的人便问他："你为什么不劝你先生？"他说："书呆子哪里劝得转来，但书呆子也不会做成什么事，何必管他呢。"当时蔡公这种办法，诚不免是带些权术作用，但不是如此，事情便做不成，所以不得不行权［术］。

袁世凯总算一位有眼力的人，他看定了当时最难缠最可怕的，就是我和蔡公师弟两个。当我那文章还没有发表以前，有一天他打发人送了十万块钱一张票子和几件礼物来，说是送给我们老太爷的寿礼。他太看人不起了，以为什么人都是拿臭铜钱买得来，我当时大怒，几乎当面就向来人发作。后来一想，我们还要做实事，只好忍着气婉辞谢却，把十万块钱璧回，别的礼物收他两件，同时却把那篇作成未印的稿子给来人看，请他告诉袁世凯采纳我的忠告，那人便垂头丧气去了。

蔡公那方面，虽然在军官赞成帝制的文章上亲笔签过名，袁世凯到底不放心他，有一天蔡公家里出了盗案了，有四五个衣服很整齐的人带着手枪来抢劫，但是奇怪，什么东西都没有抢去，只是翻箱倒箧像要搜查什么书籍纸片之类，结果搜不出什么，空手走了。后来我们才知道是袁世凯派来要偷蔡公的电报密码本子。可惜他脑筋发动得迟慢，蔡公早已防备到这一着，在一个礼拜前已经把几十部密码带到天津，放在我的卧房里头了。袁世凯一面发气，一面恐怕露马脚，过几天便把那几个钦派强盗枪毙灭口了。

我们在这几个月里头，天天和袁世凯钩心斗角，把我们一群心直口直的书生，也弄成很深的城府。侦探是常常二三十个跟着我们，我们却不能不常常会面，蔡公总是每礼拜跑一趟天津，因为要避袁党注意起见，我们在一块儿便打牌吃花酒，做成极腐败的样子。几个月过后，袁世凯看着这两个人真没有什么可怕了，九十月间，蔡公叫出来的人都到了，又打发回去了。十一月底，蔡公便托病——其实亦是有病，入天津某医院住着，等到袁世凯几趟派来问病的人拿了医生诊断书回去，蔡公便一溜溜到我家里，搭船去日本长崎会他派去云南又从云南再出来迎接他的一个人——这人是一位师长，现在已经出家做和尚，在南京跟着欧阳竟无先生学佛——我为什么一向守在天津不走动呢？头一件，因为办事秘密机关在我家里，我不能走开。第二件，因为我一走动，怕袁世凯加意防范蔡公，蔡公便到不了云南。

我们这几个月刻刻当心，一直到十二月二号，蔡公才能跑脱。我们约定扣准日子，蔡公到云南的时候，我便到上海。我们分手的时候，约定两句话："成功呢，什么地位都不要，回头做我们的学问。失败呢，就死，无论如何不跑租界，不跑外国。"蔡公走了十日后，我也悄悄地搭船往大连，由大连转上海。蔡公走了，他家里完全不知，倒天天打电话来问我要人，我只好拿别的话支吾过去。我临走的前一点钟，去和我的夫人作别，把事情大概告诉她。我夫人说："我早已看出来了，因为你不讲，我当然也不问你。"她拿许多壮烈的话鼓励我勇气，但我向来出门，我夫人没有送过我，这回是晚上三点钟，她送我到大门口，很像有后会无期的感想。可怜袁世凯派下来几十个饭桶侦探，头一回把蔡锷放跑，第二回把梁启超放跑，他们还睡觉呢。听说后来都枪毙了。我临动身的时候，把我预备好的讨贼檄文和电报等等都交给一位朋友，云南今天起义，明天北京、天津、上海中西文报纸都一齐登出来，和原文一字不差。听说袁世凯后来看见气极了，说："自己一世做人聪明伶俐，不料这回被梁启超、蔡锷装在鼓子里头。"

蔡公十二月十九日到云南省城，我十八日也到上海。云南军界都是蔡公旧部，况且又经几个月布置，自然根本上没有多大问题，但到了临时，也不免言咙事杂，几乎发动不成。我在上海接到蔡公一封"皓电"后，一连几日，别无消息。那时我们又不能打密电去问，只有干着急。还好，南京的冯华甫，很和我们表同情，我托他帮我打封电去，这是二十二日的事。这封电却有非常的效力，因为这电是我和蔡公约的密码，由南京一等印电发去，他们以为我这个人已经在南京，冯华甫准备着就要响应了。二十五日下午，蔡公拿我的电文当众宣布，当场就把现成做好的反对帝制檄文用电报打出来，就是今日所纪念的护国之役历史的发端了。

我们这几个月的计划，本来预定举义后半个多月，我们的兵便到重庆，料定袁世凯调将遣兵，抢不过我们的先着。但起义后有许多意外的障碍——我现时也不忍多说，总之因为这种障碍，弄到蔡公要从大理府一带调兵，耽搁了十来天的日子，而且好的兵都留在省城，蔡公所能带到前敌的，只是二等以下的兵，二等以下的军械。因为这种障碍，本来应该在重庆、宜昌一带和袁军决胜负的，闹到在叙州、泸州一带被敌人堵截我们。那时洪宪皇帝那边的主将,便是现在候补大总统曹锟,带着张敬尧、吴佩孚一班人,手下十几万器械精良、粮食充足的军队。可怜我们最敬爱的蔡公,带着不满五千人的饥疲之众,和他们相持几个月。讲到军事嘛,我是外行,一点说不出来,但我所知道的,蔡公四个月里头,平均每日睡觉睡不到三点钟,吃的饭是一半米一半沙硬吞,他在万分艰难万分危险中,能够令全军将官兵卒个个都愿意和他同生同死。他经过几回以少击众之后,敌人便不敢和他交锋,只打算靠着人多困死他饿死他。到后来,他的军队,几乎连半饱都得不着了,然而没有一个人想着退却,都说我们跟着蔡将军,为国家而战,为人格而战,蔡将军死在那里,我们也都欢欣鼓舞地死在那里。唉,我真不知蔡公的精神生活高尚到什么程度,能够令他手下人人都感动到如此。

说到这里,我们要把蔡公一方面的事暂行阁起,说说各方面情形。蔡公在北京时候找出来商量大事的人,除了云南军官以外,最重要的是前任贵州省长戴公循若。戴公本来是一位学师范的文人,辛亥革命时,在贵州起义,后来做了省长,是一位极有肝胆极有才略的人。他从十月间就到北京,受了蔡公命令回贵州布置,云南起义后二十多天,他就把贵州响应起来。他带着一支军队出到洪江,和蔡公掎角,当时和他相持者就是吴佩孚。像他这样一位文弱书生,用些残兵弱卒和现在鼎鼎大名的第一流军人能相持许久,我们可以想象他的人才和人格了。后来戴公做了四川督军,被安福党人刘存厚戕害,这是后话,姑且不提。

且说自从云南起义后三个多月，除贵州以外，没有一省响应，蔡公军又围困在泸州，朝不保夕，袁世凯看着我们这些跳梁小丑指日可平，早已大踏步坐上皇帝宝座去了。我们在上海真是急得要死，自己觉着除了以身殉国外没有第二条路了。我自己是天天做文章鼓吹，还写了许多信到各省的将军们，也没什么功效。当时态度最不明了的，就是广西的陆君荣廷，我们所盼望第三省的响应，也只有这一处。我写了一封很沉痛的信给他，陆君本来是久怀义愤，或者我这封信有点子帮助也未可定，到三月中旬，陆君忽然派一位军官姓唐的，带着他的亲笔信来找我，要我到广西去他才独立，我早上到，他晚上发表，晚上到，他早上发表。我们得着这个消息，真是喜从天降，我一点不迟疑答道："我立刻就去。"但是怎么样去法呢？当时袁皇帝"捕拿梁启超就地正法"的上谕，早已通行各省，我经过广东到广西是万万不行的，只有走安南的一条路。当时香港政府是替袁皇帝出力的，我差不多连香港一关也过不去，加以我上海的寓所中，前后左右都是侦探围绕，我几乎一步不能出门。我一面筹划我去的方法，一面请我们在北京头一天商量大计的朋友汤公觉顿先到陆君那里帮他的忙。俗语说得好："天下无难事，只怕有心人。"我广西到底去成了，我想法子从上海搭船到香港，我是蹲在煤炭房的旁边，我下了船后上海侦探才知道，打电到香港，香港政府派人来搜船，也搜我不着。我又设法偷搭一只装货船到了安南。安南本来有我们设立的一个通信机关，我以为到了那里搭火车入广西很容易了，哪知道到了过后，各车站中已经有我的相片，到处截拿，我只好坐一段车坐一段船走一段路，三天工夫才到镇南关入广西境。在这个期间内，我自己碰着一件终天大恨的事。唉，我先君因病过去了，那时候我正蹲在香港船煤炭房里头。哀哉！哀哉！我从此便永远为无父之人了，可怜我的朋友都瞒着不给我知道。我在广西，怕老太爷担心，三天五天一封禀帖去报平安，唉！讲什么国家大事，我简直不是个人了。

陆君荣廷到底是好汉，我的朋友汤公到了南宁，并报告我已经起程，陆君并不等我到步，三月十五日已经把广西独立了。三月二十六日我才到南宁。广西问题解决之后，再进一步，就是广东问题。那时广东的将军是龙济光，袁世凯封他做亲王，正在高兴得很，我们想不把广东拿过来，到底不能达讨贼的目的。龙济光因大势的压迫，渐渐拿出模棱态度，和我们通殷勤，有电到广西请派人来商量。当时汤公激于义愤，自己担负这个责任，跑到广州，和龙济光痛陈利害一日一夜，四月初九日居然把广东独立的电报打了出来。那时龙济光左右都是帝制党人，他自己就没有诚意，哪里经得起别人的恐吓呢。到了明天，他便变起卦来，说是要在海珠开善后会议，把汤公和我们在广东共事最得力的朋友，一位是警察厅长王公广龄，一位是陆军少将谭公学夔，一齐请去，门外是大兵重重围住，开议不到一会儿，龙济光部将凶贼颜启汉等，拿出手枪向汤公、王公、谭公狙击，惨哉，惨哉！这几位忠肝热血足智多谋的仁人志士，竟断送在一群草寇手里头。

我们在广西得着凶报，痛愤自不待言，便连日连夜带着大兵，从梧州顺流而下，到了肇庆，肇庆镇守使李君耀汉，欢迎我们，我和陆君就在肇庆和龙济光相持。过了几日，岑君春煊也从上海跑来了，听说孙君逸仙也从外国回到上海，他手下的健将陈君炯明，也在惠州起兵响应我们，龙济光着急了，派人到我们那里谢罪。但是他的靠不住，谁也知道的。当时我们手下的人个个摩拳擦掌，说非打广东不可。但我和陆君全盘打算彻底商量，蔡公正陷在重围，再下去个把月眼看着要全军覆灭，我们把广西独立原是想出兵湖南，牵制敌势，令根本问题早日解决，若是粤桂开起仗来，姑无论没有必胜的把握，就令得胜，也要费好些时日，而且精锐总损伤不少，还拿什么力量来讨贼？岂不是令袁世凯拍掌大笑吗？论理，汤、王、谭三公，都是我几十年骨肉一般的朋友，替他们报仇的心，我比什么人都痛切，但我当时毅然决然主张要忍着仇恨和龙济光联合。但是联合吗？他要来打我们又怎么呢？我说非彻底叫龙济光明白利害死心塌地跟我们走不可。有什么方法叫他如此呢？我左思右想，想了一日一夜，除非我亲自出马，靠血诚去感动他。当时我就把我这意见提出来，我的朋友和学生跟着我在肇庆的个个大惊失色，说这件事万万来不得，有几位跪下来拦我。但我那时候，天天接着蔡公电报，形势危在旦夕，我觉得我为国家为朋友都有绝大的责任，万万不能躲避，而且我生平不知为什么缘故有一种自信，信我断不会横死，信我一定有八十岁命。

当时无论何人也拦我不住，我竟自搭车跑广州去了。我到了沙面，打电话告诉龙济光说我来了，要会他，龙济光也吓一大惊，跟着我就一乘轿子跑上观音山去了。我和龙济光苦口婆心地谈了十几点钟，还好，他像是很心悦诚服的样子，到第二天晚上，他把许多军官都聚起来，给我开欢迎会。个个都拖枪带剑如狼似虎的几十人，初时还是客客气气的，啊啊，酒过三巡，渐渐来了，坐在龙济光旁边一员大将——后来我才知道他名字叫作胡令萱，在那里大发议论，起首骂广东民军，渐渐骂广西军，渐渐连蔡公和护国军都骂起来了，鼓起眼睛盯着我，像是就要动手的样子。龙济光坐在旁边整劝少说话。我起初是一言不发，过了二十分钟后，我站起来了。我说："龙都督，我昨夜和你讲的什么话，你到底跟他们说过没有？我所为何来？我在海珠事变发生过后才来，并不是不知道你这里会杀人，我单人独马手无寸铁跑到你千军万马里头，我本来并不打算带命回去。我一来为中华民国前途来求你们帮忙，二来也因为我是广东人，不愿意广东糜烂，所以我拼着一条命来换广州城里几十万人的安宁，来争全国四万万人的人格。既已到这里，自然是随你们要怎样便怎样……"我跟着就把全盘利害给他们演说了一点多钟，据后来有在座的人说，我那时候的意气横厉，简直和我平时是两个人，说我说话的声音之大就像打雷，说我一面说一面不停地拍桌子，把那满座的玻璃杯都打得叮当作响。我当时是忘形了。但我现在想起来，倘若我当时软弱些，倒反或者免不了他们的毒手。我气太盛了，像是把他们压下去，那位胡令萱悄悄跑了。此外的人，像都有些感动，散席后许多位来和我握手道歉。自从那一晚过后，广东独立，没有什么问题了。

第三天我就回肇庆，陆君也带着兵出湖南去了。

以后湖南、浙江都陆续独立，四川那边形势松得多了，过些日子，接着冯华甫电报，要我来上海商量解决大局方法。我五月初旬回到上海，我的兄弟和我的女儿从天津来接我。住定了两日，才把老太爷的事告诉我，我魂魄都失掉了，还能管什么国家大事，从此我就在上海居丧，连华甫也不便来和我商量了。过了二十多天，袁世凯气愤身亡，这出戏算是唱完。

共和恢复了，黎总统就任了。当下任命蔡公做四川督军兼省长。蔡公本来说过，成功不争地位，而且这几个月过的日子不是人过的，他本来已经有病的人，到这时更病到不成样子，所以他无论如何不肯做这官，急急要将兵权交出来，自己去养病。但一来因为自己的军队要收束，二来因为四川秩序要维持，他还扶着病亲自到成都住了二十天，把各方面情形都布置停妥。当时政府无论如何不许他辞，四川人烧着香拦着路不准他走，他到底毅然决然走了。他到上海时候，我会着他，几乎连面目也认不清楚，喉咙哑到一点声音也没有，医生都看着这病是不能救了，北京政府接二连三派人欢迎他，他也不去，在上海住了几天，就到日本养病，十一月七号，这位民国恩人便和这个世界长别了。

这回事件，拿国内许多正人君子去拼一个叛国的奸雄袁世凯，拼总算拼下了。但袁世凯的游魂，现在依然在国内纵横猖獗，而且经他几年间权术操纵，弄得全国人廉耻扫地，国家元气斵丧得干干净净。唉，纪念云南起义，还有什么纪念,不过留下一段伤心的史料罢了。若说还有纪念价值吗?那么,请纪念蔡公松坡这个人。我们青年倘能因每年今天的纪念,受蔡公人格的一点感化,将来当真造出一个真的善的美的中华民国出来,蔡公在天之灵,或者可以瞑目了。

蔡公死了吗?蔡公不死!不死的蔡公啊!请你把你的精神变作百千万亿化身,永远住在我们青年心坎里头。

为学与做人

1922 年 12 月

诸君！我在南京讲学将近三个月了，这边苏州学界里头，有好几回写信邀我，可惜我在南京是天天有功课的，不能分身前来。今天到这里，能够和全城各校诸君聚在一堂，令我感激得很。但有一件，还要请诸君原谅：因为我一个月以来，都带着些病，勉强支持，今天不能作很长的讲演，恐怕有负诸君期望哩。

问诸君"为什么进学校？"我想人人都会众口一辞地答道："为的是求学问。"再问："你为什么要求学问？""你想学些什么？"恐怕各人的答案就很不相同，或者竟自答不出来了。诸君啊！我请替你们总答一句吧："为的是学做人。"你在学校里头学的什么数学、几何、物理、化学、生理、心理、历史、地理、国文、英语，乃至什么哲学、文学、科学、政治、法律、经济、教育、农业、工业、商业等等，不过是做人所需要的一种手段，不能说专靠这些便达到做人的目的，任凭你把这些件件学得精通，你能够成个人不能成个人还是个问题。

　　人类心理有知、情、意三部分。这三部分圆满发达的状态，我们先哲名之为三达德——智、仁、勇。为什么叫作"达德"呢？因为这三件事是人类普通道德的标准，总要三件具备，才能成一个人。三件的完成状态怎么样呢？孔子说："知者不惑，仁者不忧，勇者不惧。"所以教育应分为知育、情育、意育三方面——现在讲的智育、德育、体育不对，德育范围太笼统，体育范围太狭隘——知育要教到人不惑，情育要教到人不忧，意育要教到人不惧。教育家教学生，应该以这三件为究竟，我们自动的自己教育自己，也应该以这三件为究竟。

　　怎么样才能不惑呢？最要紧是养成我们的判断力。想要养成判断力，第一步，最少须有相当的常识；进一步，对于自己要做的事须有专门智识；再进一步，还要有遇事能断的智慧。假如一个人连常识都没有，听见打雷，说是雷公发威，看见月食，说是蛤蟆贪嘴，那么，一定闹到什么事都没有主意，碰着一点疑难问题，就靠求神问卜看相算命去解决，真所谓"大惑不解"，成了最可怜的人了。学校里小学所教，就是要人有了许多基本的常识，免得凡事都暗中摸索。但仅仅有这点常识还不够，我们做人，总要各有一件专门职业。这门职业，也并不是我一人破天荒去做，从前已经许多人做过，他们积了无数经验，发现出好些原理原则，这就是专门学识。我打算做这项职业，就应该有这项专门学识。例如我想做农吗，怎样地改良土壤，怎样地改良种子，怎样地防御水旱病虫等等，都是前人经验有得成为学识的；我们有了这种学识，应用他来处置这些事，自然会不惑，反是则惑了。做工、做商等等都各有它的专门学识，也是如此。我想做财政家吗，何种租税可以生出何样结果，何种公债可以生出何样结果等等，都是前人经验有得成为学识的；我们有了这种学识，应用它来处置这些事，自然会不惑，反是则惑了。教育家、军事家等等，都各有他的专门学说，也是如此。我们在高等以上学校所求的智识，就是这一类。但专靠这种常识和学识就够吗？还不能。宇宙和人生是活的，不是呆的，我们每日所碰见的事理是复杂的，变化的，不是单纯的，印板的，倘若我们只是学过这一件，才懂这一件，那么，碰着一件没有学过的事来到跟前，便手忙脚乱了。所以还要养成总体的智慧，才能得有根本的判断力。这种总体的智慧如何才能养成呢？第一件，要把我们向来粗浮的脑筋着实磨炼它，叫它变成细密而且踏实。那么，无论遇着如何繁难的事，我都可以彻头彻尾想清楚他的条理，自然不至于惑了。第二件，要把我们向来浑浊的脑筋，着实将养它，叫它变成清明。那么，一件事理到跟前，我才能很从容很莹澈地去判断他，自然不至于惑了。以上所说常识学识和总体的智慧，都是智育的要件，目的是教人做到"知者不惑"。

怎么样才能不忧呢？为什么仁者便会不忧呢？想明白这个道理，先要知道中国先哲的人生观是怎么样。"仁"之一字，儒家人生观的全体大用都包在里头。"仁"到底是什么？很难用言语说明，勉强下个解释，可以说是："普遍人格之实现。"孔子说:"仁者人也。"意思是说人格完成就叫作"仁",但我们要知道,人格不是单独一个人可以表见的,要从人和人的关系上看来。所以"仁"字从二人,郑康成解它作"相人偶"。总而言之,要彼我交感互发,成为一体,然后我的人格才能实现。所以我们若不讲人格主义,那便无话可说;讲到这个主义,当然归宿到普遍人格。换句话说,宇宙即是人生,人生即是宇宙,我们的人格,和宇宙无二无别。体验得这个道理,就叫作"仁者"。然则这种仁者为什么就会不忧呢?大凡忧之所从来,不外两端,一曰忧成败,二曰忧得失。我们得着"仁"的人生观,就不会忧成败。为什么呢?因为我们知道宇宙和人生是永远不会圆满的,所以《易经》六十四卦,始"乾"而终"未济"。正为在这永远不圆满的宇宙中,才永远容得我们创造进化。我们所做的事,不过在宇宙进化几万万里的长途中,往前挪一寸,两寸,哪里配说成功呢?然则不做怎么样呢?不做便连这一寸两寸都不往前挪,那可真真失败了。"仁者"看透这种道理,信得过只有不做事才算失败,肯做事便不会失败。所以《易经》说:"君子以自强不息。"换一方面来看,他们又信得过凡事不会成功的几万万里路挪了一两寸,算成功吗?所以《论语》说:"知其不可而为之。"你想,有这种人生观的人,还有什么成败可忧呢?再者,我们得着"仁"的人生观,便不会忧得失?为什么呢?因为认定这件东西是我的,才有得失之可言。连人格都不是单独存在,不能明确地画出这一部分是我的,那一部分是人家的,然则哪里有东西可以为我们所得?既已没有东西为我所得，当然也没有东西为我所失。我只是为学问而学问，为劳动而劳动，并不是拿学问劳动等做手段来达某种目的——可以为我们"所得"的。所以老子说："生而不有，为而不恃。""既以为人已愈有，既以与人已愈多。"你想，有这种人生观的人，还有什么得失可忧呢？总而言之，有了这种人生观，自然会觉得"天地与我并生，而万物与我为一"，自然会"无入而不自得"。他的生活，纯然是趣味化艺术化。这是最高的情感教育，目的教人做到"仁者不忧"。

怎么样才能不惧呢？有了不惑不忧功夫，惧当然会减少许多了。但这是属于意志方面的事。一个人若是意志力薄弱，便有丰富的智识，临时也会用不着，便有很优美的情操，临时也会变了卦。然则意志怎么才会坚强呢？头一件须要心地光明。孟子说："浩然之气，至大至刚。行有不慊于心，则馁矣。"又说："自反而不缩，虽褐宽博，吾不惴焉；自反而缩，虽千万人，吾往矣。"俗语说得好："生平不做亏心事，夜半敲门也不惊。"一个人要保持勇气，须要从一切行为可以公开做起，这是第一件。第二件要不为劣等欲望之所牵制。《论语》记：子曰："吾未见刚者。"或对曰："申枨。"子曰："枨也欲，焉得刚。"一被物质上无聊的嗜欲东拉西扯，那么，百炼钢也会变为绕指柔了。总之，一个人的意志，由刚强变为薄弱极易，由薄弱返到刚强极难。一个人有了意志薄弱的毛病，这个人可就完了。自己做不起自己的主，还有什么事可做？受别人压制，做别人奴隶，自己只要肯奋斗，终须能恢复自由。自己的意志做了自己情欲的奴隶，那么，真是万劫沉沦，永无恢复自由的余地，终身畏首畏尾，成了个可怜人了。孔子说："和而不流，强哉矫；中立而不倚，强哉矫；国有道，不变塞焉，强哉矫；国无道，至死不变，强哉矫。"我老实告诉诸君说吧，做人不做到如此，绝不会成一个人。但做到如此真是不容易，非时时刻刻做磨炼意志的功夫不可。意志磨炼得到家，自然是看着自己应做的事，一点不迟疑，扛起来便做，"虽千万人吾往矣"。这样才算顶天立地做一世人，绝不会有藏头躲尾左支右绌的丑态。这便是意育的目的，要教人做到"勇者不惧"。

我们拿这三件事作做人的标准，请诸君想想，我自己现时做到哪一件——哪一件稍为有一点把握。倘若连一件都不能做到，连一点把握都没有，哎哟！那可真危险了，你将来做人恐怕就做不成。讲到学校里的教育吗，第二层的情育，第三层的意育，可以说完全没有，剩下的只有第一层的知育。就算知育吧，又只有所谓常识和学识，至于我所讲的总体智慧靠来养成根本判断力的，却是一点儿也没有。这种"贩卖智识杂货店"的育，把他前途想下去，真令人不寒而栗！现在这种教育，一时又改革不来，我们可爱的青年，除了他更没有可以受教育的地方。诸君啊！你到底还要做人不要？你要知道危险呀，非你自己抖擞精神想方法自救，没有人能救你呀！

诸君啊！你千万别要以为得些断片的智识，就算是有学问呀。我老实不客气告诉你吧：你如果做成一个人，智识自然是越多越好；你如果做不成一个人，智识却是越多越坏。你不信吗？试想想全国人所唾骂的卖国贼某人某人，是有智识的呀，还是没有智识的呢？试想想全国人所痛恨的官僚政客——专门助军阀作恶鱼肉良民的人，是有智识的呀，还是没有智识的呢？诸君须知道啊，这些人当十几年前在学校的时代，意气横历，天真烂漫，何尝不和诸君一样？为什么就会堕落到这样的田地呀？屈原说的："何昔日之芳草兮，今直为此萧艾也？岂其有他故兮，莫好修之害也。"天下最伤心的事，莫过于看着一群好好的青年，一步一步地往坏路上走。诸君猛醒啊！现在你所厌所恨的人，就是你前车之鉴了。

诸君啊！你现在怀疑吗？沉闷吗？悲哀痛苦吗？觉得外边的压迫你不能抵抗吗？我告诉你：你怀疑和沉闷，便是你因不知才会惑；你悲哀痛苦，便是你因不仁才会忧；你觉得你不能抵抗外界的压迫，便是你因不勇才有惧。这都是你的知、情、意未经过修养磨炼，所以还未成个人。我盼望你有痛切的自觉啊！有了自觉，自然会自动。那么，学校之外，当然有许多学问，读一卷经，翻一部史，到处都可以发现诸君的良师呀！

诸君啊，醒醒吧！养足你的根本智慧，体验出你的人格人生观，保护好你的自由意志。你成人不成人，就看这几年哩！

治国学的两条大路[①]

1923年1月9日

诸君，我对于贵会，本来预定讲演的题目，是《古书之真伪及其年代》。中间因为有病，不能履行原约。现在我快要离开南京了，那个题目不是一回可以讲完，而且范围亦太窄。现在改讲本题，或者较为提纲挈领于诸君有益吧。

我以为研究国学有两条应走的大路：

一、文献的学问。应该用客观的科学方法去研究。

二、德性的学问。应该用内省的和躬行的方法去研究。

第一条路，便是近人所讲的"整理国故"这部分事业。这部分事业最浩博最繁难而且最有趣的，便是历史。我们是有五千年文化的民族，我们一家里弟兄姊妹们，便占了全人类四分之一，我们的祖宗世世代代在"宇宙进化线"上头不断地做他们的工作，我们替全人类积下一大份遗产，

[①] 梁先生在宁讲学数月，每次讲稿均先期手自编定。此次因离宁在即，应接少暇，故本讲稿仅成其上篇。下篇则由竟芳笔记。

从五千年前的老祖宗手里一直传到今日没有失掉。我们许多文化产品，都用我们极优美的文字记录下来。虽然记录方法不很整齐，虽然所记录的随时散失了不少，但即以现存的正史、别史、杂史、编年、纪事本末、法典、政书、方志、谱牒，以至各种笔记、金石刻文等类而论，十层大楼的图书馆也容不下。拿历史家眼光看来，一字一句，都藏有极可宝贵的史料。又不独史部书而已，一切古书，有许多人见为无用者，拿他当历史读，都立刻变成有用。章实斋说："六经皆史。"这句话我原不敢赞成，但从历史家的立脚点看，说"六经皆史料"，那便通了。既如此说，则何止六经皆史，也可以说诸子皆史，诗文集皆史，小说皆史。因为里头一字一句都藏有极可宝贵的史料，和史部书同一价值。我们家里头这些史料，真算得世界第一个丰富矿穴。从前仅用土法开采，采不出什么来，现在我们懂得西法了，从外国运来许多开矿机器了。这种机器是什么？是科学方法。我们只要把这种方法运用得精密巧妙而且耐烦，自然会将这学术界无尽藏的富源开发出来，不独对得起先人，而且可以替世界人类恢复许多公共产业。

这种方法之应用，我在我去年所著的《历史研究法》和前两个月在本校所讲的《历史统计学》里头，已经说过大概。虽然还有许多不尽之处，但我敢说这条路是不错的，诸君倘肯循着路深究下去，自然也会发出许多支路，不必我细说了。但我们要知道，这个矿太大了，非分段开采不能成功，非一直开到深处不能得着宝贝。我们一个人一生的精力，能够彻底开通几处矿苗，便算了不得的大事业。

因此我们感觉着有发起一个"合作运动"之必要，合起一群人，在一个共同目的共同计划之下，各人从其性之所好以及平时的学问根底，各人分担三两门做"窄而深"的研究，拼着一二十年工夫下去，这个矿或者可以开得有点眉目了。

此外，和史学范围相出入或者性质相类似的文献学还有许多，都是要用科学方法研究去。例如：

（一）文字学　我们的单音文字，每一个字都含有许多学问意味在里头。若能用新眼光去研究，做成一部"新说文解字"，可以当作一部民族思想变迁史或社会心理进化史读。

（二）社会状态学　我国幅员广漠，种族复杂，数千年前之初民的社会组织，与现代号称最进步的组织，同时并存。试到各省区的穷乡僻壤，更进一步入到苗子番子居住的地方，再拿二十四史里头蛮夷传所记的风俗来参证，我们可以看见现代社会学者许多想象的事项：或者证实，或者要加修正。总而言之，几千年间一部竖的进化史，在一块横的地平上可以同时看出，除了我们中国以外恐怕没有第二个国了。我们若从这方面精密研究，真是最有趣味的事。

（三）古典考释学　我们因为文化太古，书籍太多，所以真伪杂陈，很费别择；或者文义艰深，难以索解。我们治国学的人，为节省后人精力而且令学问容易普及起见，应该负一种责任，将所有重要古典，都重新审定一番，解释一番。这种工作，前清一代的学者已经做得不少。我们一面凭借他们的基础，容易进行；一面我们因外国学问的触发，可以有许多补他们所不及。所以从这方面研究，又是极有趣味的事。

（四）艺术鉴评学　我们有极优美的文学美术作品。我们应该认识它的价值，而且将赏鉴的方法传授给多数人，令国民成为"美化"。这种工作，又要另外一帮人去做。我们里头有性情近于这一路的，便应该以此自任。

以上几件，都是举其最重要者。其实文献学所包含的范围还有许多，就是上所讲的几件，剖析下去，每件都有无数的细目。我们做这类文献学问，要悬着三个标准以求到达：

第一　求真　凡研究一种客观的事实，须先要知道他"的确是如此"，才能判断他"为什么如此"。文献部分的学问，多属过去陈迹，以讹传讹失其真相甚多。我们总要用很谨严的态度，仔细别择，把许多伪书和伪事剔去，把前人的误解修正，才可以看出真面目来。这种工作，前清"乾嘉诸老"也曾努力做过一番；有名的清学正统派之考证学便是。但依我看来，还早得很哩。他们的工作，算是经学方面做得最多，史学子学方面便差得远，佛学方面却完全没有动手呢。况且我们现在做这种工作，眼光又和先辈不同，所凭借的资料也比先辈们为多。我们应该开出一派"新考证学"，这片大殖民地，很够我们受用咧。

第二　求博　我们要明白一件事物的真相，不能靠单文孤证便下武断。所以要将同类或有关系的事情网罗起来贯串比较，愈多愈妙。比方做生物学的人，采集各种标本，愈多愈妙。我们可以用统计的精神做大量观察。我们可以先立出若干种"假定",然后不断地搜罗资料,来测验这"假定"是否正确。若能善用这些法门,真如韩昌黎说的"牛溲马勃,败鼓之皮,兼收并蓄,待用无遗"。许多前人认为无用的资料,我们都可以把它废物利用了。但求博也有两个条件。荀子说"好一则博",又说"以浅持博"。我们要做博的功夫,只能择一两件专门之业为自己性情最近者做去,从极狭的范围内生出极博来。否则件件要博,便连一件也博不成。这便是好一则博的道理。又,满屋散钱,穿不起来,虽多也是无用。资料越发丰富,则驾驭资料越发繁难,总须先求得个"一以贯之"的线索,才不至"博而寡要"。这便是以浅持博的道理。

第三 求通 好一固然是求学的主要法门。但容易发生一种毛病,这毛病我替它起个名叫做"显微镜生活"。镜里头的事物看得纤悉周备,镜以外却完全不见。这样子做学问,也常常会判断错误。所以我们虽然专门一种学问,却切不要忘却别门学问和这门学问的关系;在本门中,也常要注意各方面相互之关系。这些关系,有许多在表面上看不出来,我们要用锐利眼光去求得它。能常常注意关系,才可以成通学。

以上关于文献学,算是讲完,两条路已言其一。此外则为德性学。此学应用内省及躬行的方法来研究,与文献学之应以客观的科学方法研究者绝不同。这可说是国学里头最重要的一部分,人人应当领会的。必走通了这一条路,乃能走上那一条路。

近来国人对于知识方面，很是注意，整理国故的名词，我们也听得纯熟。诚然，整理国故，我们是认为急务，不过若是谓除整理国故外，遂别无学问，那却不然。我们的祖宗遗予我们的文献宝藏，诚然足以傲世界各国而无愧色，但是我们最特出之点，仍不在此。其学为何？即人生哲学是。

欧洲哲学上的波澜，就哲学史家的眼光看来，不过是主智主义与反主智主义两派之互相起伏。主智者主智；反主智者即主情、主意。本来人生方面，也只有智、情、意三者。不过欧人对主智特别注重，而于主情、主意，亦未能十分贴近人生。盖欧人讲学，始终未以人生为出发点。至于中国先哲则不然。无论何时代何宗派之著述，夙皆归纳于人生这一途，而于西方哲人精神萃集处之宇宙原理、物质公例等等，倒都不视为首要。故《荀子·儒效》篇曰："道，仁之隆也。……非天之道，非地之道，人之所以道也。"儒家既纯以人生为出发点，所以以"人之所以为道"为第一位，而于天之道等等，悉以置诸第二位。而欧西则自希腊以来，即研究他们所谓的形而上学，一天到晚，只在那里高谈宇宙原理，凭空冥索，终少归宿到人生这一点。苏格拉底号称西方的孔子，很想从人生这一方面做功夫，但所得也十分幼稚。他的弟子柏拉图，更不晓得循着这条路去发挥，至全弃其师传，而复研究其所谓天之道。亚里士多德出，于是又反趋于科学。后人有谓道源于亚里士多德的话，其实他也不过仅于科学方面有所创发，离人生毕竟还远得很。迨后斯端一派，大概可与中国的墨子相当，对于儒家，仍是望尘莫及。一到中世纪，欧洲全部统成了宗教化。残酷的罗马与日耳曼人，悉受了宗教的感化，而渐进于迷信。宗教方面，本来主情意的居多，但是纯以客观的上帝来解决人生，终竟离题尚远。后来再一个大反动，便是"文艺复兴"，遂一变主情、主意之宗教，而代以理智。近代康德之讲范畴、范围，更过于严谨，好像我们的临"九宫格"一般。所以他们这些，都可说是没有走到人生的大道上去。直到詹姆士、柏格森、倭铿等出，才感觉到非改走别的路不可，很努力地从体验人生上做去，也算是把从前机械的唯物的人生观，拨开几重云雾。但是真果拿来与我们儒家相比，我可以说仍然幼稚。

总而言之，西方人讲他的形而上学，我们承认有他独到之处。换一方面，讲客观的科学，也非我们所能及。不过最奇怪的，是他们讲人生也用这种方法，结果真弄到个莫名其妙。譬如用形而上学的方法讲人，决不想到是从人生的本体来自证，却高谈玄妙，把冥冥莫测的上帝来对喻。再如用科学的方法讲，尤为妙极。试问人生是什么？是否可以某部当几何之一角、三角之一边？是否可以用化学的公式来化分、化合，或是用几种原质来造成？再如达尔文之用生物进化说来讲人生，征考详博，科学亦莫能摇动，总算是壁垒坚固；但是果真要问他人之所以异于禽兽者安在？人既自猿进化而来，为什么人自人而猿终为猿？恐怕他也不能给我们以很有理由的解答。

总之，西人所用的几种方法，仅能够用之以研究人生以外的各种问题，人，决不是这样机械易懂的。欧洲人却始终未彻悟到这一点,只盲目地往前做,结果造成了今日的烦闷,彷徨莫知所措。盖中世纪时,人心还能依赖着宗教过活;及乎今日,科学昌明,赖以醉麻人生的宗教,完全失去了根据。人类本从下等动物蜕化而来,哪里有什么上帝创造？宇宙一切现象,不过是物质和它的运动,还有什么灵魂？来世的天堂,既不可凭,眼前的利害,复日相肉迫。怀疑失望,都由之而起,真正是他们所谓的世纪末了。

以上我等看西洋人何等可怜！肉搏于这种机械唯物的枯燥生活当中,真可说是始终未闻大道！我们不应当导他们于我们祖宗这一条路上去吗？以下便略讲我们祖宗的精神所在。我们看看是否可以终身受用不尽,并可以救他们西人物质生活之疲敝。

我们先儒始终看得知行是一贯的,从无看到是分离的。后人多谓知行合一之说,为王阳明所首倡,其实阳明也不过是就孔子已有的发挥。孔子一生为人,处处是知行一贯。从他的言论上,也可以看得出来。他说"学而不厌",又说"为之不厌",可知"学"即是"为","为"即是"学"。盖以知识之扩大,在人努力的自为,从不像西人之从知识方法而求知识。所以王阳明曰:"知而不行,是谓不知。"所以说这类学问,必须自证,必须躬行,这却是西人始终未看得的一点。

又儒家看得宇宙人生是不可分的,宇宙绝不是另外一件东西,乃是人生的活动。故宇宙的进化,全基于人类努力的创造。所以《易经》曰:"天行健,君子以自强不息。"又看得宇宙永无圆满之时,故易卦六十四,始"乾"而以"未济"终。盖宇宙"既济",则乾坤已息,还复有何人类?吾人在此未圆满的宇宙中,只有努力地向前创造。这一点,柏格森所见的,也很与儒家相近。他说宇宙一切现象,乃是意识流转所构成,方生已灭,方灭已生,生灭相衔,方成进化。这些生灭,都是人类自由意识发动的结果。所以人类日日创造,日日进化。这意识流转,就唤作精神生活,是要从内省直觉得来的。他们既知道变化流转,就是宇宙真相,又知道变化流转之权,操之在我。所以孔子曰:"人能弘道,非道弘人。"儒家既看清了以上各点,所以他的人生观,十分美渥,生趣盎然。人生在此不尽的宇宙当中,不过是蜉蝣、朝露一般,向前做得一点是一点,既不望其成功,苦乐遂不系于目的物,完全在我,真所谓"无入而不自得"。有了这种精神生活,再来研究任何学问,还有什么不成?

那么,或有人说,宇宙既是没有圆满的时期,我们何不静止不做,好吗?其实不然。人既为动物,便有动作的本能,穿衣吃饭,也是要动的。既是人生非动不可,我们就何妨就我们所喜欢做的、所认为当做的做下去?我们最后的光明,固然是远在几千万年几万万年之后,但是我们的责任,不是叫一蹴而就地达到目的地,是叫我们的目的地,日近一日。我们的祖宗,尧、舜、禹、汤、孔、孟……在他们的进行中,长的或跑了一尺,短的不过跑了数寸,积累而成,才有今日。我们现在无论是一寸半分,只要往前跑才是。为现在及将来的人类受用,这都是不可逃的责任。孔子曰:"士不可以不弘毅;任重而道远,仁以为己任,不亦重乎? 死而后已,不亦远乎?"所以我们虽然晓得道远之不可致,还是要努力地到死而后已。故孔子是"知其不可而为之者"。正为其知其不可而为,所以生活上才含着春意。若是不然,先计较他可为不可为,那么,情志便系于外物,忧乐便关乎得失;或竟因为计较利害的缘故,使许多应做的事,反而不做。这样,还哪里领略到生活的乐趣呢?

再其次,儒家是不承认人是单独可以存在的。故"仁"的社会,为儒家理想的大同社会。"仁"字,从二、人;郑玄曰:"仁,相人偶也。"(《礼记注》)非人与人相偶,则"仁"的概念不能成立。故孤行执异,绝非儒家所许。盖人格专靠各个自己,是不能完成。假如世界没有别人,我的人格,从何表现? 譬如全社会都是罪恶,我的人格受了传染和压迫,如何能健全? 由此可知人格是个共同的,不是孤零的。想自己的人格向上,唯一的方法,是要社会的人格向上。然而社会的人格,本是各个自己化合而成。想社会的人格向上,唯一的方法,又是要自己的人格向上。明白这个,意力和环境提携,便成进化的道理。所以孔子教人"己欲立,而立人;己欲达,而达人"。所谓立人、达人,非立、达别人之谓,乃立、达人类之谓。彼我合组成人类,故立、达彼,即是立、达人类。立、达人类,即是立、达自己。更用取譬的方法,来体验这个达字,才算是"仁之方"。其他《论语》一书,讲仁字的,屡见不鲜。儒家何其把仁字看得这么重要呢? 即上面所讲的,儒家学问,专以研究"人之所以道"为本，明乎仁，人之所以道自见。孟子曰："仁也者，人也；合而言之，道也。"盖仁之概念，与人之概念相涵，人者，通彼我而始得名。彼我通，乃得谓之仁。知乎人与人相通，所以我的好恶，即是人的好恶。我的精神中，同时也含有人的精神。不徒是现世的人为然，即如孔孟远在二千年前，他的精神，亦浸润在国民脑中不少。可见彼我相通，虽历百世不变。儒家从这一方面看得至深且切，而又能躬行实践，"无终食之间违仁"，这种精神，影响于国民性者至大。

即此一分家业，我可以说真是全世界唯一无二的至宝。这绝不是用科学的方法可以研究得来的，要用内省的功夫，实行体验。体验而后，再为躬行实践，养成了这副美妙的仁的人生观，生趣盎然地向前进。无论研究什么学问，管许是兴致勃勃。孔子曰"仁者不忧"，就是这个道理。不幸汉以后这种精神便无人继续地弘发，人生观也渐趋于机械。八股制兴，孔子的真面目日失。后人称"寻孔颜乐处"，究竟孔颜乐处在哪里？还是莫名其妙。我们既然诵法孔子，应该好好保存这份家私——美妙的人生观，才不愧是圣人之徒啊！

此外我们国学的第二源泉，就是佛教。佛，本传于印度，但是盛于中国，现在大乘各派，五印全绝。正法一派，全在中国。欧洲人研究佛学的甚多，梵文所有的经典，差不多都翻出来。但向梵文里头求大乘，能得多少？我们自创的宗派，更不必论了。像我们的禅宗，真可算得应用的佛教，世间的佛教间的确是印度以外才能发生，的确是表现中国人的特质，叫出世法与入世法并行不悖。他所讲的宇宙精微，的确还在儒家之上。说宇宙流动不居，永无圆满，可说是与儒家相同。曰："一众生不成佛，我誓不成佛。"即孔子立人、达人之意。盖宇宙最后目的，乃是求得一大人格实现之圆满相，绝非求得少数个人超拔的意思。儒、佛所略不同的，就是一偏于现世的居多，一偏于出世的居多。至于他们的共同目的，都是愿世人精神方面，完全自由。现在自由二字，误解者不知多少。其实人类外界的束缚，他力的压迫，终有方法解除，最怕的是"心为形役"，自己做自己的奴隶。儒、佛都用许多的话来教人，想叫把精神方面的自缚，解放净尽，顶天立地，成一个真正自由的人。这点，佛家弘发得更为深透，真可以说佛教是全世界文化的最高产品。这话，东西人士，都不能否认。此后全世界受用于此的正多。我们先人既辛苦地为我们创下这份产业，我们自当好好地承受。因为这是人生唯一安身立命之具。有了这种安身立命之具，再来就性之所近的，去研究一种学问，那么，才算尽了人生的责任。

诸君听了我这夜的演讲，自然明白我们中国文化，比世界各国并无逊色。那一般沉醉西风，说中国一无所有的人，自属浅薄可笑。《论语》曰："人虽欲自绝，其何伤于日月乎？多见其不知量也！"这边的诸同学，从不对于国学轻下批评，这是很好的现象。自然，我也闻听有许多人讽刺南京学生守旧，但是只要旧的是好，守旧又何足诟病？所以我很愿此次的讲演，更能够多多增进诸君以研究国学的兴味！

东南大学课毕告别辞

1923 年 1 月 13 日

诸君,我在这边讲学半年,大家朝夕在一块儿相处,我很觉得快乐。并且因为我任有一定的功课,也催逼着我把这部十万余言的《先秦政治思想史》著成,不然,恐怕要等到十年或十余年之后。中间不幸身体染有小病,即今还未十分复原,我常常恐怕不能完课,如今幸得讲完了。这半年以来,听讲的诸君,无论是正式选课或是旁听,都是始终不曾旷课,可以证明诸君对于我所讲有十分兴味。今当分别,彼此实在很觉得依恋难舍,因为我们这半年来,彼此人格上的交感不少。最可惜者,因为时间短促,以致仅有片面的讲授,没有相互的讨论,所谓"教学相长",未能如愿做到。今天为这回最末的一次讲演,当作与诸君告别之辞。

诸君千万不要误解,说梁某人是到这边来贩卖知识。我自计知识之能贡献于诸君者实少。知识之为物,实在是无量的广漠，谁也不能说他能给谁以绝对不易的知识，顶多，亦只承认他有相对的价值。即如讲奈端（即牛顿）吧，从前总算是众口同词的认为可靠，但是现在，安斯坦（即爱因斯坦）又几乎完全将他推倒。专门的知识，尚且如此，何况像我这种泛滥杂博的人，并没有一种专门名家的学问呢？所以切盼诸君，不要说我有一艺之长，讲的话便句句可靠。最多，我想，亦只叫诸君知道我自己做学问的方法。譬如诸君看书，平素或多忽略不经意的地方，必要寻着这个做学问的方法，乃能事半功倍。真正做学问，乃是找着方法去自求，不是仅看人家研究所得的结果。因为人家研究所得的结果，终是人家的，况且所得的，也未必都对。讲到此处，我有一个笑话告诉诸君。记得某一本小说里说："吕纯阳下山觅人传道，又不晓得谁是可传，他就设法来试验。有一次，在某地方，遇着一个人，吕纯阳登时将手一指，点石成金。就问那个人要否？那人只摇着头，说不要。吕纯阳再点一块大的试他，那人仍是不为所动。吕纯阳心里便十分欢喜，以为道有可传的人了，但是还恐怕靠不住，再以更大的金块试他，那人果然仍是不要。吕纯阳便问他不要的原因，满心承望他答复一个热心向道。哪晓得那人不然！他说，我不要你点成了的金块，我是要你那点金的指头，因为有了这指头，便可以自由点用。"这虽是个笑话，但却很有意思。所以很盼诸君，要得着这个点石成金的指头——做学的方法，那么，以后才可以自由探讨，并可以辩正师傅的是否。

教拳术的教师，最少要希望徒弟能与他对敌，学者亦当悬此为鹄，最好是要青出于蓝而胜于蓝。若仅仅是看前人研究所得，而不自行探讨，那么，得一便不能知其二。且取法乎上，得仅在中，这样，学术岂不是要一天退化一天吗？人类知识进步，乃是要后人超过前人。后人应用前人的治学方法，而复从旧方法中，开发出新方法来，方法一天一天地增多，便一天一天地改善，拿着改善的新方法去治学，自然会优于前代。我个人的治学方法，或可以说是不错，我自己应用来也有些成效，可惜这次全部书中所说的，仍为知识的居多，还未谈做学的方法。倘若诸君细心去看，也可以寻找得出来，既经找出，再循着这方法做去，或者更能发现我的错误，或是来批评我，那就是我最欢喜的。

  我今天演讲，不是关于知识方面的问题，诚然，知识在人生地位上，也是非常紧要，我从来并未将它看轻。不过，若是偏重知识，而轻忽其他人生重要之部，也是不行的。现在中国的学校，简直可说是贩卖知识的杂货店，文、哲、工、商，各有经理，一般来求学的，也完全以顾客自命。固然欧美也同坐此病，不过病的深浅，略有不同。我以为长此以往，一定会发生不好的现象。中国现今政治上的窳败，何尝不是前二十年教育不良的结果。盖二十年前的教育，全采用日德的军队式，并且仅能袭取皮毛，以至造成今日一般无自动能力的人。现在哩，教育是完全换了路了，美国式代日式、德式而兴，不出数年，我敢说是全部要变成美国化，或许我们这里——东南大学——就是推行美化的大本营。美国式的教育，诚然是比德国式、日本式的好，但是毛病还很多，不是我们理想之鹄。英人罗素回国后，颇艳称中国的文化，发表的文字很多，他非常盼望我们这占全人类四分之一的特殊民族，不要变成了美国的"丑化"。这一点可说是他看得很清楚。美国人切实敏捷，诚然是他们的长处，但是中国人即使全部将他移植过来，使纯粹变成了一个东方的美国，慢讲没有这种可能，即能，我不知道诸君怎样，我是不愿的。因为倘若果然如此，那真是罗素所说的，把这有特质的民族，变成了丑化了。我们看得很清楚，今后的世界，绝非美国式的教育所能驭领。现在多数美国的青年，而且是好的青年，所作何事？不过是一生到死，急急忙忙的，不任一件事放过。忙进学校，忙上课，忙考试，忙升学，忙毕业，忙得文凭，忙谋事，忙花钱，忙快乐，忙恋爱，忙结婚，忙养儿女，还有最后一忙——忙死。他们的少数学者，如詹姆士之流，固然总想为他们别开生面，但是大部分已经是积重难返。像在这种人生观底下过活，那么，千千万万人，前脚接后脚地来这世界上走一趟，住几十年，干些什么哩？唯一无二的目的，岂不是来做消耗面包的机器吗？或是怕那宇宙间的物质运动的大轮子，缺了发动力，特自来供给他燃料。果真这样，人生还有一毫意味吗？人类还有一毫价值吗？现在全世界的青年，都因此无限的凄惶失望。知识愈多，沉闷愈苦，中国的青年，尤为利害，因为政治社会不安宁，家国之累，较他人为甚，环顾宇内，精神无可寄托。从前西人唯一维系内心之具，厥为基督教，但是科学昌明后，第一个致命伤，便是宗教。从前在苦无可诉的时候，还得远远望着冥冥的天堂；现在呢，知道了，人类不是什么上帝创造，天堂更渺不可凭。这种宗教的麻醉剂，已是无法存在。讲到哲学吗，西方的哲人，素来只是高谈玄妙，不得真际，所足恃为人类安身立命之具，也是没有。再如讲到文学吗，似乎应该少可慰藉，但是欧美现代的文学，完全是刺激品，不过叫人稍醒麻木，但一切耳目口鼻所接，都足陷人于疲敝，刺激一次，疲麻的程度又增加一刺激。如吃辣椒然，浸假而使舌端麻木到极点，势非取用极辣的胡椒来刺激不可。这种刺激的功用，简直如有烟癖的人，把鸦片或吗啡提精神一般。虽精神或可暂时振起，但是这种精神，不是鸦片和吗啡带得来的，是预支将来的精神。所以说，一次预支，一回减少；一番刺激，一度疲麻。现在他们的文学，只有短篇的最合胃口，小诗两句或三句，戏剧要独幕的好。至于荷马、但丁，屈原、宋玉，那种长篇的作品，可说是不曾理会。因为他们碌碌于舟车中，时间来不及，目的只不过取那种片时的刺激，大大小小，都陷于这种病的状态中。所以他们一般有先见的人，都在遑遑求所以疗治之法。我们把这看了，那么，虽说我们在学校应求西学，而取舍自当有择，若是不问好歹，无条件地移植过来，岂非人家饮鸩，你也随着服毒？可怜可笑孰甚！

  近来，国中青年界很习闻的一句话，就是"知识饥荒"，却不晓得，还有一个顶要紧的"精神饥荒"在那边。中国这种饥荒，都闹到极点，但是只要我们知道饥荒所在，自可想方法来补救。现在精神饥荒，闹到如此，而人多不自知，岂非危险？一般教导者，也不注意在这方面提倡，只天天设法怎样将知识去装青年的脑袋子，不知道精神生活完全，而后多的知识才是有用。苟无精神生活的人，为社会计，为个人计，都是知识少装一点为好。因为无精神生活的人，知识愈多，痛苦愈甚，做歹事的本领也增多。例如黄包车夫，知识粗浅，他绝没有有知识的青年这样的烦闷，并且作恶的机会也很少。大奸慝的卖国贼，都是知识阶级的人做的。由此可见，没有精神生活的人，有知识实在危险。盖人苟无安身立命之具，生活便无所指归，生理心理，并呈病态。试略分别言之：就生理言，阳刚者必至发狂自杀，阴柔者自必萎靡沉溺。再就心理言，阳刚者便悍然无顾，充分的恣求物质上的享乐，然而欲望与物质的增加率，相竞腾升，故虽有妻妾宫室之奉，仍不觉快乐；阴柔者便日趋消极，成了一个竞争场上落伍的人，凄惶失望，更为痛苦。故谓精神生活不全，为社会，为个人，都是知识少点的为好。因此我可以说为学的首要，是救精神饥荒。

救济精神饥荒的方法，我认为东方的——中国与印度——比较最好。东方的学问，以精神为出发点；西方的学问，以物质为出发点。救知识饥荒，在西方找材料；救精神饥荒，在东方找材料。东方的人生观，无论中国、印度，皆认物质生活为第二位，第一，就是精神生活。物质生活，仅视为补助精神生活的一种工具，求能保持肉体生存为已足，最要，在求精神生活的绝对自由。精神生活，贵能对物质界宣告独立，至少，要不受其牵掣。如吃珍味，全是献媚于舌，并非精神上的需要，劳苦许久，仅为一寸软肉的奴隶,此即精神不自由。以身体全部论,吃面包亦何尝不可以饱?甘为肉体的奴隶,即精神为所束缚,必能不承认舌——一寸软肉为我,方为精神独立。东方的学问道德,几全部是教人如何方能将精神生活对客观的物质或己身的肉体宣告独立,佛家所谓解脱,近日所谓解放,亦即此意。客观物质的解放尚易,最难的为自身——耳目口鼻……的解放。西方言解放,尚不及此,所以就东方先哲的眼光看去,可以说是浅薄的,不彻底的。东方的主要精神,即精神生活的绝对自由。

求精神生活绝对自由的方法,中国、印度不同。印度有大乘、小乘不同,中国有儒、墨、道各家不同。就讲儒家,又有孟、荀、朱、陆的不同,任各人性质机缘之异,而各择一条路走去。所以具体的方法,很难讲出,且我用的方法,也未见真是对的,更不能强诸君从同。但我自觉烦闷时少,自二十余岁到现在,不敢说精神已解脱,然所以烦闷少,也是靠此一条路,以为精神上的安慰。至于先哲教人救济精神饥荒的方法,约有两条:

(一)裁抑物质生活,使不得猖獗,然后保持精神生活的圆满。如先平盗贼,然后组织强固的政府。印度小乘教,即用此法;中国墨家、道家的大部,以及儒家程朱,皆是如此。以程朱为例,他们说的持敬制欲,注重在应事接物上裁抑物质生活,以求达精神自由的境域。

(二)先立高尚美满的人生观,自己认清楚将精神生活确定,靠其势力以压抑物质生活,如此,不必细心检点,用拘谨功夫,自能达到精神生活绝对自由的目的。此法可谓积极的,即孟子说:"先立乎其大者,则其小者不能夺也。"不主张一件一件去对付,且不必如此。先组织强固的政府,则地方自安,即有小丑跳梁,不必去管,自会消灭。如雪花飞近大火,早已自化了。此法佛家大乘教,儒家孟子、陆王皆用之,所谓"浩然之气",即是此意。

以上二法,我不过介绍与诸君,并非主张诸君一定要取某种方法。两种方法虽异,而认清精神要解脱这一点却同。不过说青年时代应用的,现代所适用的,我以为采积极的方法较好,就是先立定美满的人生观,然后应用之以处世。至于如何的人生观方为美满,我却不敢说。因为我的人生观,未见得真是对的,恐怕能认清最美满的人生观,只有孔子、释迦牟尼有此功夫。我现在将我的人生观讲一讲,对不对,好不好,另为一问题。

我自己的人生观,可以说是从佛经及儒书中领略得来。我确信儒家、佛家有两大相同点:

(一)宇宙是不圆满的,正在创造之中,待人类去努力,所以天天流动不息,常为缺陷,常为未济。若是先已造成——既济的,那就死了,固定了,正因其在创造中,乃如儿童时代,生理上时时变化,这种变化,即人类之努力。除人类活动以外,无所谓宇宙。现在的宇宙,离光明处还远,不过走一步比前好一步,想立刻圆满,不会有的,最好的境域——天堂、大同、极乐世界——不知在几千万年之后,绝非我们几十年生命所能做到的。能了解此理,则做事自觉快慰,以前为个人、为社会做事,不成功或做坏了,常感烦闷;明乎此,知做事不成功,是不足忧的。

世界离光明尚远，在人类努力中，或偶有退步，不过是一现象。譬如登山，虽有时下，但以全部看，仍是向上走。青年人烦闷，多因希望太过，知政治之不良，以为经一次改革，即行完满，及屡试而仍有缺陷，于是不免失望。不知宇宙的缺陷正多，岂是一步可升天的？失望之因，即根据于奢望过甚。《易经》说："乐则行之；忧则违之，确乎其不可拔！"此言甚精彩。人要能如此看，方知人生不能不活动，而有活动，却不必往结果处想，最要不可有奢望。我相信孔子即是此人生观，所以"发愤忘食，乐以忘忧，不知老之将至。"他又说："智者乐水，仁者乐山；智者动，仁者静；智者乐，仁者寿。"天天快活，无一点烦闷气象，这是一件最重要的事。

（二）人不能单独存在。说世界上那一部分是我，很不对的，所以孔子"毋我"，佛家亦主张"无我"。所谓无我，并不是将固有的我压下或抛弃，乃根本就找不出我来。如说几十斤的肉体是我，那么，科学发明，证明我身体上的原质，也在诸君身上，也在树身上；如说精神的某部分是我，我敢说今天我讲演，我已跑入诸君精神里去了，常住学校中许多精神，变为我的一部分。读孔子的书及佛经，孔、佛的精神，又有许多变为我的一部分。再就社会方面说，我与我的父母妻子，究竟有若干区别，许多人——不必尽是纯孝——看父母比自己还重要，此即我父母将我身之我压小。又如夫妇之爱，有妻视其夫，或夫视其妻，比己身更重的。然而何为我呢？男子为我，抑女子为我，实不易分，故彻底认清我之界限，是不可能的事。（此理佛家讲得最精，惜不能多说。）世界上本无我之存在，能体会此意，则自己做事，成败得失，根本没有。佛说：

"有一众生不成佛，我不成佛！""我不入地狱，谁入地狱？"至理名言，洞若观火。孔子也说："诚者非但诚己而已也。……"将为我的私心扫除，即将许多无谓的计较扫除，如此，可以做到"仁者不忧"的境域；有忧时，就是"先天下之忧而忧"，为人类——如父母、妻子、朋友、国家、世界——而痛苦。免除私忧，即所以免烦恼。

我认东方宇宙未济人类无我之说，并非伦理学的认识，实在如此。我用功虽少，但时时能看清此点，此即我的信仰。我常觉快乐，悲愁不足扰我，即此信仰之光明所照。我现已年老，而趣味淋漓，精神不衰，亦靠此人生观。至于我的人生观，对不对，好不好，或与诸君的病合不合，都是另外一问题。我在此讲学，并非对于诸君有知识上的贡献，有呢，就在这一点。好不好，我自己也不知道。不过，诸君要知道自己的精神饥荒，要找方法医治，我吃此药，觉得有效，因此贡献诸君采择。世界的将来，要靠诸君努力。

中华图书馆协会成立会演说词

1925 年 6 月 2 日

一

诸君，我们国内因为图书馆事业日渐发达，大家感觉有联络合作之必要，于是商量组织全国的图书馆协会，筹备多时，幸见成立。又适值美国图书馆学专家鲍士伟博士来游，我们得于协会成立之日，顺带着欢迎，尤为本会荣幸。鄙人对于中国图书馆事业之前途及图书馆协会应负的责任，颇有一点感想。今日深喜得这机会和本会同人商榷，并请教于鲍博士。

鲍博士到中国以来，在各地方，在北京，曾有多次演说，极力提倡群众图书馆——或称公共图书馆的事业及其管理方法等项，大指在设法令全国大多数人能够享受图书馆的利益，与及设法令国内多数图书馆对于贮书借书等项力求改良便利。这些都是美国"图书馆学"里头多年的重大问题，经许多讨论，许多试验，得有最良成绩。鲍博士一一指示我们，我们不胜感谢。我们绝对地承认群众图书馆对于现代文化关系之重大，最显著的成例就是美国。我们很信中国将来的图书馆事业也要和美国走同一的路径才能发挥图书馆的最大功用。但以中国现在情形论，是否应从扩充群众图书馆下手，我以为很是一个问题。

图书馆有两个要素，一是"读者"，二是"读物"。美国几乎全国人都识字，而且都有点读书兴味，所以群众图书馆的读者满街皆是。因为群众既已有此需求，那些著作家自然会供给他们，所以群众图书馆的读物很丰富，而且日新月异，能引起读者兴味。美国的群众图书馆所以成效卓著，皆由于此。现时的中国怎么样呢？头一件，就读者方面论，实以中学以上的在校学生为中坚。而其感觉有图书馆之必要最痛切者，尤在各校之教授及研究某种专门学术之学者。这些人在社会上很是少数，至于其他一般人，上而官吏及商家，下而贩夫走卒，以至妇女儿童等，他们绝不感有图书馆之必要。纵有极完美的图书馆，也没有法儿请他们踏到馆的门限。这种诚然是极可悲的现象，我们将来总要努力改变他。但在这种现象没有改变以前，群众图书馆无论办理得如何完善，我敢说总是白设罢了。第二件，就读物方面论，试问馆中储备的是什么书，外国文书吗，请问群众中有几个人会看？中国旧书吗，浩如烟海，未经整理，叫一般人何从读起，读来那能有兴味？然则只有靠近人著作和外国书的译本了，我问有几部书能适应群众要求，令群众看着有趣且有益？若讲一般群众最欢迎的读物，恐怕仍是《施公案》《天雨花》一类的旧书，和《礼拜六》一类的定期出版物，这些读物难道我们还有提倡的必要吗？所以现在若要办美国式的群众图书馆，叫我推荐读物，以我的固陋，只怕连十部也举不出来。

事实既已如此，所以据我的愚见，以为美国式的群众图书馆，我们虽不妨悬为将来目的，但在今日若专向这条路发展，我敢说他的成绩只是和前清末年各地方所办的"阅书报社"一样，白费钱，白费力，于社会文化无丝毫影响。

然则中国今日图书馆事业该向那条路发展呢？我毫不迟疑地提出答案道：

一、就读者方面，只是供给少数对于学术有研究兴味的人的利用。纵使有人骂他是"贵族式"，但在过渡时代不能不以此自甘。

二、就读物方面，当然是收罗外国文的专门名著和中国古籍。明知很少人能读，更少人喜读，但我们希望因此能产生出多数人能读喜读的适宜读物出来。

二

以上所说现在中国图书馆进行方针若还不错，那么我们中国图书馆协会应负何种责任呢？我以为有两种：

第一，建设"中国的图书馆学"。

第二，养成管理图书馆人才。

学问无国界，图书馆学怎么会有"中国的"呢？不错，图书馆学的原则是世界共通的，中国诚不能有所立异，但中国书籍的历史甚长，书籍的性质极复杂，和近世欧美书籍许多不相同之点，我们应用现代图书馆学的原则去整理他，也要很费心裁，绝不是一件容易的事。从事整理的人，须要对于中国的目录学（广义的），和现代的图书馆学，都有充分智识，且能神明变化之，庶几有功。这种学问，非经许多专门家继续的研究不可。研究的结果，一定能在图书馆学里头成为一独立学科无疑。所以我们可以叫他做"中国的图书馆学"。

诸君都知道，我们图书馆协会的专门组内中有"分类""编目"两组，若在外国图书馆，这些问题早已决定，只消把杜威的十进表格照填便了，何必更分组去研究。中国书却不是这样简单的容易办了。试观外国各大图书馆，所藏中国书都很不少，但欲使阅览人对于所藏书充分应用能和读外国书一样利便，只怕还早得很哩。外国图书馆学者并非见不及此，也未尝不想努力设法求应用效率之加增，然而经许多年，到底不能得满意的结果。此无他，这种事业是要中国人做的，外国学者无论学如何渊博，绝不能代庖。

中国从前虽没有"图书馆学"这个名词，但这种学问却是渊源发达得很早。自刘向、刘歆、荀勖、王俭、阮孝绪、郑樵，以至近代的章学诚，他们都各有通贯的研究，各有精到的见解，所留下的成绩，如各史之艺文、经籍志，如陈振孙、晁公武一流之提要学以至近代之四库总目，如佛教之几十种经录，如明清以来各私家藏书目录，如其他目录学专家之题跋和札记，都能供给我们以很丰富的资料和很复杂的方法。我很相信，中国现代青年，对于外国图书馆学得有根底之后，回头再把中国这种目录学（或用章学诚所定名词叫他作校雠学）加以深造的研究，重新改造，一定能建设出一种"中国的图书馆学"来。

图书馆学里头主要的条理，自然是在分类和编目。就分类论，呆分经史子集四部。穷屈不适用，早已为人所公认，若勉强比附杜威的分类，其穷屈只怕比四部更甚，所以我们不能不重新求出一个分类标准来。但这事说来似易，越做下去越感困难。头一件，分类要为"科学的"（最少也要近于科学的）。第二件，要能把古今书籍的性质无遗。依我看，这里头就包含许多冲突的问题，非经多数人的继续研究，实地试验，不能决定。就编目论，表面上看，像是分类问题决定之后，编目是迎刃而解。其他如书名人名的便检目录，只要采用外国通行方法，更没有什么问题，其实不然。分类虽定，到底那部书应归那类，试随举十部书，大概总有四五部要发生问题，非用极麻烦功夫将逐部内容审查清楚之后，不能归类。而且越审查越觉其所跨之类甚多，任归何类，皆有偏枯不适之处。章实斋对于这问题的救济，提出两个极重要而极繁难的原则，一曰"互见"，二曰"裁篇别出"。这两个原则，在章氏以前，唯山阴祁家淡生堂编目曾经用过，此后竟没人再试。我以为中国若要编成一部科学的利便的国书目录，非从这方面下苦功不可。

我们图书馆协会所以特设这"分类""编目"两专门

组,就是认定这两种事业很重大而很困难,要合群策群力共肩此责任。

此外我还有一个重大提案,曰"编纂新式类书"。编类书事业我们中国发达最早,当梁武帝时(公元502至594年),已经编成多种,其目见于《隋书·经籍志》。此后如《太平御览》《永乐大典》《图书集成》等,屡代皆有,大率靠政府力量编成。这些书或存或佚,其存者,供后人研究的利便实不少。但编纂方法,用今日眼光看来,当然缺点甚多,有改造的必要。这件事,若以历史的先例而论,自应由政府担任。但在今日的政治现状之下,断然谈不到此,而且官局编书总有种种毛病,不能适合我们的理想。我以为应由社会上学术团体努力从事,而最适宜者莫如图书馆协会。因为图书馆最大任务,在使阅览人对于任何问题着手研究,立刻可以在图书馆中得着资料,而且馆中所设备可以当他的顾问。我们中国图书馆想达到这种目的吗?以"浩如烟海"的古籍,真所谓"一部十七史从何说起",所以除需要精良的分类和编目之外,还须有这样一部博大而适用的类书,才能令图书馆的应用效率增高。

以上几件事,若切实做去,很够我们中国的图书馆学者出大汗绞脑髓了。成功之后,却不但为中国学术界开出新发展的途径,无论何国的图书馆关于中国书的部分,都能享受我们所建设的成绩,凡属研究中国文化的人,都可以免除许多困难。所以这种工作可以名为世界文化工作之一部。

我所说本协会头一件责任"建设中国的图书馆学"意

见大略如此，其详细条理，容更陆续提出求教于同人。

至于第二件"养成图书馆管理人才"，这种需要，显而易见，无待多说明。图书馆学在现代已成一种专门科学，然而国内有深造研究的人依然很缺乏，管理人才都还没有，而贸贸然东设一馆，西设一馆，这些钱不是白费吗？所以我以为当推广图书馆事业之先，有培养人才之必要。培养之法，不能专靠一个光杆的图书馆学校，最好是有一个规模完整的图书馆，将学校附设其中，一面教以理论，一面从事实习。但还有该注意的一点，我们培养图书馆人才，不单是有普通图书馆学智识便算满足，当然对于所谓"中国的图书馆学"要靠他做发源地。

三

由此说来，中国图书馆协会所以有成立的必要，也可以明白了。我们中国的图书馆学者，实在感觉自己对于本国文化世界文化都负有很重大责任。然而这种责任，绝非一个人或一个图书馆可以担负得下，因此不能不实行联络，在合作互助的精神之下，各尽其能力以从事于所应做的工作。协会的具体事业，依我个人所希望，最重要者如下：

第一 把分类、编目两专门组切实组织，大家抖擞精神干去。各图书馆或个人，先在一定期间内，各提出具体方案，交换讨论，到意见渐趋一致的时候，由大会公决，即作为本协会意见。凡参加本协会之图书馆，即遵照决议，制成极绵密极利便的目录，务使这种目录不唯可以适用于全国，并可以适用于外国图书馆内中国书之部分。

第二　择一个适当都市，建设一个大规模的图书馆，全国图书馆学者都借他作研究中心。所以主张"一个"者，因为若要多设，一则财力不逮，二则人才不够。与其贪多骛广，闹得量多而质坏，不如聚精会神，将"一个"模范馆先行办好，不愁将来不会分支发展。

第三　在这个模范图书馆内，附设一图书馆专门学校，除教授现代图书馆学外，尤注重于"中国的图书馆学"之建设。

第四　这个模范图书馆当然是完全公开的，如鲍博士所提倡不收费，许借书出外种种办法都在里头斟酌试验。

第五　另筹基金，编纂类书。

以上五项，都不是一个图书馆或一个私人所能办到的，不能不望诸图书馆协会。协会所以成立的意义和价值，我以为就在此。

我所积极希望的事项如此，还有消极反对的两事：

第一　我反对多设"阅书报社式"的群众图书馆。群众图书馆，我在原则上并不反对，而且将来还希向这条路进行，但在今日现状之下，我以为徒花冤钱，决无实益。

第二　若将来全国图书馆事业筹有确实基金之后，我反对现存的图书馆要求补助。头一个理由，因为基金总不是容易筹得的，便筹得也不会很多，集中起来还可以办成一件有价值的事业，分开了效率便等于零。第二个理由，因为补助易起争论，结果会各馆横生意见，把协会的精神涣散了，目的丧失了。

今日所讲，虽是我个人私见，我想在座诸君也多半同感。我信得过我们协会成立之后，一定能替全世界的图书馆学界增一道新光明。我很高兴地追随诸君之后努力做一部分的工作。

知命与努力[1]

1927年5月

今天所讲的题目是"知命与努力"。知命同努力这两件事,骤看似乎不易合并在一处,《列子·力命》篇中曾经说明力与命不能相容,我从前作的诗也有"百年力与命相持"之句,都是把知命同努力分开,而且以为两者不能并存。可是,究竟是不是这样呢?现在便要研究这个问题。胡适之先生在欧洲演说中国文化,狠攻击知命之说,以为知命是一种懒惰哲学,这种主张,能养成懒惰根性。这话若不错,那么,我们这个懒惰人族,将来除了自然淘汰之一途外,真没有别条路可走了。但究竟是不是这样呢?现在还当讨论。

在《论语》里面有一句话:"不知命无以为君子。"意思是说:凡人非有知命的功夫不能做君子。"君子"二字在儒家的意义常是代表高尚人格的。可以知道儒家的意见,

---

[1] 本文是梁启超在华北大学的演讲。

是以知命为养成高尚人格的重要条件。其他"五十而知命"等类的话很多,知命一事在儒家可谓重视极了。再来反观儒家以外的各家的态度怎样呢?墨家树起反对之帜,矫正儒家,所攻击的,大半是儒家所重视的。所以墨家自然不相信命,《墨子·非命》篇中便极端否认知命,在现在讲,可算"打倒知命"了。列子的意见,更可从《力命》篇中看出,他假设两人对话,一名力,一名命,争论结果,偏重于命。列子是代表道家的,可见道家的主张,是根本将命抬到最高的地位,而将力压服在下面,和墨家重力黜命的宗旨恰恰相反。可是儒家就不然,一面讲命,一面亦讲力,知命和努力,是同在一样的重要的地位,即以"不知命无以为君子"一句论,为君子便是努力,但却以知命为必要条件,可知在儒家的眼光中两者毫无轩轾了。

"命"字到底怎么解呢?《论语》中的话很简单,未曾把定义揭出来。我们只好在儒家后辈的书籍中寻解说,《孟子》《荀子》《礼记》,这三种都是后来儒家的重要的书。《孟子》说:"莫之致而至者命也。"意谓并不靠我们力量去促成,而它自己当然来的,便是命。《荀子》说:"节遇谓之命。"节是时节,意谓在某一时节偶然遇着的,便是命。《礼记》说:"分于道之谓命。"这一条戴东原解释得最详,他以为道是全体的统一的,在那全体的里面,分一部分出来,部分对于全体,自然要受其支配,那叫作"分限",便是命。综合这几条,简单地说,就是:我们的行为,受了一种不可抵抗的力量的支配,偶然间遇着一个机会,或者被限制着只许在一定范围内自由活动,这便是命。

命的观念，大概如此。

分限——命——的观念既明，究竟有多少种类，经过详密的分析，大约有下列四种：（一）自然界给予的分限：这类分限，极为明显易知，如现在天暖，须服薄衣，转眼秋冬来了，又要需用厚衣，这便是一种自然界的分限。用外国语解释，便是自然界对于人类行为，给的一个 order，只能在范围内活动，想超过是不能的。人类常常自夸，人力万能征服了自然界，但是到底征服了多少，还是个问题，譬如前时旧金山和日本的地震，人类几十年努力经营的结果，只消自然界几秒钟的破坏，便消灭无余。人类到底征服了自然界多少呢？近几天，天文家又传说彗星将与地球接近，星尾若扫到地面，便要发生危险。此事固未实现，然假设彗星尾与地面接触了，那变化又何堪设想，彼时人类征服自然界的力量又如何呢？这样便证明自然界的力量，委实比我们人类大得多，人类不得不在它给予的分限中讨生活的。（二）社会给予的分限：凡是一个社会，必有它的时间的遗传和空间的环境，这两样都能给予人们以重要的分限。无论如何强有力的人，在一个历时很久的社会中，总不能使那若干年遗传的结果消灭，并且自身反要受它的影响。即如我中华民国，挂上民治招牌已十六年了，实际上种种举动，所以名实不符者，实在是完全受了数千年历史惰力所支配，不能自拔。社会如此，个人亦如此，一人如此，众人亦如此，不独为世所诟病的军阀官僚，难免此惰力之支配，乃至现代蓬勃之青年，是否果能推翻惰力，不受其支配，仔细思之，当然不敢自信。吾人一举一动，一言一行，所不为惰力所干涉者，实不多见的。至于空间方面，亦复如是，现在中国经济状况，日趋贫乏，几乎有全国国民皆有无食之苦的景况，若想用人的力量去改这种不幸的情形，不是这一端改好，那一端又发生毛病；便是那一端改好，这一端又现出流弊。环境的势力，好似一条长链，互相牵掣，吾人的生活，便是在这全国环境互相牵掣的势力支配的底下决定，人为的改造，是不能实现的。小而言之，一个团体，也是这样，凡一个学校，它有学风，某一个在这学校里念书的学生，当然受学风的影响和支配，想跳出学风以外，是不容易的。而这个学校的学风，又不是单独成立的，又与其他学校，发生连带关系，譬如在北京某一学校，它的学风，不能不受全北京学校的学风的影响和支配，而不能脱离，就是这样。全北京的学风，影响到某一校；一校的学风，又影响到某一人，关系是如此其密切而复杂，所以社会在空间上给予人们的分限，是不可避免，而不易改造的。（三）个人固有的分限：在个人自身的性质、能力、身体、人格、经济诸方面，常有许多不由自主的状态，这便是个人固有的分限。这些分限，有的是先天带来的，有的是受了社会的影响自然形成的，然而其为分限则一。譬如有些人身体好，有些人身体坏，身体好的人每天做十多点钟的功课，不觉疲倦，身体弱的人每天只用功几点钟，便非常困乏，再不停止，甚至患病，像这种差别，是没有法子去平均和补救的。讲其原因，自然是归咎于父母的身体不强壮，才遗传这般的体质。这不独个人为然，即以民族而言，华人同欧美比较，相去实在很远，这都是以前的祖先遗留的结果，不是一时的现象。然而既经堕落到如此地步，再想齐驱并驾，实无方法可施。既曰实行卫生，或可稍图改善，然一样的运动，一样的营养，而强者自强，弱者自弱，想立刻平等，是不可能的。才能经济诸端，尤其易见，有聪明有天才的人，一目十行，倚马万言，资质愚笨的人，自然赶他不上；有遗产的子弟，可以安富尊荣，卒业游学，家境困苦的人，自然千辛万苦，往往学业不完。这种分限，凡为人类，怎能逃脱。身体才能，固然不能变易，即如物质方面之经济力，似乎可以转换，然而要将一个穷学生于顷刻中化为富豪，亦是不能实现的事。物质的限制尚且如此之难去，何论其他，个人分限，诚不可轻视的了。（四）对手方给予的分限：凡人固然自己要活动，然而同时别人也要活动，彼此原都是一样的。加之人的活动方面，对自然常少，而对于他人的常多，所以人们活动是最易和他人发生关系的。既然如此，人们活动的时候，那对手方对于自己的活动也很有影响，这影响就是分限了。人们对他人发生活动，他人为应付起见，发生相当的活动来对抗，于是自己起了所谓反应。反应也有顺的，也有逆的，遇见顺的，尚不要紧，遇见逆的，则自己的活动将受其限制，而不能为所欲为，于是便构成了对手方的分限。这可以拿施教育者与受教育者做个比方，施者虽极力求其领会，然受者仍有活动的余地，若起了逆的反应，这个教育的方法，便要失败的。此犹言团体行为也。个人对个人的也是如此，朋友、夫妇间的关系，何莫不然，无论如何任性的人，他的行为总难免受其妻之若干分限，妻子之面亦同。人生最亲爱者，莫如夫妇，而对手方犹不能不有分限，遑论其他。犹之下棋，我走一着，人亦走一着，设禁止人之移棋，任我独下，自属全胜，无如事实不许，禁止他人，既难做到，而人之一着，常常与我以危险，制我之死命，于是不得不放弃预定计划，与之极力周旋，以求最后之胜利。此即对手分限之说，乃人人相互间，双方行为接触所起之反应了。

此四种分限——再加分析，容或更有——既经明了，只受一种之限制时，已足发生困难，使数十年之工作，一旦毁坏，然人生厄运，不止如是，实际上，吾人日常生活，几无不备受四种分限之包围和压迫。因此，假使有一不知命的人，不承认分限，甚至不知分限，或不注意分限，以为无论何事，我要如何便如何，可以达到目的。此种人勇气虽然很大，动辄行其开步走的主义，一往直前，可是，设使前边有一堵墙，拦住去路，人告诉他前面有墙，墙是走不过去的，而他悍然不顾，以为没有墙，我不信墙的限制，仍然前行。有时前面本是无墙，侥幸得以穿过，然已是可一不可再的成功，今既有墙，若是墙能任意穿行，自然很好，但墙实在是不能通过的东西，于是结果，他碰了墙，碰得头破脑裂，不得不回来，回来改变方向，仍是照这样碰墙，碰了几回之后，一经躺下，比任何软弱人还软弱，再无复起的希望。因他努力自信，总想超过他的希望，不想结果失望，自然一蹶不振。这种人的勇气，不能永久保持，一遇阻碍，必生厌倦，所以不知命——不信分限，专恃莽气的人是很难成功的。

儒家知命的话，在《论语》中有很重要的一句，便是批评孔子的："知其不可为而为之"那一句。可见知其可为而为之——不知或不信分限，不是勇气；必要知其不可为而为之，才算勇气。明知山上有金矿动手去掘的人，那不算有勇；要明知不可为，而知道应该去做的人，才算伟大。这句话很可以表现孔子的全部人格，也可以作为知命与努力的注脚，"知其不可为"便是知命，"而为之"便是努力，孔子的伟大和勇气，在此可以完全看出了。我们的科学家，或是梦想他的能力可以征服自然界，能够制止地震，固不算真科学家；或是因为知遇地震无法防止，便不讲预防之法，听其自然，也非真科学家。我们的真科学家，必具有下列的精神，便是明知地震是无法控制的，也不作谬妄的大言，但也不流于消极，仍然尽心竭力去研究预防的法，能够预防多少，便是多少，不因不能控制而自馁，也不因稍一预防而自夸，这种科学家才是真科学家，如我们所需要的。他们的预料，本来只在某一限度，限度之上就应当无效或失败，但他们知道应该做这种工作，仍是勤勉地去做着，尝试复尝试，不妨其多，结果如是失败，原不出其所料，万无失望的打击，幸而一二分的成功，于是他们便喜出望外了。知命之道，如此而已。

这种一二分的成功，为何可喜呢？因为世界的成功，都是比较的，无止境的。中国爱国的人，都想把国家弄得像欧美日本一样富强，好似欧美日本便是国家的极轨一样。谁知欧美日本，也不见得便算成功，国中正有无穷的纷扰哩！犹如列子所语的愚公移山，他虽不能一手把很高的山移完，可是他的子孙能够继续着去工作，他及身虽只能见到移去一尺二尺，也是够愉快，比起来未见分毫的移动，强得多了。成功犹如万万里的长道，一人的生命能力，可不能走完，然而走到中途，也胜于终身不走的哩！所以知命者，明知成功之不可必，了解分限之不可逃，在分限圈制前提之下去努力，才是真能努力的人啊！

我们为何需要真正的努力，因为只有真正的努力，才可不厌不倦。人何以有厌倦，多因不知分限，希望过大，动遭失败，所以如此。知命的人，便无此弊。孔门学问如"学而不厌，诲人不倦"，"为之不厌，诲人不倦"，"居之无倦"，"请益又曰无倦"，"自强不息"，"不怨天不尤人"诸端。所谓不厌，不倦，不息，不怨，不尤，都是不以前途阻碍而退馁，是消极的知命。如"学而时习之，不亦悦乎，有朋自远方来，不亦乐乎"，都是以稍有成功而自娱，是积极的努力。所以我们不只要排除尊己黜人的妄诞，也宜蠲去羡人恨己的忧伤，因这两者于事实是无益的。我们徒见美国工人生活舒适，比中国资产阶级甚或过之，于是自怨自艾，于己之地位运动宁复有济。犹之豫湘人民，因罹兵灾，遽羡妒他省人民，又岂于事实有补。总之，生此环境，于此时期，唯有勤勉乃身，委曲求全，其他夸诞怨艾之念，均不可存的。

孔子的"发愤忘食，乐以忘忧"功夫，实在是知命和努力的一个大榜样。儒家弟子，受其感化的，代不乏人，如汉之诸葛亮，固知辅蜀讨曹之无功，然而仍以"鞠躬尽瘁，死而后已"为职志者，深明"汉贼不两立，皇室不偏安"之义，晓得应该如此做去，故不得不做，此由知命而进于努力者也。又如近代之胡林翼、曾国藩，固曾勋业彪炳，而读其遗书，则立言无不以安命为本，因二公饱经事故，阅历有得，故谆谆以安命为言，此由努力而进于知命者也。凡人能具此二者，则做事时较有把握，较能持久。其知命也，非为懒惰而知命，实因镇定而知命；其努力也，非为侥幸而努力，实为牺牲而努力。既为牺牲而努力，做事自然勇气百倍，既无厌倦，又有快乐了。所以我们要学孔子的发愤忘食，便是学他的努力；要学孔子的乐以忘忧，便是学他的知命。知命和努力，原来是不可分离的，互相为用的，再没有不相容的疑惑了。知命与努力，这便是儒家的一大特色，也是中国民族的一大特色，向来伟大人物，无不如此。诸君持身涉世，如能领悟此一语的意义，做到此一层功夫，可以终身受用不尽！